安妮的世界 ①

壁炉山庄的安妮

Anne of Ingleside

（加）露西·莫德·蒙哥马利〔著〕

李常传〔译〕

21 二十一世纪出版社
21st Century Publishing House
全国百佳出版社

图书在版编目（CIP）数据

壁炉山庄的安妮 / (加) 蒙哥马利(Montgomery,L.M.) 著 ; 李常传译.
-- 南昌 : 二十一世纪出版社 , 2014.6 (2022.4重印)
（安妮的世界）
ISBN 978-7-5391-9202-4

Ⅰ.①壁… Ⅱ.①蒙… ②李… Ⅲ.①儿童文学 – 长篇小说 – 加
拿大 – 现代 Ⅳ.① I711.84

中国版本图书馆 CIP 数据核字 (2013) 第 292420 号

版权合同登记号 14-2009-284

壁炉山庄的安妮　　　　　　　　　（加）露西·莫德·蒙哥马利［著］李常传［译］

策　　划	张秋林
责任编辑	周向潮
特约编辑	文　欢
出版发行	二十一世纪出版社
	（江西省南昌市子安路 75 号　　330025）
	www.21cccc.com　　cc21@163.net
出 版 人	张秋林
经　　销	新华书店
印　　刷	三河市人民印务有限公司
版　　次	2017 年 8 月第 2 版　　2022 年 4 月第 2 次印刷
开　　本	880mm×1260mm　　1/32
印　　张	9.25
字　　数	184 千
书　　号	ISBN 978-7-5391-9202-4
定　　价	24.00 元

赣版权登字—04—2013—845

如发现印装质量问题，请寄本社图书发行公司调换 0791-86524997

序

曹文轩

何为上乘小说？

可能会有各种各样的评价标准，但无论如何，大概总要承认，它之所以称得上上乘，最重要的标志就是它塑造了一个乃至几个永不磨灭的形象。作为一部穿越了时空，在今天，在世界的任何一个地方都会熠熠生辉的作品，蒙哥马利的"安妮的世界"系列为世人塑造了一个叫安妮的女孩的形象。这个形象，始终占据世界文学长廊的一方天地，在那里安静却又生动无比地向我们微笑着，吸引我们驻足，无法舍她而去。从阅读"安妮的世界"系列的第一本《绿山墙的安妮》开始，就注定了在掩卷之后我们要不由自主地回首张望，向那个让人怜爱的孩子挥手，再挥手。我们终于离去，山一程，水一程，但不知何时，她却悄然移居我们心上，在今后漫长的人生岁月中，不时地幻化在你的身边，就像她总也离不开风景常在的"绿色屋顶"一样。她的天真纯洁，会让你感动，会让你的灵魂不断得到净化；她柔弱外表之下的那份无声的坚韧，会让你在萎靡中振作，让你面对困难甚至灾难时，依然对天地敬畏，对人间感恩。这个脸上长着雀斑、面容清瘦、一头红发的女孩，是你的"绿色屋顶"，而你也是她的"绿色屋顶"。一个形象能有如此魅力，可见这部塑造了她的作品在文学史上举足轻重的地位。

这是一部具有亲和力的作品。

有一些作品，即使是一些被文学史家和批评家们津津乐道的作品，我们阅读它们时总是很难进入，它们仿佛被无缝的高墙所围，我们转来转去，还是无门可入，只好叹息一声，敬而远之。即使勉强进入，总有一种挥之不去的距离感，读完最后一页，我们依然觉得那书在千里之外冰冷着面孔，像尊雕塑。阅读《绿山墙的安妮》却是另样的感受——说不清的原因，当年我在看到书名时，就有了阅读它的欲望。看来，一部书有无亲和力，单书名就已经散发出来了。接下来就是流畅的毫无阻隔的阅读。这部书是勾魂的。它以没有心机的一番真诚勾着你。它在叙述故事时，甚至没有总是想着这书究竟是给谁读的，作者只是把心中想说的话说出来。这是倾诉，也是亲和力产生的秘密：倾诉就是对对方的信任，这时，你与对方的距离感就消逝了——所有的人都是喜爱听人倾诉的，因为那时他有一种被信任感。"安妮的世界"显然带有自传性，说的是一个叫安妮的女孩，而实际上是在说作者自己——露西·莫德·蒙哥马利。这是她自己的故事，现在她要把它们诚心诚意地讲出来。我们在听着，出神地听着。

"安妮的人生"应成为一个话题。

安妮的人生称得上是完美而理想的人生，她是我们所有愿意更好地活着的人的榜样。之所以这样说，是因为除了具有善良、真诚、聪明、勤劳、善解人意、富有勇气等品质，她还有一个让我们羡慕的品质：善于幻想。幻想使她的精神世界异彩纷呈，使她在绝望中看到了生路。通过幻想，她巧妙地弥补了人生的种种遗憾和许多苍白之处。她的幻想是诗性的。在与玛莉娜谈论祷告时，她说，上帝是种精神，是无限、永恒、不变的，他的本质是智慧、力量、公正、善良、真实。她很喜欢这些词。她对玛莉娜说，这么长一串，好像一首正在演奏的手风琴曲子，它们也许不能叫诗，但很像诗，对不？当玛莉娜为她做的上学的衣裙并不是她喜欢的而她又无法改变这个事实时，她说："我会想象自己是喜欢它们的。"正是这些幻想，使她的不幸人生获得了诗性的拯救。诗性人生无疑是最高等级的人生。许多危急关头，许多尴尬之时，她正是凭借幻想的一臂之力，而脸色渐渐开朗，像初升的太阳，眼睛如星辰般明亮起来。而这时，世界也变得明亮起来。

还有，就是它的无处不在的风景描写。

今天的小说，很难再看到这些风景了，被功利主义挟持的文学，已几乎不肯将一个文字用在风景的描写上了。"安妮的世界"离不开风景，离开风景，对于作者来说，几乎是不可想象的。而安妮离开风景，就会失去生趣，甚至生命枯寂。她的湿润，她的鲜活，她的双眸如水，皆因为风景。她孤独时，要对草木诉说；她伤心时，要对落花流水哭泣。万物有灵，一切都是她生命的组成部分。紫红色樱花的叶子，是她的"漂亮爱人"，她要成为穿过树冠的自由自在的风儿，她喜欢凝视夕阳西下时的天空……一开始，当她想到马修可能不来车站接她时，她想到晚上的栖息之处竟然是在一棵大树上：月光下，睡在白樱花中。她是自然的孩子，她是一棵树。自然既养育了她，也教养了她。

看看这样的书，像安妮那样活着。

目录
Contents

第一章

令人怀念的艾凡利

"今晚月色真美！"安妮喃喃自语。她正走在通往黛安娜家的美丽庭园小径上，樱桃树的花瓣散落一地。

安妮突然止住脚步，环视这片从小就喜爱的山丘和森林，多么令人怀念的艾凡利啊！

这几年来，"壁炉山庄"已经成为安妮的住处，但艾凡利有着一些"壁炉山庄"所没有的东西，到处都留有自己的昔日影子……少女时代愉快的生活，一点也没改变，仍然时时出现在安妮眼前，眼前的每一处景物都有她美丽的回忆。

这熟悉的庭院里，到处绽放着动人的岁月，每次安妮回到艾凡利，心情都非常愉快，即使这次回来的理由如此令人悲伤，安妮仍然很高兴能回到这里。安妮和吉鲁伯特是为了参加吉鲁伯特爸爸的葬礼而回到艾凡利的，打算待一星期。

玛莉娜和林顿夫人也企盼安妮回来，阁楼上的房间总是为安妮留着。安妮抵达的当天晚上，她到房间一看，房间内

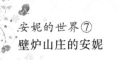

摆着林顿夫人精心打点的花束。安妮埋首花间，无法忘怀过去岁月的点点滴滴，想起遥远的以前，初到此地时的第一个晚上，她是在哭泣中入眠的。那时小小的孤儿被送错了人家，前途未卜……

这一刻，安妮忘记了自己已经是五个小孩的幸福妈妈，忘记了壁炉山庄家中女佣正在为她编织毛线鞋，而只是个想再次返回"绿色屋顶之家"的"安妮"……林顿夫人编织的苹果叶花纹窗帘，以钩针织出来的有宽蕾丝边的枕头，还有床上铺的玛莉娜亲手缝制的床单……直到林顿夫人拿来一条干净的毛巾，安妮才从回忆中醒来。

"安妮，真高兴你又回来了。一晃眼，你离开艾凡利已经九年了，我和玛莉娜至今仍因你不在身旁而感到十分寂寞，德威结婚后，是没有像以前那么冷清，蜜莉（德威的太太）的确是个好孩子……但就像我以前说过的，没有人能够取代你在我心目中的地位。"

"林顿太太，这面镜子可是不会骗人的，它清清楚楚地告诉我：'安妮，你已不像以前那么年轻了。'"安妮有点撒娇地说道。

"哪有不谢的花儿呢？"林顿夫人安慰她，"而且你现在气色好得很呢！"

"最重要的是还没有双下巴！"安妮像小孩嬉戏般地说话，"而且我的房间还记得我！我真的好高兴，如果回来一看，发现房间早已忘记我的话，我一定会非常难过的。而且再次看见月亮在'魔鬼的森林'上升起来，真的很令人激动。"

"它不就像是挂在天空的大金币吗？"林顿夫人好像念出诗句一般。

"月亮偷偷藏在背后，看看那枞树……银色夜空下的洼地上的白桦，现在已经长成大树了……记得我刚来的时候，它们都还只是小树苗，看到它们，我才发觉自己已不年轻了。"

"树木也像小孩子一样，稍不注意，它就长成大树了。对了，晚餐有很多热鸡肉派，我还为你烘烤了一些柠檬饼干。还有，你别担心床单会有灰尘，今天我把它拿到外面吹过风了，玛莉娜不知道，又拿到外面再吹了一次风……结果，蜜莉又再一次将被单拿到外头吹了一次风。还有，美莉明天能来参加葬礼就好了，她对葬礼总是很热衷。"

"美莉姑妈——她是吉鲁伯特爸爸的表妹，但吉鲁伯特向来如此称呼她。"安妮打了个哆嗦。

记得婚后第一次见到美莉姑妈时，她就说："吉鲁伯特会选择你为结婚对象，真是不可思议，那孩子应该选择更好的对象。"也许由于这件事，安妮并不太喜欢这位姑妈，其实不只安妮不喜欢她，就连吉鲁伯特也不怎么喜欢她，只是嘴里没说出来罢了。

"吉鲁伯特也要待一段时间吧！"

"不，他明天晚上就得回去，诊所有重患，需要他赶回去。"

"哦！他妈妈也在去年过世了，现在艾凡利好像没什么留得住他了，吉鲁伯特的爸爸自从妻子死后，就显得郁郁寡欢，好像失去了活下去的意义。布莱恩家族就是这样，非常重感情，

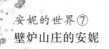

艾凡利这个地方已经没有布莱恩家族的人了，想想还真令人伤心，阿门！"

"晚餐后，我要踏着月色散步，虽然真的有点累，但在这么美丽的月夜里睡觉，实在太浪费了……"

"很可惜六月百合的花坛被兔子踩坏了。"林顿夫人悲伤地说道。

黛安娜跑出来迎接安妮。在皎洁的月光下，黛安娜的头发显得更乌黑，脸颊更红润，眼睛炯炯有神，但月光并没有遮住她日益丰腴的身材，而且黛安娜本来就不"瘦"。

"别担心，我不会住太久。"

"什么话，好像我会因为你久住而感到困扰，"黛安娜嘟着嘴说，"其实参加明晚的宴会，还不如跟你聊天，况且，你后天就要走了。可是，对方是弗雷德的弟弟……不去又不行。"

"你当然得去啊！我只是出来四处走走，去以前熟悉的老地方——通过妖精之泉，穿过魔鬼的森林，再顺着你家树木的树荫前进，我们总是在那儿汲水、看柳条儿摇曳……转眼间我们都长大了。"

"是啊！"黛安娜叹了口气，"看看我们家的小弗雷德，我们好像真的不年轻了，不过，你还是没变。安妮，为什么你能永葆青春呢？教教我吧！"

"算了吧！我还不是个忙里忙外的黄脸婆啊！"安妮风趣地笑着说，"不过，至于中年肥胖嘛，的确没发生在我身上，多尼尔夫人也这么说。葬礼时遇见她，她说我一点也没老，不过哈蒙·安德鲁斯阿姨就不这么认为了，她说：'我的天啊！安妮，你怎么老了这么多呢？'所以说人到底变没变取决于他人的眼睛或是心灵。可是我不在乎，黛安娜，明天让我们再一次回到少女时代……

"你将明天下午的时间空出来，我们一起去拜访以前去过的地方。我们将越过春天的原野，走进羊齿草茂盛的古老森林，做我们喜欢做的事，重新享受一次青春，暂时抛下责任感那些烦人的事情。我也不管林顿夫人是否担心，让我们尽情享受一下，如何？"

"听你这么一说，我也好想重温旧梦，可是……"

"什么可是不可是的，我知道你是在担心'谁给丈夫准备晚餐呢'？"

"这我倒是不担心，小艾莉丝虽然才十一岁，可是厨房功夫可不输给我哟！"黛安娜自豪地说，"当我不在的时候，那孩子就会帮我准备晚餐，就像我到妇女会去的时候……可是，我看还是算了吧！说是重温旧梦，难道你能像小时候一样，坐在那里等晚餐吗？"

"我们可以到拉宾达的院子里吃——拉宾达的院子还在吧？"

"应该还在，"黛安娜回答，"结婚之后我就没去过，小艾莉丝倒是常去，不过我常告诉她，不要到离家太远的地方去。那孩子喜欢在森林里东游西逛，总是在园子里自言自语，我常责备她，她却说她不是在自言自语，而是在和花仙子说话。还记得她九岁生日时，你送她的粉红色蔷薇花蕾的玩具茶具吗？那孩子小心翼翼地保存着，一个也没坏，说是只有三位绿人来的时候才可以使用。这孩子真会幻想，说真的，安妮，她这一点倒是和你很像。"

"真是惹人怜爱的孩子。"

"欧利巴·史洛恩现在是我们这里的老师。"黛安娜有点不放心地说，"他是文学学士，为了待在妈妈身旁，刚来学校一年。"

"黛安娜，我听说今年你和史洛恩一族一起工作，是不是？"

"不是……不是……才不是呢！我一点也不喜欢她。"

"好吧！就这么说定了，明天下午两点在绿色屋顶之家碰面，我们一起喝玛莉娜调的红葡萄酒。还记得吗，那时玛莉娜常为了红葡萄酒而挨林顿夫人的骂？"

"你还记得我喝醉的那天吗？"黛安娜咯咯地笑了起来。

"明天就可以重享青春了，你可别到时候又这个那个的不干脆——弗雷德驾着马车来了。对了，你的衣服好漂亮啊！"

"为了这场结婚典礼，弗雷德要我去订做的。其实我们自从家里整修后，已经不怎么宽裕了，我觉得没必要，他却说他可不愿让他的妻子穿得比别人差。"

"女人本来就需要装扮！"安妮板着脸孔说道，"千万不可以有这种想法，难道你想住在一个没有男人的世界吗？"

"那多可怕啊！"黛安娜也承认，"好了，好了，明天见！"

　　安妮在归途中，在妖精之泉旁边逗留了一会儿。安妮非常喜欢这条小河，流水好像将安妮孩提时代的笑声全部收藏起来，而现在又全部放出来给她听一般，安妮从潺潺水流中看见自己昔日的梦……好美！

第二章

故地重游

"今天天气真好，不过我担心好景不长，明天可能会下雨。"黛安娜说道。

"明天下雨有什么关系，即使明天太阳将消失，至少今天还有美丽的日光啊！即使明日将别离，只要今日能互享友情的温暖，也就够了。"安妮脸上洋溢着幸福。

两人重温昔日熟悉的恋人小径、魔鬼的森林、白桦小道、闪耀的湖泊，这些地方都藏有两人少女时代的欢笑，如今多少有些变化：以前的小白桦木，如今已长成了参天大树；闪耀的湖泊完全消失了，变成青苔丛生的洼地；吉鲁伯特以前在魔鬼的森林里发现的苹果树，现在则满是红色的小蕾，而且也已经长成一株大树。

两人都将帽子拿下来，尽情享受暖暖的日光。在阳光的照射下，安妮的红头发闪闪发光，黛安娜的头发则更乌黑，两人不时交换亲密的眼神，有时候好长一段路，她们就这么默不做声地走着……安妮感觉到，那是一种只有她们两人才能体会到的心情，那是一种无声胜有声的境界，偶尔两人会同时说："你还记得吗？"

"你还记得在克布家的鸭舍看落日的情景吗？"

"你还记得我们一起跳到约瑟芬姑妈身上的情形吗？"

"你还记得那篇故事的情节吗？"

"你还记得摩根夫人来拜访的时候，你将鼻子涂成红色的事情吗？"

"你还记得我们点蜡烛在窗口当信号的事情吗？"

"你还记得改善会开始时的情景吗？"

回忆的欢笑似乎是从往日岁月里传来的回音。

艾凡利的改善会已经解散了，自从安妮结婚后不久整个会就消失了。

"改善会维持不下去，安妮，你不知道，艾凡利现在的年轻人和我们那时代的太不一样了。"

"听你说的，好像'我们的时代'已经结束了，黛安娜，我们现在还是十五岁的同伴哟！你看阳光、空气……我觉得自己要振翅高飞了！"

"我也有同感，"黛安娜好像忘了早上磅秤还显示出一百五十五磅的体重，"我常常希望自己能变成一只小鸟，飞翔一定是件相当美好的事。"

两人回忆着愉快的过去，不知不觉，森林暗了起来，只有心灵那份希望仍波光闪闪。春天的夕阳很美，到处都听得到小鸟叽叽喳喳的声音。这里有个小洼地，好像将黄金熔解在里面而形成的池塘，到处都散发着春天的气息。羊齿草的芬芳、枞树的香味以及新耕地清新的泥土芬芳，而小道旁的樱桃花开放得犹如大地的窗帘一般。这里真像是世外桃源、仙女之家。

"太古的地火隐藏在他们胸中。"安妮喃喃自语。

穿过蘑菇丛生的幽谷，两人来到拉宾达的庭院，这里并没多大改变，依旧开满了令人怀念的花草，六月百合绽放得动人极了，中央步道则留有最早栽种的白色的草莓花及鲜嫩的羊齿草。两人坐在角落的石头上进餐，仿佛又回到了孩提时代。

"在外面进餐，食物似乎特别可口！"黛安娜以相当轻松愉快的口气说道，"安妮……我真说不出口……你可不可以教我你那巧克力蛋糕的做法？弗雷德很喜欢吃，他这个人啊，吃什么都不胖，而我只要吃一点东西就胖起来了，真是怪得很。我真担心会像雷伊拉阿姨那么胖，她真是胖得一点腰身都没有！

"不过，看到这些点心，还有像昨天宴会那种场合……不吃还真是不舒服！"

"昨天愉快吗？"

"嗯，还好，只不过遇到弗雷德的表妹亨莉艾塔，她一直围在我身边，从她手术时的状况、心情开始说起，说什么不切除的话，盲肠便会破裂等，挺无聊的，'缝了十五针，哦！黛安娜，你不知道有多痛！'也许亨莉艾塔说得津津有味，我却觉得一点意思也没有，她竟能够如此愉快地说出痛苦的经验，还真不简单。吉姆来了的话，一定很有趣，吉姆说结婚前一

晚，他紧张得睡不着觉，吉鲁伯特和弗雷德当时应该不会这样吧，安妮？"

"我想应该不会。"

"弗雷德也不会……今天下午真的好愉快，再一次享受到少女时代的幸福滋味。安妮，如果你明天不走，该有多好！"

"黛安娜，今年夏天你抽空到壁炉山庄来一趟吧！"

"我也想呀！可是夏天我走不开，有好多事情不得不做。"

"贝卡·狄恩不久会来，我真高兴。接下来，美莉姑妈大概也会来，我略微向吉鲁伯特提过这件事，他也不太欢迎这位姑妈，可是毕竟是亲戚，也不能不让她来。"

"大概要等到冬天吧！我也很想去看看壁炉山庄，安妮，你家一定很漂亮。"

"我很喜欢壁炉山庄……刚搬到那个地方时，我非常讨厌它，因为……它太美了，还记得离开家时，我对吉鲁伯特说：'我们在这里生活得如此幸福，以后不论到哪里，都不会像在这里这么幸福吧！'一开始，我抵抗、排斥壁炉山庄，可是住了一阵子之后，我不得不承认，我真的很喜欢它，而且愈来愈喜欢。

"壁炉山庄不是一栋太旧的房子，太旧就很悲哀了；它也不会太年轻，太年轻就太粗野了。那是个非常成熟的地方，每间屋子我都喜欢，虽然有缺点，但还是好地方。

"我最喜欢草坪上的大树，虽然我不知道是谁种的，但我真的对它们有了感情。我家周围有很多树，真希望你来玩。"

　　"弗雷德也是这样，在屋子南面种了一株大柳树。由于客厅窗户被柳树挡住，使得从客厅里望不到远处美丽的景色，我向弗雷德说了好几次，他总是回答我：'就算它真的遮住了美景，你又何时欣赏过美景了？'所以柳树至今还在，事实上，那株柳树还真不错，也因此，我们家就命名为'一株柳农场'。对了，我很喜欢壁炉山庄这个名字，感觉得出那是个很温馨的家。"

　　"吉鲁伯特也曾这么说，我们当初还费了一番工夫，才取了这个名字。虽然不是很大的房屋，可是小孩们也都很爱这个家。"

　　"好可爱的孩子呀！"说着，黛安娜顺手又拿起一块巧克力蛋糕，"我一直觉得我家的小孩很优秀，可是你的小孩更优秀，尤其是那对双胞胎！真令人羡慕，我一直想生双胞胎呢！"

　　"生双胞胎是我命中注定的呢！可是她们长得一点也不像，南恩的头发、眼睛都是褐色的，漂亮又迷人；达恩则是她爸爸的最爱，因为她有绿色眼睛、红色头发——而且是鬈发。苏珊将沙利照顾得无微不至，什么都不会和她争，我生完孩子之后，有好长一段时间，身体不怎么好，苏珊将那孩子照顾得很好，我相信苏珊一定将沙利当成是自己的孩子，她称那孩子为'我的黑孩子'。"

　　"沙利还小，你有没有在夜里起床为她盖被子？"黛安娜叹了口气，羡慕地说，"你一定没有，我家杰克现在九岁了，已经不要我为他盖被子，说什么他已经长大了，可是我还是放心不下，一晚要起来好几次，唉！孩子们要是别长这么快就好了！"

　　"我家小孩夜里倒是不会踢被子……只不过杰姆现在要外出上学了，头一次离开我身边，还真是放心不下。"安妮也感叹地说道，"不过，杰姆、华特、沙利现在都还喜欢我照顾他们呢！"

　　"现在你还不用担心小孩长大后想当什么，像杰克现在一直梦想长大后要当军人……军人！我真是想都不敢想！"

　　"我倒是不担心这些，他们都还小，也许还会出现更令他们着迷的事，战争已经过去了。杰姆想当船长，华特则想当诗人，华特和其他小孩不太一样。但是孩子们都喜欢树木，总是一起到被他们称为'洼地'的地方游玩，壁炉山庄正下方有个小谷，有着如故事中的小径、小河经过其间……对于很多人来说，那只不过是个'洼地'，可是对小孩子们而言，却犹如童话王国一般。虽然每个人都有缺点，但都还是不错的孩子，大家心中都充满着爱。啊！想起来就高兴，明天这个时候，我就回到壁炉山庄了，睡觉之前，我会讲故事给孩子们听。

　　"还有苏珊，她真好，如果没有她，我真难想象自己会如何。想到要回家，我心里就很高兴，可是一想到要离开绿色屋顶之家，又非常难过，这里这么美——有玛莉娜、林顿夫人，还有你，我们的感情一直那么好……"

　　"是啊！想到你就要离开，真舍不得。安妮，我不像你那么会说话，可是我一直遵守我们'庄严的誓言与约定'。"

　　"我也是，过去、现在、未来……"

　　安妮紧紧握住黛安娜的手，在这个感人的时刻，两人均保持沉默。

夕阳悄悄地西沉，淡红色的天空逐渐暗下来，春天的黄昏占领大地，白桦树上出现一颗明亮的星星。

"第一颗星星出现总是奇迹。"安妮梦呓般地说道。

"真希望自己能一直坐在这里，不要离开。"

"我也和你一样，但结果我们还是不能回到十五岁，我们无法不担心家人……紫丁香好香呀！里面好像蕴含了什么，吉鲁伯特常常笑我这种想法，他很喜欢紫丁香，紫丁香总能勾起我许多回忆、幻想。"

"我总觉得紫丁香摆在家里香味太浓了。"黛安娜想将剩余的巧克力蛋糕吃下，拿起来后又摇摇头，以非常克制的表情将它又放回去。

"黛安娜，我们走恋人小径回去好吗？"

黛安娜微微颤抖了一下。

"不好吗？"

"不，不是不好，你看现在这么暗了，要是白天还好，现在……"

两人静静微笑着，互相注视着夕阳的余晖染红这片令人怀念的小丘，动人的友情也在她俩的心中燃烧着。

第三章

回　家

　　安妮度过愉快的一周后，临走的那天早晨，她到马修墓前献花，下午便搭火车回到自己的家。

　　其实"艾凡利"和"壁炉山庄"都是安妮心爱的地方，均有令她怀念的记忆。途中，安妮的内心在一路欢歌，不久就要回到那充满笑声、碗盘声、婴儿哭泣声的家，那儿已是安妮的生活重心所在。

　　"真高兴要回家了，有种幸福的感觉。"

　　安妮从皮包里拿出一封信，这是安妮的儿子寄来的信，前天晚上，安妮还得意扬扬地念给绿色屋顶之家的人听，惹得大伙大笑一场，这是安妮第一次收到自己小孩寄来的信。杰姆的语法还有些不正确，信的一角还有一块墨水印痕迹，但这对一位入学仅仅一年的小孩来说，已经很不错了。

　　达恩昨天哭了一整晚，因为德米·杜尔把达恩的洋娃娃烧了。晚上苏珊都会给我们讲好听的古（故）事，可是，苏珊毕竟不是妈妈。昨晚苏珊教我们怎么种萝卜……

"离开孩子已经一星期了。"

安妮将手放到已在月台旁等待的吉鲁伯特手中，从火车上跳了下来。

"旅行结束后，有人来迎接，真令人高兴！"安妮叫了起来。她原先并不知道吉鲁伯特会来接她，因此有些意外的惊喜。

壁炉山庄灯火通明，阳台上还悬挂着日本灯笼，安妮神采奕奕地走在小道上。

"壁炉山庄，我回来了！"

孩子们都拥向安妮，笑着，叫着，跳着，还没两岁的沙利为安妮准备了一束精心挑选的花。

"真是盛大的欢迎会，壁炉山庄里好幸福哟！一想到家里每个人都这么期待我回来，我就觉得好高兴，你们都是我的心肝宝贝！"

安妮一一抱起每个孩子，跑到黄昏中的庭院，摘一些紫罗兰，壁炉山庄到处满紫罗兰，大家一边摘花，一边津津有味地说着这一周来的点点滴滴。

"爸爸到外面出诊的时候，南恩把凡士林的盖子塞到鼻子里，苏珊气得发狂。"

"还有更令人担心的事……杰特·帕玛夫人的牛吃下了五十七枚钉子，最后不得不从夏洛镇请兽医来……费娜·达库拉斯夫人心不在焉，居然没戴帽子就往教会跑……爸爸从草地中掘出蒲公英……"

"达恩一天到晚唱'快了、快了，妈妈快回来了'……强森·利丝家的猫，竟然睁着眼睛生下小猫……杰姆上厕所后，忘了擦屁股就穿上裤子……"

"对了，小虾米差一点跌到我们家后院的那个大水桶里淹死！如果稍微迟一点的话，它必死无疑，还好爸爸及时赶到，抓住它的后脚，将它拉上来，真是万幸、万幸。"

安妮在壁炉边满足地听孩子们说话，当她想坐到椅子上的时候，回头一看，见猫坐在上面，便张开双手抱了它一下。在壁炉山庄，坐椅子之前，必须先确定猫有没有坐在上面。话说小虾米……约一年前，它被林子里的一些孩子欺负，南恩觉得它很可怜，便将它抱回家，吉鲁伯特为它取名"小虾米"。

苏珊本来很不喜欢猫，但在这种情况下，她也没有理由说不。"那么……苏珊，果戈和迈果戈怎么了？哦——他们没被打破吧？"

"不，不，夫人！"苏珊急忙说道，脸已涨得通红，跑出屋外。不久，她拿着壁炉山庄放在炉边的两只陶制狗回来。

"我忘了一件事情，在夫人出发前往艾凡利的第二天，夏洛镇的查尔斯·黛夫人来看夫人，她是个一板一眼的人，华特把这对狗指给她看，说：'这是 God（神），它就是 My God（我的神）。'我真是吓了一跳，黛夫人的脸色全变了，我则拼命在一旁解释，并不是家里对神如此不敬，所以在夫人回来之前，我

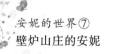

就将它们放在储藏室里。"

"妈妈，你还没吃饭吧！"杰姆一副撒娇的模样，"我的肚子已经咕噜咕噜叫了。妈妈，今天晚上我们吃大餐好不好？"

"看你，故意扯开话题，我当然会做大餐庆祝一番了！"苏珊也笑了出来，"我们一定要好好庆祝夫人回来，华特呢？这星期轮到他敲吃饭钟啊！"

丰盛的晚餐之后，孩子们满足地就寝。而为了庆祝这个特别的日子，苏珊也让安妮送沙利上床。

"今天不是寻常的日子，不是吗，夫人？"

安妮庄严地说道："苏珊，没有哪一天是寻常日子，每个日子都只有一次，不是吗？"

"嗯！的确！对了，夫人，上星期五真的是特别的一天，下了一整天的雨，令人感到郁闷，我却发现种了三年的粉红色天竺葵居然长出了花蕾，不久就会开花了吧！"

"真的吗？这还是头一次呢！苏珊，你怎么种的？"

苏珊感到很得意，说道："这都是我细心照顾的结果哟！哦！夫人，还有一件事我必须向您报告，前几天，华特问我一个奇怪的问题，他说：'孩子是不是很累赘？'我还真是被他的问题吓了一跳，但我不慌不忙地向他解释：'的确有人认为孩子是个累赘，但在壁炉山庄，孩子是很重要的。'我这么说不知道是不是能解开他心中的疑惑，还是请夫人多多注意！"

"你说得很好！"安妮称赞苏珊，"孩子们渐渐长大，会有很多愿望，也会出现很多想法和疑问。"

安妮走到吉鲁伯特身边，从窗台眺望远方。

"你幸福吗，安妮？"

"当然！"安妮斜靠在吉鲁伯特身旁，眼睛注视着化妆台上杰姆摆在花瓶内的苹果花，深深吸了一口气，感到自己被幸福围绕着，"吉鲁伯特，在我回到绿色屋顶之家的这个星期里，我陶醉在喜悦之中；现在回到壁炉山庄，我则感到百倍的幸福！"

第四章

杰 姆

"绝对不行!"吉鲁伯特以杰姆熟悉的口吻说道。

杰姆知道,爸爸妈妈的意见是一致的,所以他那茶色的眼睛流露出愤怒与失望,一直瞪着在他看来不通人情的爸爸妈妈,而安妮和吉鲁伯特还是显得很平和,若无其事地吃晚餐。当然,美莉也注意到杰姆的眼神——但她只觉得有趣。

巴弟·夏克斯比亚·杜鲁下午一直在和杰姆一起玩,华特、克尼斯·霍特和巴西斯·霍特则到"梦中小屋"玩。巴弟表示,今晚要和堂哥强森·杜鲁一起去看比尔·德拉船长,还有其他几位同伴也要一起去,一定很有趣!杰姆一听就很激动地要一起去,爸爸妈妈却一口拒绝了。

"不可以和一群小孩到那么远的港口去,而且他们一定会玩到很晚,而你的就寝时间是九点。"爸爸心平气和地说道。

"我还是孩子的时候,每晚七点睡觉。"美莉姑妈在一旁添油加醋。

"等你大一点再去吧！杰姆，晚上到那么远的地方去不太好！"妈妈也加以劝阻。

"妈妈上星期不是说我已经长大了吗？"杰姆愤愤然叫道，"可是妈妈还把我当小孩看！我和巴弟一样大，他能去，为什么我不能去？"

"麻疹正在流行，搞不好会被传染呢，杰姆斯！"姑妈有点幸灾乐祸。

杰姆最讨厌别人叫他"杰姆斯"，可是这位姑妈总是这么叫他。

"我就是想被传染——"杰姆反抗地回答。这时他看见爸爸的眼神，便屈服了，再怎么样爸爸也不容许杰姆这样没大没小的。杰姆讨厌美莉姑妈，比较喜欢黛安娜和玛莉娜等人。

"好吧！"他故意作对似的看着妈妈说，"如果你们不想疼我，就别疼我，让我到非洲打老虎如何？"

"杰姆，非洲没有老虎！"妈妈亲切地回答。

"那就改打狮子吧！"杰姆怄气似的说道，"你们就是不同意我的意见，不管怎么说，你们就是要跟我唱反调，你们认为我一文不值！非洲有几百万头狮子，你不能说非洲没狮子吧！非洲到处都是狮子！"

爸爸和妈妈还是像刚刚一样笑了笑，这却换来了美莉的指责，她认为不该这样放纵孩子的任性。

苏珊很同情杰姆，但又相信先生、夫人的决定是正确的，感到左右为难，于是说："杰姆，今晚我做泡芙给你吃！"

泡芙是杰姆最喜欢吃的点心，但他正在气头上，泡芙此时一点魅力也没有了。

"我不想吃！"杰姆断然拒绝，站起来离开餐桌，走到门口，回头做最后的挑战，"无论如何不到九点，我决不睡觉！等我长大了，我整天都不睡觉，整晚都要醒着！"

难道爸爸妈妈一点同情心也没有吗？

"虽然你们没征求我的意见，可是吉鲁伯特，如果我的小孩用这种口气说话，我一定会狠狠揍他一顿。现在家规都被忽视了，真遗憾！"美莉感慨似的说道。

"还没到该如此惩罚杰姆的地步。"苏珊看到主人夫妇俩欲言又止，于是小声说道。

美莉似乎不屑与她对话，一句话也不说。她从未在用餐时和苏珊说过话，因为对苏珊被允许"与家人共餐"这件事，她是十分不赞成的。

这点在美莉来之前，安妮已经和苏珊彻底沟通过了，自知自己"身份"的苏珊，在壁炉山庄有客人时，就不肯跟他们同席。

"可是美莉·玛莉亚·布莱恩不是客人，是一个家人，你可以一起进餐。"夫人如此说。

苏珊了解夫人的好意，内心也很感激自己没被当成普通佣人。虽然苏珊从未见过美莉·玛莉亚，但是姐姐玛琪的女儿曾在美莉·玛莉亚家工作过，因此苏珊也略闻美莉的事情。

"你好像不太欢迎美莉姑妈来访是不是，苏珊？尤其是现

在。"安妮率直地说，"可是姑妈来信表示要来住两三个星期……
先生会怎么做，你也知道……"

"当然，"苏珊非常忠实，"可是两三个星期……夫人，我们
当然不想把事情往坏的方面想，但我姐姐的姑妈也是说来住两
三个星期，结果一住就是二十年！"

"别担心，苏珊！"安妮微笑着说道，"美莉姑妈也有自己
的家，只不过那里有些寂寞，尤其两年前她妈妈去世后，就更
没伴了。美莉非常孝顺妈妈，所以她妈妈的死亡对她打击很大。
我们尽量使她在这里待得愉快吧，苏珊。"

"我会尽力的。夫人！对了！餐桌应该再加长一些比较
好吧？"

"好！可是餐桌上不能摆花，美莉姑妈有气喘，对花粉过
敏。还有，胡椒粉会令她打喷嚏，所以菜里最好不要用，另外，
她很容易头痛，必须保持安静的环境，不可大声吵闹。"

"真是麻烦！先生和夫人都不会大声吵闹，我也不成问
题，可怜的是小孩子们，为了美莉姑妈的头痛病，必须保持安
静……实在有点不自由，这是不是也太过份了一些呢，夫人？"

"只有两三星期而已！"

"是啊！夫人，就好像在这世界上，偶尔也必须忍受瘦肉中
总是夹有肥肉的情形。"苏珊无可奈何地说。

安妮交代在美莉到达之前，要打扫烟囱，因为美莉很怕
火灾。

"我以前就说过你家的烟囱，烟都跑进我的房间了。"美莉

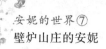

占据了客房，没有一个人热烈地欢迎她的到来，杰姆一看到姑妈来了，就立刻躲到厨房。

"那个姑妈在我们家的时候，我们可以笑吗？"杰姆偷偷地问苏珊。

华特第一眼看见姑妈，差点就吓哭了，急忙跑到屋外。大家都不愿和姑妈一起待在屋内，甚至小虾米也被苏珊关到后院了，只有沙利留在屋内。苏珊则得随时留意美莉的脸色。

美莉姑妈很不得壁炉山庄小孩子们的缘，因为她太一板一眼了。

"吉鲁伯特，你的餐前祷告太短了！"在壁炉山庄的第一次用餐，美莉便加以指责，"我在的这段期间，由我代领你们祷告。"

"餐前的感谢又不是祈祷。"苏珊头对着菜肴盘子，有点不以为然地喃喃自语。

这位自认为"贵族"的妇人，似乎有点看不起苏珊灰色的头发，但苏珊才懒得理她。如果美莉知道苏珊私下里对她的穿着的想法，不知又会如何？

第五章

六月百合

安妮将摆在自己房间的六月百合与吉鲁伯特书桌上的芍药交换。现在是六月，白天比较长，空气也显得充满活力。

"苏珊，你看今天的夕阳多美啊！"安妮向厨房高声叫道。

"夫人，等我洗完碗盘再看落日。"

"到时候太阳就会全部沉下去了，苏珊，你看洼地上一大片白色的云，想飞下来似的！"

苏珊手上拿着抹布，抬头往上望。

"又有新的虫子了，明天得喷喷杀虫剂，我都等不及想今晚就动手。今晚十分适合做花园里的工作，苏珊，天堂大概也有花园吧！"

"如果有，虫子也不受欢迎！"苏珊反驳道。

"是啊！"安妮满足地继续说道，"费心整理的花园真令人愉快，如果不是亲自布置的庭院，就毫无意义了，我要亲自种植自己喜欢的花，布置一个花之国。苏珊，我的三色堇不错吧！"

"今晚想做就做啊！"苏珊了解夫人也是个随兴的人。

"可是，先生说要我和他一起去德拉布，他必须到珍妮·帕克斯顿老夫人那里去看看，她身体很虚弱，先生只能尽力帮助她了……"

"是啊！夫人，这一带要是没有先生，真不知该如何是好，对了，今晚我也要去食品店采购。"

"苏珊，杰姆必须按时上床，我想他已经很累了，上床后会立刻睡着。华特今晚不回来，住在雷丝莉那里，我想今晚应该很平静。"

交代完之后，安妮便随着吉鲁伯特出门了。

杰姆坐在侧门的台阶上，双手顶住下颚，皱着眉头、狠狠地瞪着四周，特别是克雷教会尖塔后面那个大月亮，杰姆不喜欢这么大的月亮。

"你坐在这里会冻坏的！"美莉姑妈经过杰姆身旁时说道。

杰姆表现出比刚刚更顽劣的脸孔："我就是想冻僵！你追出去啊，来这里干吗？"杰姆大声骂南恩。南恩跟着爸爸妈妈的马车跑了一段路，现在则在杰姆身边。

"真是好心没好报！"南恩不悦地说道。但在离开之前，南恩将手上拿的狮子形红色糖果，放在杰姆身边。

杰姆看也不看一眼，觉得像受到了侮辱："为什么大家都要这样对我？为什么大家都要欺负我？今天早上，就连南恩都说：'你不是在壁炉山庄出生的，而我们都是。'

"下午达恩把我的巧克力兔子吃掉了，她明明知道那是我的巧克力兔子；华特则不理我，自己和朋友去掘井；我想和巴弟他们去玩，却被阻止了，我开始怀疑，我是怎么冒出来的？巴弟他们已经去看比尔船长了……"

　　苏珊拿来一块包裹着枫露糖衣的蛋糕，可是杰姆无情地断然拒绝："不要！"为什么泡芙变成蛋糕了呢？一定是他们将泡芙都吃完了，这些贪吃鬼！为什么连苏珊也这么对他，杰姆的情绪落入谷底了。

　　现在，巴弟他们正在去港口的途中，真是羡慕他们，为什么我不能反抗家人的意思呢？我一定要做些事情让他们瞧瞧……在达恩的布娃娃上划几刀，不知会怎么样？苏珊明明知道我不喜欢吃枫露糖衣蛋糕，还偏偏要拿给我吃。哼，我在她房间的画像上，加两道胡子，不知会怎样？杰姆不觉地露出笑容。

　　"如果我能做一些令人吃惊的事，妈妈就不会再认为我是小孩子了……"

　　滴答滴答……滴答滴答……这是祖父死后留下来的旧式时钟，杰姆一直很喜欢这个时钟，现在却无比讨厌它。它好像也在嘲笑他："哈！哈！休息时间到了，其他人都到港口去了，你该睡觉了。哈！哈……哈！哈……哈哈！"为什么他每天晚上都得睡觉？为什么？

　　苏珊在去食品店采购之前，温柔地来到正被反抗之火燃烧的小杰姆身旁。

　　"杰姆，在我回来之前，你可以继续坐在这里。"

　　"我今晚不睡觉！"杰姆摆出可怕的面孔说，"我要离家出

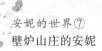

走，我要跳进水池……老苏珊！"

即使被这么小的杰姆喊"老妇人"，苏珊也觉得不舒服，一言不发地起身往外走，心想那个孩子真有必要好好调教。跟着苏珊出来的小虾米想跟杰姆表示亲热，跑去蹲在他的前面，结果遭到杰姆的白眼。

"你们都滚出去，不要烦我！"

杰姆拿起放在旁边的沙利的玩具车，用力往前丢，小虾米哀叫一声躲到篱笆后面去了。

杰姆拿起狮子糖果，尾巴部分被南恩吃掉了，但还看得出来是狮子。把它吃了吧，也许这是我吃的最后一只狮子。吃完狮子糖果后，杰姆舔舔手指，似乎下了什么决心……

第六章

杰姆不见了

"怎么回事，家里灯火通明？我想一定是有客人来了。"十一点，当吉鲁伯特打开门的时候，安妮吃惊地叫道。

两人很快进屋，但并没发现客人，而且一个人都没有。

厨房、客厅、餐厅、苏珊房间、二楼小客厅全部点着灯，却没有任何人。

"到底怎么回事？"安妮正在说话时，电话铃响了，吉鲁伯特立刻接起电话，随后大叫一声，接着说诊所有急事必须马上去处理，安妮知道他又有急诊了。

身为每日面对生与死的医生妻子，安妮已经习惯了这种场面。她脱下外套、帽子，心中对苏珊略有不满，怎么搞的，家中灯火通明、门也没关，就这么出去了。

"夫……夫人！"

好像是苏珊喘气的声音——这的确是苏珊的声音。

安妮盯着苏珊，怎么回事——苏珊帽子也没戴、灰色头发

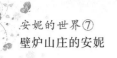

乱得跟杂草一样，脸色更是怪异！

"苏珊，发生了什么事？苏珊？"

"杰姆，杰姆不见了！"

"不见了？"安妮瞪大眼睛。

"说清楚点，不见了？"

"是啊，不见了！"苏珊焦急得直搓双手，"我出去的时候，杰姆就坐在侧门，我在天黑之前回来，可是……杰姆不在那里，开始我也不担心，后来到处都找不到他，我找过家中每个房间……杰姆说过要离家出走！"

"真是胡说！杰姆不会这么做的，他一定在家里的某个地方睡着了……"

"我到处都找遍了……真的！只差没把地板翻过来，你看看我的衣服。杰姆曾说在草堆里睡觉很舒服，我也到草堆里找过，又怕他跌到桶子里……可是，到处都找不到他……"

安妮坚定的心动摇了。

"这么说，他会不会和那些孩子到港口去了？他一直很想去的……"

"没有，他没去，我到巴弟家问过，巴弟他们已经回来了，杰姆并没有跟他们一起去。夫人将小孩交给我，我却……"

"我们到隔壁问问看！"

"夫人，我全问过了，而且该打的电话都打了，林子那边正派人搜寻！"

"苏珊！有这个必要吗？"

“夫人，我全找过了，杰姆真的不见了，啊！今晚他的想法很奇怪，说什么要去跳水池……”

安妮不觉地全身颤抖，杰姆当然不会去跳水池……可是那里有一艘钓鱼的船，像杰姆刚才那种反抗心情，也许会去乘船绕池，也许那艘船沉了……安妮突然害怕了起来。

“而且，现在也不能找吉鲁伯特呀！”安妮有点心慌意乱。

“怎么这么吵？”突然，二楼的美莉出现了，“你们家到了夜晚也不静静睡觉吗？”

“杰姆不见了。”苏珊重复说道。

“这么小的孩子，还应该依赖妈妈，怎么……”美莉以略微指责的口气说话。

杰姆一定是在什么地方！没有在他房里，床铺整整齐齐，也不在双胞胎房里，也不在安妮房里……到处都没有，安妮不相信，自己从二楼楼顶一直绕到地下室，什么也没有发现，安妮开始处于恐慌状态。

“他会不会爬上水塔玩，淹死了！”美莉冷不防地大声叫道。

“我已经找过水塔了！”苏珊这时又焦急地搓手，“我……我用棒子伸进去找……”

安妮的心噗通噗通跳得好厉害。

这时候，苏珊好像镇定下来，沉稳地对安妮说：“我们必须沉住气，同心协力找出杰姆，”苏珊越说越颤抖，“正如夫人所说，他一定在某个地方，总不会平白无故消失在空气中吧！”

“煤仓找过了吗？大时钟呢？”美莉问道。

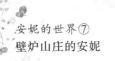

煤仓苏珊已经找过了，大时钟倒是还没想到，的确，这么小的孩子，躲在里面刚好，说着，安妮钻进大时钟里，杰姆也不在里面。

这时电话铃声响起，安妮与苏珊对看一眼。

"我……我不敢接电话，苏珊…"安妮小声说道。

"我也不敢。"苏珊恨自己在美莉·玛莉亚·布莱恩面前表现得如此胆怯，但经过两个小时恐怖的搜索，苏珊就如在一条破难船上。

美莉立刻拿起电话筒。

"卡达·弗拉库说大家四处找遍了，就是没看到杰姆的踪影。"美莉向安妮叙述电话内容。

"难道真的是乘船出事了吗？"苏珊慌张地拉住安妮。

"不……不……"安妮的嘴唇也没了血色，"一定得让吉鲁伯特去找找看……"

"如果那孩子真的淹死了的话，对他也是一种解脱。"美莉如此"安慰"安妮。

安妮不予理会，站起来说道："拿着手电筒，全家上下再找一次，我知道你已经找过了……可是！让我们再找一次，我不能光坐在这里等呀！"

"夫人，你披上外套吧！露水那么重，披上那件红色外套吧！我上楼去拿！它挂在男孩们房间的凳子上，夫人，等我一下。"

苏珊急忙奔向二楼，不一会儿，传来响彻壁炉山庄的尖叫

声。美莉与安妮都冲上二楼，发现苏珊歇斯底里地又哭又笑。

"夫人，我找到了！我找到杰姆了，他在门后窗子旁的凳子上睡着了。我刚刚没找这个地方……因为门把他挡住了……只看见床上没人……"

安心与兴奋的安妮进入房间内，跪在窗户边的凳子旁，也许过一会儿，她和苏珊会为她们自己的愚蠢大笑一场，这时却都流下了欢喜之泪。

杰姆裹着毛毯，在凳子上睡着了，手上还拿着玩具熊。看来，他做了一个愉快的梦。安妮不打算叫醒他，但突然间，杰姆睁开他那淡褐色、如星星般的眼睛，注视着安妮。

"杰姆，怎么不到床上睡呢？我们以为你不见了，担心得不得了，没想到你在这里。"

"我想坐在这里看着大门，一直等到你和爸爸回来，结果就在这里睡着了。我好寂寞，我不喜欢一个人睡在床上。"

安妮抱起杰姆，将他送回床上，轻轻地在杰姆额头上吻了一下。杰姆一定是做了美梦，他微笑地看着安妮，很满足的样子。

"妈妈，您真好，他们的妈妈都比不上我的妈妈，他们都叫巴弟的妈妈'吝啬鬼伯母'，因为她很小气，而且我看过她打巴弟耳光……"

"妈妈，"杰姆说着梦话，"明年春天会开很多花，每年春天都会开很多花，我们打赌！"

"当然了，好孩子。"安妮说。

"害大家穷紧张了一场，现在自己却安心地睡着了！"美莉

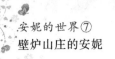
总是说些不中听的话。

"我真傻，没想到去看一看窗台。先生大概把我们给忘了，还好，在找到杰姆之前，他没打电话回来。"

"是啊，否则他一定会大笑一场！"苏珊显得格外高兴，"杰姆没事，我真想大笑。"

"给我一杯茶好吗？"美莉瘦弱的身体有气无力地说道。

"马上来！"苏珊则神采奕奕地回答。

电话铃又响了，这次是吉鲁伯特。她说由于有个被火烧成重伤的病患须治疗，所以晚上不能回家了。

安妮独自从房内的窗户向外眺望，心里充满感激。微风徐徐地从海面吹过来，洼地上倒映着树影，安妮想到一小时前的紧张恐怖……回想起来还会发抖呢！我的小孩平安无事了，吉鲁伯特则还在为其他妈妈的小孩的生命奋斗。主啊，请帮助他和那位妈妈，帮助天底下所有的妈妈，我们需要更多协助。

壁炉山庄恢复了寂静，尽管安妮、苏珊内心的澎湃尚未完全平息，但壁炉山庄毕竟平安了……

第七章

罗布利吉之旅

"这儿同伴很多，绝对不会寂寞。家里有四个小孩，又有蒙特利尔来的外甥、侄女，热闹得很，你一定会玩得很开心的。"

高大的巴卡夫人向华特表示欢迎之意，华特也报以朝阳般温暖的微笑。虽然华特还是比较喜欢巴卡先生，至于巴卡夫人，华特并不怎么喜欢。

"家中的四个小孩"及蒙特利尔来的外甥、侄女，华特一次也没见过。巴卡家的罗布利吉距离壁炉山庄六英里远，尽管巴卡夫妇与布莱恩夫妇经常往来，但华特从未去过那里。巴卡医师是爸爸的远房亲戚，而六岁的华特正准备前往巴卡家住一阵子。

六岁的华特在妈妈眼里，已是个非常懂事的孩子了。华特不知道自己是不是真的想去罗布利吉，偶尔出去做客，感觉很不错，如果现在是要去艾凡利那就太棒了！

艾凡利有"绿色屋顶之家"，"绿色屋顶之家"对"壁炉山庄"的小孩来说，是第二个家，有种亲切感。可是这次是要前往罗布利吉过两个星期，而且必须和完全不认识的人生活在一起，这和度假有些不同。可是已经决定了，华特觉得爸爸妈妈似乎很满意这项决定。他们是不是想抛弃所有的孩子呢？华特有种不安的心情，杰姆两天前已经被送到艾凡利了，苏珊还说："到时候就将双胞胎送到马歇尔·艾利奥特夫人那儿。"真不可思议，什么时候到呢？

美莉姑妈抑郁地说："稍微清静一点好。"

华特觉得壁炉山庄飘浮着异常的空气。

"明天我带他去。"吉鲁伯特说道。

"孩子一定会很愉快的。"巴卡夫人回答。

"谢谢你！"安妮礼貌性地道谢。

"这么做是最好的，毫无疑问。"苏珊在厨房对小虾米说话。

巴卡夫妇告辞后，美莉说话了："巴卡夫人真不错，让华特离开我们一阵子，这两周我就不必担心进浴室的时候会踩到死鱼了。"

"死鱼？什么意思？"

"对啊！安妮，一条死鱼！你踩过死鱼吗？"

"没有……怎么……"

"昨晚，华特钓了一条鳟鱼，为了要养它，便将它放在浴缸中，"苏珊向安妮解释，"本来想它在那儿会很好，没想到半夜它跳到外面死掉了。当然，如果有人光着脚到处走……"

"我不想跟任何人吵架。"说着，美莉立刻站起来走出屋外。

"那个人就是这么没度量。"苏珊不服气地说道。

"别这样,苏珊,一大早就踩到死鱼,心情当然不太好了。"

"妈妈,死鱼不是比活鱼好吗?死鱼就不会逃走了啊!"达恩一脸认真地说道。

壁炉山庄的女主人与女佣咯咯笑了起来。

当晚,安妮有点不安,不知道华特在罗布利吉会不会快乐。

"那个孩子太敏感,又爱幻想。"安妮忧心忡忡地向吉鲁伯特诉说。

"别担心!"吉鲁伯特引用苏珊的话,"安妮,那孩子连上黑漆漆的二楼都会害怕,让他和巴卡家的孩子玩几天也好,总要学习适应环境嘛!说不定回来后就变了个样了。"

安妮听吉鲁伯特这么一说,也安慰自己别杞人忧天。吉鲁伯特说得没错,杰姆不在家,华特会非常寂寞,苏珊必须照顾沙利,而美莉姑妈原来打算住两个星期,现在已经待了四星期了,华特也有受拘束之感。

华特睁着眼睛躺在床上,脑子里想着,明天就要到那个陌生的地方了。华特的想象力非常丰富……夜来了……就像住在南安德路先生家的森林后面,高大、黑色、有翅膀的夜神。华特在自己的小世界里赋予每件事物个性与生命——风姑姑会在夜里给他讲故事,霜婆婆会冻伤花园里花儿的脸蛋,露水姑娘像水银一般静悄悄地从叶子上滑落,至于月亮,他觉得如果能爬上远方那座紫色小山的山顶,他就可以把月亮抱在怀里……从海上升腾的雾气,变幻莫测、又似乎亘古不变的海洋,黑暗、神秘的潮水，这些对华特而言，都是有生命的。壁炉山庄也充满洼地、枫林、沼地、海岸、小人、小鬼、树精、妖精……

书房书架上的石膏黑貂，是会魔法的女魔，到了夜晚便在家中来去自如。华特把头埋进被子里，吓得直发抖，他总是恐惧于自己的幻想，正如美莉所说："他太敏感，有点神经质。"

但对于这一点，苏珊决不同意美莉的说辞，具有"透视力"的凯蒂说："华特小小的身体内，住着苍老的灵魂。"也许正因为如此，在他幼小的脑袋里，可以装下那么多稀奇古怪的事情。

早晨，华特吃完早餐后，就要被送到罗布利吉了。华特静静地，一句话也不说。但在吃早餐的时候，他还是忍不住流下眼泪，于是忙将眼睛闭上，但已经来不及了，其他人已经注意到了。

"华特，你是不是哭了？"美莉姑妈开始指责，那口气就好像一个六岁的孩子还哭鼻子，将是一辈子难以摆脱的耻辱，"我最看不起爱哭的孩子，爱哭的孩子会被称为爱哭鬼！你还没吃肉呢！"

"瘦肉吃完了，"华特急忙擦干眼泪，眨了眨眼睛说，"我不喜欢吃肥肉。"

"我小时候，可不能挑肥拣瘦。你到巴卡先生家也一样，一定要守规矩，否则父母不在身边，你会被处罚得很惨。"

"拜托，拜托，请别吓着孩子了，别让他对罗布利吉怀有恐惧感。"安妮有些生气了。

美莉立刻以高声回答："真对不起，安妮！我忘了我没有管教孩子的权利。"

"可恶的家伙。"华特拿起最喜欢吃的点心，苏珊在一旁喃喃自语。

安妮觉得自己说错话了，吉鲁伯特也投以责难的眼神。虽然吉鲁伯特也不喜欢美莉，但他认为安妮应该忍耐美莉年老、孤寂的心情。

"茶还可以吗？"安妮心怀歉意地问美莉。

美莉啜了一口说道："淡了一点，不过没关系，像我这么一把老骨头了，有茶喝就不错了。"

听了美莉讽刺的话，安妮脸发青了。

"我上楼去了。"安妮轻轻说完后立刻离开了餐桌，"对了，吉鲁伯特，你大概不会在罗布利吉待太久吧！请打个电话给卡森小姐。"

安妮假装不很在意华特要离开，若无其事地吻了他一下。华特想哭，美莉又在他额头上吻了一下——华特最讨厌被吻额头。她还说："在罗布利吉必须注意饮食礼节，吃东西不可以出声，否则便有大黑魔出现，将调皮的孩子装入黑袋子里带走。"

吉鲁伯特已经牵出马车等在外面了，所以他没听到这些话。安妮站在苏珊和美莉前面，目送华特上马车，渐渐驶去……

第八章

郁金香花道

华特最喜欢和爸爸一起兜风,他喜欢看沿途的美景。通往罗布利吉的街道旁长满了郁金香,相当漂亮,而且到处都有羊齿草。可是爸爸今天似乎不太想说话,华特也保持沉默。

到达罗布利吉后,爸爸与巴卡夫人交谈两三句话后,便向华特道别,头也不回地往回赶。华特想哭,大家都说爱我、疼我,但爸爸妈妈爱我的程度也不过如此而已。

非常混乱的罗布利吉巴卡家的房子,对华特而言,一点亲切感也没有,这个家大概也如此看待他吧!

巴卡夫人将华特带到庭院,大声告诉其他小孩"大家一起玩",接着便返回屋内继续缝衣服。巴卡夫人认为,小孩子们会玩得很高兴……

庭院此时陷入了尴尬的寂静中。华特站在那儿看着巴卡家的四个小孩与蒙特利尔来的两个小孩。十岁的比尔·巴卡长得很像他母亲,华特认为他的年纪最大。安狄·巴卡九岁,被罗布利吉的小孩们称为"讨厌的家伙"，并有个外号"小猪"，华特一开始就不喜欢安狄的样子——削短的金发，顽皮的面孔，突出的蓝眼睛。弗雷特·强森和比尔差不多年纪，黄褐色头发、黑眼睛，看起来是很能干的人，但华特也不喜欢他。弗雷特的妹妹，九岁的奥帕尔，头发散乱、黑眼睛——好像是不怀好意的黑眼睛，奥帕尔将手挽在八岁的可拉·巴卡手里，两人盯着华特看。如果艾丽斯·巴卡不在的话，华特一定立刻逃跑。

艾丽斯·巴卡七岁，有金色的小鬈发，温柔的蓝眼睛，笑起来很亲切，有着粉红色的双颊，衣服上装饰着蝴蝶结，跳起舞来就像刚刚路旁看到的美丽郁金香。艾丽斯和华特好像生下来就认识一般，互相微微一笑。

弗雷特首先开口："怎么样！小鬼？"一副老大模样。

华特立刻感觉到他是这里的老大，马上从自己的思绪中跳了出来。

"我的名字是——渥－路－达。"华特一个字一个字清楚地说。

弗雷特非常吃惊地看着其他同伴，之后又以严厉的眼光看这个乡下孩子。

"华特也算是名字吗？"弗雷特问旁边的比尔。

"华特也算是名字吗？"比尔又问旁边的奥帕尔。

"华特也算是名字吗？"奥帕尔转身问安狄。

"华特也算是名字吗？"安狄又问可拉。

"华特也算是名字吗？"可拉笑着问艾丽斯。

艾丽斯则沉默不语，只是盯着华特看。还好艾丽斯的眼神，

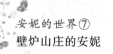

给了华特一些力量，使他能在其他孩子的嘲弄中撑下去。

其他人发出大笑声，华特则忍耐着。

"小孩们玩得好愉快啊！"巴卡夫人一面缝衣服，一面满意地说。

"听妈妈说，你相信有妖精的存在？"安狄斜眼看着华特问道。

华特转身正对着安狄，他心里想，这次可不能在艾丽斯面前露怯。

"当然有妖精！"华特很肯定地说。

"才没有呢！"安狄反对。

"有！"华特再一次坚定地说。

"有妖精吗？"安狄问弗雷特。

"有妖精吗？"弗雷特又问比尔……大家就这样又重复了一次相同的话。

华特觉得这是一种折磨，他无法适应这种无助的场面，他的牙齿颤抖着，但在艾丽斯面前他决不能哭。

"你喜欢被掐得青一块紫一块吗？"安狄说道。他认为华特是胆小鬼，便以欺负他为乐。

"住嘴！"艾丽斯大声叫道，声音严肃带有命令的语气，连安狄也吓了一跳。

"当然，我只是说说而已。"安狄自找台阶下。

气氛渐渐融洽，大家一起在果树园中玩捉迷藏。

很快就到了吃饭时间，华特又想家了。华特担心自己会在其他小孩面前，特别是在艾丽斯面前哭出来。艾丽斯在餐桌边坐下时，用手肘轻轻碰华特，表示友善，使华特心情好一些。但他一点也吃不下，真的一点也吃不下。

巴卡夫人对此并不担心，她想等他心情好一点时，自然就有食欲了。其他小孩只顾着拼命吃、拼命说话，没注意到华特。华特心想，为什么这家人说话都爱大喊大叫，其实他不知道最近又聋又敏感的老奶奶刚死，大家都还没有改掉以前的习惯。噪杂使得华特头痛……现在，家人也在吃晚餐吧！妈妈正笑着说话，爸爸正在逗小孩吧！苏珊大概正在为沙利泡牛奶，南恩则一口一口吃着美食，还有美莉姑妈……这星期轮到谁敲开饭钟呢？这星期本来轮到自己了！杰姆也不在……想着想着，华特真想找个可以哭的地方，但罗布利吉连个哭的地方都没有，而且艾丽斯就在旁边。华特一口气喝掉杯子里的冰水，稳住了情绪。

"你们家的猫会抽风吗？"安狄说着，用脚踢桌下华特的脚。

"当然会。"华特回答。

"你家的猫一定和你一样懦弱！"安狄冷笑道。

"胡说！"华特不悦地回答。

"好了好了，不要为猫的事情争吵。"巴卡夫人向大家望了一下，她正在写论文《被误解的小孩》，希望今晚安静些，"到外面玩一会儿吧！快到休息时间了。"

休息时间？华特突然意识到，自己已经在这里待了一天，今晚、明晚，两星期的夜晚，都必须住在这里，真是恐怖的一

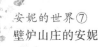

件事。他双手紧握，走到果树园里，比尔和安狄在草地上扭打成一团，似乎在格斗。

"你竟然给我吃有虫的苹果，比尔·巴卡，"安狄大叫，"我要教训你，我要咬掉你的耳朵！"

这种格斗在巴卡家算是家常便饭，巴卡夫人并不认为这种打架对少年有害，还认为如此可使男孩身体强壮，逼出体内的秽气，打一打后马上就和好了，但这种场面却令华特吓了一跳。

弗雷特在一旁鼓噪，奥帕尔和可拉则在一旁笑，但艾丽斯的眼中含着泪水。华特无法忍受这种事情，在两人暂时喘气的间隙，突然撞进两人之间。

"别打了，你们吓着艾丽斯了。"

比尔和安狄瞬间大吃一惊，望着华特，一会儿又觉得这个小孩担任两人的仲裁，似乎很滑稽，于是两人笑了起来，比尔用力拍了拍华特的背。

"真有勇气，这才像男子汉嘛！来，奖励个苹果给你，没有虫的。"比尔说。

艾丽斯柔和地微笑，拭去泪水，以崇拜的眼神望着华特。弗雷特觉得不是滋味，当然，艾丽斯只不过是小女孩，但对弗雷特而言，艾丽斯以这种崇拜的眼神看其他乡下男孩，令弗雷特不舒服，他觉得有失蒙特利尔的颜面。这件事情可不能就此结束。弗雷特刚才进屋子的时候，听到珍妮阿姨不知在和狄克叔叔说些什么。

"你妈妈得了重病。"弗雷特对华特说。

"真的吗？才不会呢！"华特大叫。

"是真的，我听到珍妮阿姨这么告诉狄克叔叔的……"弗雷特的确听到珍妮说："安妮生病了。"但他添油加醋地加上"重病"，自觉很得意，"也许会在你回家前死去。"

华特痛苦地环顾四周，艾丽斯仍站在华特这一边，但他看到弗雷特敌对的眼神。

"即使生病，爸爸也会将病治好的。"华特说道。

爸爸应该会医好病，一定要医好！

"我想是没办法了。"弗雷特假装悲哀地看了安狄一眼。

"没有爸爸医不好的病。"华特很有信心地说。

"可是拉斯·卡达只去了夏洛镇一天，回家时妈妈就去世了。"比尔说道。

"就这么被埋葬了吗？"安狄也不知是否是事实，在一旁制造效果。

"我还没参加过葬礼呢！"奥帕尔悲伤地说道。

"没关系，以后会让你看的！"安狄在一旁搅和，"因为你爸爸无法使卡达复原，要是我爸爸就可以，我爸爸比较能干。"

"胡说八道……"

"我爸爸比较了不起……"

"才不呢……"

"如果回家一看，壁炉山庄失火，全烧光了，你怎么办？"奥帕尔说道。

"如果你妈妈死了，你们这些孩子一定会被拆散，"可拉幸灾乐祸地说道，"也许……你就要永远住在这里了。"

"拜托别这样好不好？"艾丽斯温柔地恳求。

"才不呢！华特的爸爸一定会再结婚，替小孩子找个新妈妈，如果爸爸也死了呢？你看，你眼珠子瞪得那么大，像女孩子的眼睛……"

"好了，住口！"奥帕尔打断谈话，"不要欺负这个小孩，你就只会欺负他，到公园看打棒球吧！华特和艾丽斯留在这里。"

看见大伙儿走了，华特一点也不难过，很显然，艾丽斯也一样，两人就坐在苹果树下互相凝视。

"我教你弹小石头好不好？我把我的袋鼠借给你。"艾丽斯说道。

到了就寝时刻，华特被带到大房间的小床上。巴卡夫人很体贴地放了一支蜡烛及温暖的羽毛被，在海边，即使夏夜也会觉得有点凉意。

华特望着窗外，即使抱着艾丽斯的袋鼠也睡不着，因为没有妈妈念诗的美妙声音。

"我是大男孩。不能哭……不能哭……"不知不觉，眼泪还是流了下来。才离家一天，华特就觉得好像已好几年了，他好想家！

不久，其他小孩从公园回来，大伙儿进房间，坐在床铺上吃苹果。

"别哭，别哭，乖孩子，你只不过是个小女生，是妈妈的乖小孩！"安狄嘲笑地说道。

"吃一口！"比尔将苹果凑到华特嘴边，"打起精神，你妈妈一定没事的………她体力那么好，我听我爸爸说，史德芬·弗拉克如果没有体力，几年前就死了，你妈妈有体力吧！"

"当然有。"虽然华特不很清楚体力是什么，可是既然史德芬·弗拉克伯母有，妈妈一定也有。

"阿布·苏亚的伯母上周死了，沙姆·克拉克的妈妈上上周死了。"安狄说道。

"两人都在夜里去世，听妈妈说，人多半是在夜里死去。真讨厌，穿着睡衣到天国。"可拉说道。

"喂！大家上床了！"巴卡夫人的声音传来。

现在，这些孩子已经开始喜欢华特了，华特拉着正要转身往外走的奥帕尔的手，轻声问道："奥帕尔，我妈妈生病的事不是真的吧！一定是你们骗我的，对不对？"华特仍然忍不住担心。

奥帕尔虽然不是像巴卡夫人所说的"坏心眼的小孩"，但她还不知道如何安慰人。

"真的生病了，是珍妮阿姨说的，而且说不能告诉你，可是你也不能不知道啊！也许，你妈妈得了癌症也说不定！"

"每个人都一定要死吗？"这对华特而言是一种新的、恐怖的想法，在这之前，他从没想过死亡这件事。

"当然。但不是真的死了，而是到了天国！"奥帕尔以大人的语气说道。

"不是每个人都会到天国去的！"安狄站在门外说。

"天国离这里有多远？"华特问道。

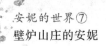

"我的天啊！你真是个怪人，天国离这儿有几百万英里呢！我该怎么告诉你呢？祈祷吧，祈祷会使你了解。有次我丢了十分钱，祈祷后却找到了三十五分钱，这时我才知道祈祷有效。"

"奥帕尔，你听见我的话了吗？马上离开华特的房间，把华特房间的蜡烛吹熄，以免着火。"巴卡夫人在自己的房间里大声喊。

奥帕尔吹熄蜡烛后立刻往外跑。

"壁纸上的鸟正在瞪你呢！"安狄小声地对华特说。

之后，大家真的睡了，一天就这么过去了，巴卡夫人感慨地说："真是可爱的孩子。"她想，明天其他小孩是不是会再欺负他呢？

巴卡家终于被难得的寂静包围，此刻，离此地六英里的壁炉山庄，一定也一样安静吧！

第九章

华特的悲伤

一个人在黑暗中，华特怎么也睡不着，以往，他从没一个人睡过，一定会和杰姆或南恩一起睡。淡淡的月光照射进来，墙上的画好像盯着华特，白天看不到的东西出现了，挽起来的落地窗帘好像两个瘦瘦高高、哭泣的女孩，家里出现各种声音，咯吱咯吱声、叹息声、窃窃私语声……如果画中的小鸟活起来，突然扑向我的眼睛，该怎么办？华特被恐怖包围着，不久，一个大恐怖卷裹了一切：妈妈生病了。奥帕尔说这是真的，不能不信，也许妈妈已经死了，也许等他回到壁炉山庄已经看不到妈妈了。

突然之间，华特意识到，自己无法再如此想下去，再也忍耐不住了，非回家不可，立刻——一定要在妈妈死之前见她最后一面。原来他们早就知道妈妈会死，所以才将我们送到别人家。虽然回家的路很远，我还是得走回去。

华特悄悄地起床穿衣，一手提着鞋子。他不知巴卡夫人将

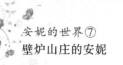

他的帽子放在哪里了，不过不戴帽子也没关系。他决不可以出声，一定要"逃"出去，回到妈妈身边！华特很遗憾不能向艾丽斯说再见，不过艾丽斯一定会谅解的。穿过长廊，走下楼梯，一步一步。这楼梯好像没有尽头，连家具也竖起耳朵听——咯答、咯答！

华特掉了一只鞋子，鞋子从楼梯往下滚，咔啦咔啦，华特似乎听见震耳欲聋的声音进入耳内，猛然停在玄关门边。

华特感到绝望，大家一定都听见声音了，他们一定会跑出来，我回不了家了。绝望之余，华特哭了起来。

好像过了几个小时，没有一个人醒来，于是华特继续往下走，终于走完楼梯了。华特一边用心找鞋子，一边扳开玄关门把，巴卡家决不会锁门，因为除了小孩，没有其他值钱的东西，而巴卡夫人说过，没有人想要小孩。

华特走出门，回头将门关上，一步一步往外走，巴卡家离村子还有一段距离。不久，华特走到宽广的大街上，一瞬间，他被恐怖袭击，不知道会不会被恶魔抓去。这个世界真大，而自己这么小，寒冷的风不断拍打在华特脸上。

妈妈快死了！华特强忍住泪水，往自己家的方向勇敢前进。在月夜下走路，可以看见各种影子。以往和爸爸外出时，他总觉得月夜下的树影很美丽，在月夜之中散步很愉快。但现在，树影令华特感到恐怖，他看见水沟中出现两只眼睛，一瞬间，一个大黑猫的影子穿过，那真的是一只猫吗？而且好冷啊！华特只穿着一件衬衫，冻得直颤抖，他已经分不清是怕得发抖还

是冷得发抖……杰姆不知道怎么样了？

"我……我……不怕。"华特给自己打气。

华特心想，妈妈快死了，一定得赶快回去。他又开始担心，巴卡先生不知道会不会追来，恐怖之影再度侵袭华特。走着走着，华特看见路旁有只黑毛动物坐在那儿，他不敢过去……真的不敢过去……最后他还是鼓起勇气走了过去，原来是只黑狗……好像是黑狗……不管怎么说，华特还是走过去了，不知道它会不会追来……华特拼命回头看……狗站起来，往相反方向跑去，华特已是满头大汗了。

前方天空一颗星星划过一道火花，华特想起上了年纪的克提婆婆曾说过，流星出现就表示有人去世，难道是妈妈？华特有点脚软，但一想到妈妈，又继续奋勇前进。

恐怖的心情已经完全没有了，华特只担心怎么还没到家，从罗布利吉出来，有几个小时了吧！

应该有三个小时了，离开巴卡家是十一点，现在是凌晨两点。华特找到与克雷村交叉的道路，心里总算安心了些，但通过林庄，离人家愈来愈远，没有人注意到他，那儿还有关牛的栅栏，牛不经意地叫了一声，华特吓了一跳，拼命往前跑，跑上丘陵，到达壁炉山庄的大门，到家了……啊……到家了！

这时，华特有点犹疑，家中应该点灯火，为什么一片黑暗呢？

仔细一看，家里有个卧房有灯，那是护士照顾婴儿时睡的房间，但其他房间则一片黑暗，这摧垮了华特的意志，黑暗的壁炉山庄，令华特不敢想象。

这代表妈妈已经死了吗？

华特继续往前走，草地上看得见黑色的屋影，门上锁了，华特轻轻叩门——没有回应。华特心中几乎没有期待了，家中一个人也没有，一定是妈妈死了，大家都待在妈妈身边。

华特整个人都冻僵了，也已精疲力竭，所以连哭都哭不出来。他绕过贮藏室，爬上干草堆。他已经没有恐惧感了，只想找一处风吹不到的地方，睡到明天早上，也许明早参加过妈妈的葬礼后，其他人就回来了。

一只别人送给布莱恩医师的小猫向他走来，华特高兴地抱住了它，真是温暖又有生气。可当它听到老鼠在地板上跑来跑去，就跑去抓老鼠了。

华特睡不着，膝盖很痛，他又冷又饿，也许他也快死了吧！这样也好，其他人都死了吗？黑夜如此漫长，好像没有尽头……华特快忍耐不住了，绝望的哭声脱口而出。

第十章

妈妈没死

华特感觉天有点亮了，走下梯子往外走，壁炉山庄沉浸在破晓的微光中，洼地白桦树上方的天空，闪耀着银色、淡红色的光辉，也许可以从侧门进去，苏珊有时会因为爸爸晚归而不锁门。

的确，侧门没锁，华特高兴地掉下眼泪，立刻往屋子冲去。家里还是暗暗的，华特静静地上了二楼。到我的床上去吧！如果还是没有人回来，我就这样到天国找妈妈也好！只不过，华特想起奥帕尔所说的，天国距离此地有几百万英里。新的绝望又淹没了华特，他没留意到自己的脚步，一不小心，踩到躺在楼梯睡觉的猫的尾巴，猫儿大叫了一声之后便跑开了。

苏珊被猫的叫声惊醒，由于昨晚十二点才上床，而且又从下午一直忙到晚上，所以非常疲倦。昨晚美莉姑妈又说她肚子痛，要苏珊为她涂药，然后又说"老毛病"头痛又犯了，最后还要将湿布盖在她眼睛上。

　　三点时，苏珊觉得外面好像有谁需要她帮忙，奇妙地睁开眼睛，走到夫人房门口看看，房中静悄悄的，只听到平顺轻柔的呼吸声。绕了屋子一圈，什么事情也没有，苏珊心想，大概是太累的缘故吧！但苏珊还是相信阿比·弗拉克所说的"降神术"中的"心灵感应"，苏珊一直觉得："我听见华特在叫我！"

　　今夜壁炉山庄的确有其他人靠近，如此想着，苏珊再一次走出房间，身上只穿着睡衣。对于脸色发青、认为世上再也没有亲人的华特而言，此刻的苏珊是世上最美的人。

　　"啊！华特！"苏珊快速抱起华特。

　　"苏珊，妈妈死了吗？"华特有气无力地问苏珊。

　　"孩子，你妈妈正在睡觉，身体很好！"

　　"你是说妈妈没生病？"

　　"哦，昨天是有一点不舒服，可是已经全好了，怎么会死呢？你睡一会儿，等天亮了再去看妈妈，另外，我还让你看更可爱的东西。"

　　苏珊细心地为华特取烤炉暖身、热食物、烤面包，并拿热水让他泡脚。苏珊在华特擦伤的膝盖上亲吻了一下，然后上了一层药，华特现在才知道，自己这么被重视、被照顾，真好。

　　"真不敢相信，你从罗布利吉走回家，六英里路，还是晚上！"

　　"我也有点害怕！"华特郑重地说，"一切都过去了，我安全到家了……好幸福，我终于回……回家了。"

华特累得睡着了。

等他醒来时已接近正午，阳光从窗户倾泻进来，华特立刻下床去见妈妈。他开始觉得自己做了蠢事，从罗布利吉逃回来，妈妈一定会不高兴。可是，安妮看见华特，立刻紧紧地将他搂在怀里。安妮已经从苏珊口中知道事情的经过，她想，必须跟巴卡家说一声。

"妈妈没死、妈妈没死……妈妈还是会像以前一样疼我们吗？"

"当然了，傻孩子，妈妈怎么会死呢？可是你这么晚独自一人从罗布利吉走回来，真让我心疼！"

"而且还空着肚子呢！"苏珊颤声说，"这孩子还活着，真不可思议，说是奇迹也不为过啊！"

"勇敢的小孩！"爸爸将沙利放在自己的肩上，摸摸华特的头。华特握住爸爸的手、抱住爸爸，世上再没有像爸爸如此伟大的人了。

"妈妈，我可以不离开家吗？"

"当然可以，只要你不想去，你就别去！"妈妈说。

"我绝对……"说到这里，华特停住了，因为他还想去看看艾丽斯。

"华特，你看这里！"苏珊带着一位年轻保姆打扮的护士进来。

华特看见了，是一个小婴儿，头上覆盖着湿湿如绢般的卷发，小小的手，胖胖圆圆的脸，可爱极了。

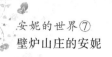

"很棒吧！"苏珊得意地说道，"看看这睫毛——这么长，我从没见过婴儿的睫毛这么长，还有这么可爱的小耳朵，真惹人喜爱！"

"她好可爱，苏珊，你看，她的小脚趾往上翘，可是……怎么这么小？"

苏珊笑了。

"八磅，不小了，这孩子就是惹人疼，出生后还不到一小时，就抬起头一直注视着先生。这种事我还是头一次看到呢！"

"这孩子的头发是红色的，"布莱恩医师以满足的口吻说道，"和她妈妈的一样。"

"还有和爸爸一样的淡褐色眼睛。"安妮喜悦地说道。

"为什么家里没有人是黄头发？"华特想起艾丽斯。

"黄色头发？杜尔家那种？"苏珊的口气充满轻蔑。

"睡觉的时候好可爱，我从没见过一个小婴儿睡着了的眼睛像她这样漂亮！"护士低声说道。

"这孩子也算是奇迹，我们得好好疼她！"

"算了，这世上漂亮的婴儿有的是！"美莉不屑地说道。

"我们的婴儿是世上唯一的，姑妈！"华特骄傲地说，"苏珊，我可以亲亲她吗？一下就好！"

"当然可以。"苏珊退后，望着美莉的背影。

"好了，到楼下吃午餐吧！我做了草莓派……"

大家走出房间，苏珊关上门，华特突然回过头问妈妈："妈妈！我们家是最幸福、最温暖的，你说对不对？"的确，安妮自己也觉得沉浸在幸福之中。

　　她要和以前一样，给孩子爱、教育、安慰，让小孩充满希望，再次把壁炉山庄的所有点滴汇成彩色的丝绒，编织出一幅动人的生活画面。

第十一章

晚　餐

　　八月底，安妮的身体已经完全恢复了，她十分期待一个快乐的秋天，婴儿芭莎·莉娜越来越可爱，哥哥姐姐们都围着她转。

　　杰姆愉快地让她玩自己的指头，一面说："我还以为婴儿只会一天到晚哭，这是巴弟告诉我的。"

　　"杜尔家的婴儿才一天到晚哭呢！因为他恨自己怎么生在杜尔家，可是杰姆，芭莎·莉娜是出生于壁炉山庄的婴儿啊！"苏珊说道。

　　"我不是在壁炉山庄出生的！"杰姆悲伤地说道。杰姆一直深以为憾，达恩有时还以此事欺负他呢！

　　"在这里生活不是很无聊吗？"一天一位从夏洛镇来的朋友这样问安妮。

　　无聊？安妮在访客面前展现笑颜。无聊？小孩每天都会有不同的惊异……黛安娜、小艾莉丝和贝卡·狄恩，已经计划来壁炉山庄玩……无聊？萨姆·艾利逊夫人得了世上只有三个人

得过的病，但吉鲁伯特将她医好了……华特开始上学了……南恩喝下安妮放在化妆台上的一整瓶香水，大家都以为她死定了，结果她还是好端端的……无聊？家里的黑猫生下前所未闻的十只小猫……无聊？沙利将自己反锁在浴室不会开门……美莉姑妈夜里端着烛台，不小心将屋内的窗帘烧着了，大叫家里失火……生活会无聊吗？

美莉·玛莉亚还在壁炉山庄，偶尔她会以哀伤的语调说："如果受不了我，请你们告诉我……反正我已经习惯了孤独。"

当然，对于这种询问，答案只有一个，而吉鲁伯特也总是如此回答。起初，吉鲁伯特总是看在亲情的份上，不敢说什么，可是渐渐地，他也受不了美莉成为他家庭的困扰。正如可娜莉亚小姐轻视地说道："男人总要像个男人嘛！"他建议美莉姑妈将在夏洛镇的家卖掉算了，美莉倒是有些犹疑。

"这是个不错的主意！"吉鲁伯特鼓励美莉，"可以换一间小一点的房子，就像我的朋友到加利福尼亚的时候，他妈妈便一个人住。"

"一个人住？"美莉叹了一口气。

"一个人住也不错啊！"安妮抱持一份希望。

"一个人住十分恐怖啊！"美莉害怕地说道。

一旁的苏珊实在受不了她了。

到了九月，黛安娜终于来住了一星期，并且带着小艾莉丝来——不，已经不是小艾莉丝——而是亭亭玉立的艾莉丝了，不变的是她的金发和甜甜的微笑。由于她爸爸回巴黎事务所，所以艾莉丝也一起去了，帮忙打点家里琐事。

黛安娜与安妮在古老的海岸散步，望着秋日的星空，默默地一路走回家。她们好像又回到了艾凡利，再度踏上通往图画中仙境的道路。

有一天，一阵风吹过壁炉山庄的花园，这是第一阵秋风。当天晚上，天空一片橘红色，季节已经在转换了。

"秋天来得太早了！"美莉·玛莉亚的口气似乎是秋天冒犯了她。

秋天也是很美丽的。快乐的风从暗蓝色的海湾吹来，金黄色的圆月光彩照人。空谷开遍了抒情的紫菀，孩子们的欢笑充满了苹果满枝的果园，晴朗的夜色笼罩着壁炉山庄上头的高山牧场，飞鸟掠过这片布满银色卷积云的天空。因为白昼变短，灰色的雾气已经悄然翻过沙丘，席卷港口。

在秋叶纷飞中，贝卡·狄恩如约来到壁炉山庄，比预定的一星期多待了一星期。苏珊比谁都高兴，热情地招待她，她俩似乎是一见倾心。大概是因为两人都爱安妮吧，或许是两人都讨厌美莉·玛莉亚也说不定。

有一天晚上，外面下着倾盆大雨，风在壁炉山庄四周呼啸着，苏珊在厨房向贝卡·狄恩吐露胸中的郁闷。由于医师夫妇出外访友，而小孩们都睡了，只有美莉叫着头痛在房内休息，因此苏珊和贝卡可以安心畅谈。

"晚餐吃那么多青花鱼，当然会头痛了，我都只吃自己那一份。贝卡，你看过那么会吃的人吗？四份全吃光了吧！"

　　"喂！贝卡！贝卡……"苏珊直盯着贝卡，一脸认真的样子，"你在这里有些日子了，已经知道美莉·玛莉亚·布莱恩是怎么样的一个人了吧！其实你只了解她的一半，不，四分之一罢了。贝卡，我相信你，你不可以将我说的话告诉其他人哟！

　　"那个女人啊，已经在这里待了六个月了，我想她大概打算在这里住一辈子……连先生都不喜欢她，只是不敢当面说出来罢了，我真替夫人打抱不平呢！"苏珊好像找到了发泄的对象，一古脑儿地倾吐，"我本来下定决心，要将家人的感受告诉美莉·玛莉亚，可是夫人心太软……我们真是没办法，一点办法也没有。

　　"你知道吗？她总是一板一眼的，摆出一副架子，好像她最高尚，真受不了。

　　"如果我不是这里的女佣，我早就数落她了，可是贝卡，我不能忘记一点，我并不是这里的女主人，我也不能给夫人添麻烦，而我如果和美莉·玛莉亚起了争执，一定会给夫人带来烦恼，所以我只能尽自己的本分了。

　　"为了先生、夫人，我死都甘愿，在那个女人来之前，这一家人过得好幸福，可是那个女人一来，就变了，她搞乱了这一家和乐融融的气氛。我不是什么预言家，无法预言什么，不，贝卡，我可以预言，长久下去，我们都会被送到精神病院的。你知道吗？不是只有一件事……而是几十件、几百件事，就像蚊子，一只还可以忍耐，要是几百万只呢？你想想看！"

　　贝卡·狄恩皱着眉，摇摇头。

"那个女人啊，最喜欢数落他人的不是，一会说孩子怎么都不在家，一会又说小孩太吵了。天啊，哪有小孩不吵的呢？"

"老实说，他们是我到目前为止所见过的最乖的小孩。"

"她是吃饱了撑着，爱找麻烦……一会说什么心情不好，一会叹气，一会儿又生气，说被冷落了，搞得夫人也受不了。譬如窗子留一个缝隙，就说风会跑进来；将窗子全关上，又说空气不新鲜、不流通……

"'洋葱的味道会使我胸口闷，千万别煮洋葱啊！'她经常这样交代我。因为她，现在洋葱都成为我们家的禁忌食品了，本来大家都很爱吃的。"苏珊义正词严地说道。

"我也很喜欢吃洋葱。"贝卡·狄恩说道。

"那个女人不喜欢猫就说猫碍眼，因此可怜的猫儿，在家里连摇尾巴的权利都没有。

"还有，她三番五次地告诉我，'苏珊，不要忘了，我不吃蛋。'或'苏珊，我不是说过我不吃没烤过的冷吐司吗！'或是'苏珊，每个人喜欢喝的茶不同，我连享受茶的资格都没有吗？'……天啊！狄恩，好像我天生就该侍候她。你没遇到过这种人吧？

"没听清楚的话，她一定要别人再说一次，有时候先生回家，将趣事先告诉夫人，她就不高兴，一定要听先生说患者的事给她听。你知道的，医生有保守患者秘密的义务，可是她就发火了……

"'苏珊，石油会起火啊！将油涂在抹布上是很危险的事，

一不留神，放上一小时，它就会自动起火，你知不知道？你一不小心会害了全家啊，苏珊！'她就是如此神经质，但对她这种态度，我都一笑置之，不理她。结果，当天晚上，那个女人就使自己房间的窗帘着火了，我还记得她大声尖叫的刺耳声呢！而且正好先生之前连续两夜未成眠，当天晚上又不能好好睡一觉，真是气得发火……一个只会找麻烦的女人！

"当然，小孩也很讨厌她，夫人常常告诫他们，不可以对长辈无礼，可是她真的很过分，有一次先生、夫人有事留在诊所，她竟然赏南恩一巴掌……我觉得她真像个老巫婆。"

"要是我，就回敬她一巴掌。"贝卡·狄恩咬牙切齿地说道。

"对啊！我就告诉那个女人：'壁炉山庄的规矩是只可打屁股，不可打耳光。'要是她再敢第二次做这种事，我就不客气地回敬她两巴掌。那女人虽然很生气，还好从此以后，就不再对孩子做如此不当的处罚了。"

苏珊停了片刻又继续说道："其实，孩子们宁愿接受双亲的处罚，也不愿挨美莉那种女人的打。有一晚，那女人向杰姆说：'要是我是你的妈妈……'说到这里，杰姆立刻打断她的话说道：'不要，我才不要你当任何人的妈妈。'那女人真是可怜，没一个人喜欢她。"

"哈哈哈……"贝卡·狄恩大笑。

"你想不想听听杰姆后来的祈祷文？真会笑破你的肚皮，他说：'主啊，请原谅美莉·玛莉亚姑妈没有礼貌的话吧！请帮助美莉姑妈谦恭和蔼吧！'我笑得眼泪都快流下来了！

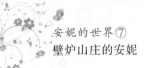
"虽然我也不赞成小孩对长辈没礼貌，可是那女人真的太过分了。我告诉你一件事，你绝对不可以告诉任何人，要是让先生、夫人知道，那就惨了。我看华特拿纸团丢那个女人，只差一点点就砸到她的鼻子了。后来我在门口等华特回家时，给他一袋甜甜圈，当然，理由不用说了，那孩子高兴死了……你千万不可以说出去哟！南恩和达恩拿了一尊掉了头的陶瓷人像，上面写上'美莉·玛莉亚'，然后骂那个人像，并且提水桶往人像泼水……我看了也觉得出了口气。那天晚上，你知道那个女人怎么样，真令人难以相信……"

"怎么样？"

"那个女人不知道是不是很不舒服，晚餐一口也没吃，就寝前却到厨房，把我为先生留的宵夜全吃光了，真的一点也不剩！我真不明白上帝为什么不会厌倦某些人呢？"

"不要失去你的幽默感！"贝卡坚定地说。

"是啊！我很抱歉拿这些事来烦你，但是能说出来会让我好受些！"

"心情好一点了吗，苏珊？"

"哇！好多了。"苏珊一古脑儿地倾吐出心中的抑郁，感觉舒服多了。

"睡前要不要来一杯茶，还是吃冷冻鸡腿？"苏珊精神抖擞地站起来走向贝卡。

"我们不应该忘记人生的远大目标，但我不排斥食物带来的愉快。"

第十二章

壁炉山庄

十一月悄悄地降临壁炉山庄。吉鲁伯特终于决定到诺伯斯克夏去休息两个星期。深色的山丘覆盖着茂密的云杉，在刚刚落幕的夜色的掩映下显得愈加阴郁，从大西洋吹来的风儿呜咽着悲歌。但是在壁炉山庄，却洋溢着温暖的火光和快乐的笑声。

"为什么风不快乐呢？"一天晚上，华特问安妮。

"因为风在想这世界上所有悲伤的事情。"安妮回答。

"风是在哭泣，因为空气这么潮湿，"美莉停了一声说道，"湿气使我的背痛得受不了。"

但有时候风也会很愉快地吹过银灰色枫林，有时候又一点风也没有。

"你看天空发亮的星星，每次看到它们，我总觉得很舒畅。"

"别胡说八道了，安妮，在爱德华王子岛上，星星又不是什么珍贵的东西。"美莉不屑地说道。

十一月充满灰色与褐色，但到了早晨，白雪照例将大地织

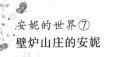
成了一片白色，孩子们欢乐地享用着早餐。

"妈妈——圣诞节快到了，圣诞老公公也会来，对不对？"

"我的天啊！圣诞老公公不是真的人。"美莉面无表情地说道。

安妮吃了一惊，瞄了一下吉鲁伯特，吉鲁伯特则严肃地向美莉说："我们尽量让小孩拥有童年的梦想。"

还好，杰姆没注意到美莉·玛莉亚说了什么。冬天有一份独特的清新美，杰姆和华特都很喜欢冬季。安妮从小就很不喜欢一个个足迹破坏洁白无瑕的雪地，但也没有办法。安妮在客厅燃烧着枫木来取暖，看到炉火熊熊地燃烧，安妮总是感觉到一份特别的美丽，炉火，可以勾起许多回忆……

吉鲁伯特"滑落"在椅子上，努力想忘却当天因肺炎而死的患者。小猫在笼子里舔着自己的爪子，引起美莉的不高兴。

"这些猫啊……"她以悲痛的声音说话，尽管没人愿意和她谈猫，"到了夜里，就有其他人家的猫来我们这里，昨夜也是喀吱喀吱地，让人睡不着，还好我的房间在后面，所以我得以幸免。"

没有人回话。这时，苏珊进来了，她今天在卡特·弗拉克的店里碰到马歇尔·艾利奥特的夫人——可娜莉亚，曾经有以下的对话——

"苏珊，你家夫人怎么了，上星期在教会看她没什么精神，很疲倦的样子，以前从没见过她那个样子。"

"让我告诉你吧！我家夫人是被美莉·玛莉亚姑妈给折磨

的，这一点先生好像不知道。"

……

安妮听说苏珊碰到了可娜莉亚，神情显得十分愉快。

"啊，好高兴！"安妮赶忙跳起来开灯。

"好久没遇到可娜莉亚了，哇——又可以听见各种消息了！"

"是啊！"吉鲁伯特说道。

"那个女人本性不好，又会散布谣言！"美莉批评道。

苏珊听美莉又无端批评别人，十分生气，于是和美莉·玛莉亚发生了正面冲突。

"才没这回事呢！布莱恩小姐，你说那个女人本性不好，我怎能假装没听见呢？什么叫本性不好？你有没有听说过'锅嫌壶黑'这句话？"

"苏珊……苏珊……"安妮哀求地叫道。

"对不起，夫人，我的确忘了自己的身份，但真的是忍无可忍！"

说完苏珊就气冲冲地走出去，门被重重地关上了。

"安妮！"美莉话中带刺地说道，"这就是你请来的好佣人。"

吉鲁伯特站起来往书房走去，他已经很疲倦了。接着，美莉也往房间走去，只留下安妮独自在摇篮旁看着小婴儿……

一会儿，可娜莉亚出现在门口了，她直接来到安妮的身边。她将披肩放在一旁，坐在安妮身旁，拉着安妮的手说道："安妮，怎么了？我知道发生了什么事，你总是被那个姑妈欺负！"

安妮笑了笑。

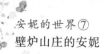
"唉，我也不愿意变成这样，但像今天的情况，已经叫人无法忍耐了，那个人……造成我们生活上的困扰……"

"为什么你不叫她离开？"

"我不能说这种话，至少，吉鲁伯特不打算这么做，毕竟是自己的亲戚。如果赶走自己的亲人，吉鲁伯特一辈子都会自责的。"

可娜莉亚说道："那个女人的家里这么有钱，不是还有一幢不错的房子吗？叫她回去住自己家，不是比较好吗？"

"话是没错，可是吉鲁伯特……吉鲁伯特并不了解实际的情况，他常常待在诊所，而要我告诉他那些琐事，我也说不出口……"安妮无奈地说道。

"我懂了，安妮，这些琐事也许相当烦人，可是男人可以不面对，他不十分了解……我有一个朋友的好朋友也住在夏洛镇，她说美莉·玛莉亚·布莱恩连一个朋友也没有，原因在她，而不在别人，我认为你有表明立场的必要。"

"我现在就像想走却走不动……"安妮苦闷地说道，"如果只是偶尔还好……可是现在是每天，我现在都很不喜欢进餐，吉鲁伯特说我连烤肉都不会切了。"

"吉鲁伯特注意到了？"可娜莉亚轻蔑地说道。

"吃饭时都不敢说话，只要有人开口，她就一定会说些令人不愉快的事情。她喜欢挑剔孩子的礼节，总是在他人面前数落孩子的缺点，以前不是这样的……我们吃饭时总是愉快地说笑，可是现在……她好像很讨厌欢乐，总是将气氛弄得阴沉沉的，今天还说：'吉鲁伯特，不要皱眉……你和安妮吵架了吗？'天啊！我们只不过是沉默不说话，吉鲁伯特今天心情不好，因为一位应该可以救活的患者去世了……

"接着，她便开始对我们说教……每天都是如此，她和苏珊也处不好，连我和苏珊小声说话也不行，其实苏珊只不过告诉我华特如何如何，达恩如何如何……她却为了这件事而不高兴，和苏珊大吵一架。而且她常常使孩子们惊吓，说什么小孩会在睡眠中就这么死去，害得南恩现在很怕一个人睡觉；又对达恩说，红头发不好看，如果她能做个好孩子，爸爸、妈妈就会像疼南恩那般地疼爱她……吉鲁伯特听了这番话，也非常生气，认为美莉不该如此胡说八道，我生气得真想叫她回自己的家去……每个人都很气愤，气得都想往屋外冲……

"可是，她睁大了眼睛，流着泪水，说她一点恶意也没有……以前就听说过我们对双胞胎不是非常公平，好像比较疼南恩，而达恩也有点感觉，所以她才会这么说。为了这件事，她哭了一晚，吉鲁伯特也认为算了，事情没那么严重……谢谢你了！"

"谢谢？"

"谢谢你听我吐了这么一大串苦水，其实细数自己的幸运，发现自己还是蛮幸福的。如果人生只充满美丽、芬芳的花朵，就无法真正体会花朵的动人，事实上，姑妈也不是心地不好的人……"

"哦！是吗？"可娜莉亚讽刺地反问。

"是啊……她也有亲切的一面，听到我说下午想去买茶具，就说要写信到多伦多订一组茶具……你说，她不好吗？"安妮笑了出来，"好了……不要再说她了……像小孩一样一古脑儿地宣泄出来，好多了。你看小婴儿，睡觉的时候，睫毛好可爱哟！"

可娜莉亚告辞时，安妮已经恢复平静。她坐在炉前沉思，事实上，她并没有将事情全部告诉可娜莉亚，更没对吉鲁伯特提过任何事……一些生活上的小事太多了。

"这些小事，就像蛀虫一般，打开人生的洞穴……破坏人生和谐的，就是这些小事。"安妮心里想。

以女主人自居的美莉·玛莉亚，在安妮留在诊所值班时，将家具任意移动。"没关系吧！安妮，我觉得书桌摆在这里比较好。"

"……她和小孩一样充满好奇心，露骨地询问夫妻的事……总是不先敲门就进我的房间……总是爱听他人的谈话……总是欺负小孩……总是再三指责我们没将小孩教好……"

有一天，沙利坦白地说："美莉姑妈真令人讨厌——"

正当吉鲁伯特要教训沙利时，愤怒的苏珊立刻站起来阻止。

"我们都是胆小鬼，"安妮这么想，"这个家不是一直被美莉破坏吗？即使不愿承认，这也都是不争的事实，小孩的话最直接也最真实……"

这时候，安妮又想起可娜莉亚的话——美莉·玛莉亚一个朋友也没有，真是可怜！想想自己有许多知心的朋友，这位老人却寂寞得连一个朋友也没有，她心里一定很不安、寂寞，无法要求帮助、爱情和安慰，多么令人同情啊！我们应该对她加以忍耐，她已经够可怜的了！

"我只是怜悯心又发作了。"说着，安妮从摇篮中抱起莉娜，将自己的脸颊贴在莉娜的脸颊上，心中充满欢喜。

第十三章

白色圣诞

"妈妈，冬天好像没来！"华特抑郁地说道。

华特之所以这么说，是因为十一月的雪褪去已经很久了，这里还是一片黑色大地，没有冬季风情，港边丘陵地带偶尔还有日光。壁炉山庄的每个人都期待着白色圣诞节，但随着圣诞节的来临，壁炉山庄依旧没有雪景。

现在是平安夜，万事均已备妥，华特与杰姆从洼地拿来的枞木被安放在了客厅的一角，门口、窗户挂上了用红色缎带绑起来的绿色花环，栏杆上有松枝，苏珊将整个厨房菜柜中塞满圣诞食物，到了下午，壁炉山庄的人仍然只看到一片绿意，毫无雪景，都显得有些失望。

这时，不知谁守在窗边往外看。

"雪！雪！下雪了！"原来是杰姆的叫声。

壁炉山庄的孩子们愉快地上床，高兴地听户外的暴风雪声，想着灰白色的雪景。

安妮和苏珊正在为圣诞树布置吊饰。

"三个大人像小孩子一样。"美莉·玛莉亚不屑地在一旁说道。

美莉不喜欢吊着蜡烛，"要是引起火灾，那就惨了！"她也不喜欢各种颜色的球，"小孩要是吃下去怎么办？"

不管美莉怎么说，没有人听取她的意见，大家已经学会对她的话充耳不闻。

挂上一个银色大星星之后，安妮大叫："哇，完成了！苏珊，你看！很美吧！圣诞节让我们有机会重返童年，下雪了真好……不过，最好暴风雪不要到了明天早上还停不下来。"

"明天一整天都会有暴风雪，"美莉干脆地说道，"因为我的背又痛了。"

安妮打开玄关大门往外瞧，到处都被纷飞的白雪掩盖，窗外玻璃上也有积雪。

"看起来好像不怎么乐观。"安妮也承认。

"上帝都不能决定该是什么天气了，布莱恩小姐怎么能决定呢？"苏珊不服气地说道。

"但愿今天诊所不要有病人就好了！"说着，安妮往屋内走。苏珊再一次看看外头，锁起大门，将暴风雪挡在门外。

美莉姑妈的背虽然痛，但暴风雪已在夜里停息，到了早晨，天空挂出了冬天的朝日，小孩子们睁开惺忪的睡眼，心中充满期待。

"妈妈，有暴风雪，圣诞老公公也会来吗？"

"不会，圣诞老公公生病了，所以不能出门。"美莉·玛莉亚回答。

"我已经看到圣诞老公公的大袋子了！"苏珊说道。

"吃过早餐后，你们就会发现，圣诞老公公在你们的袜子里放了礼物。"

早餐结束后，爸爸不知何时离开了，没人注意到，大家只热衷于袜子里的礼物……好漂亮的袜子，蜡烛照亮黑暗的房间，好多系着美丽蝴蝶结的袜子堆在一旁。

圣诞老公公这时出现了，全身红衣，长长的白色胡须，挺着令人感觉愉快的大肚子——这是安妮特地为吉鲁伯特准备的别致衣服。

一开始，沙利吓得哭了起来，但她还是不愿离开房间，不愿离开圣诞老公公的礼物，圣诞老公公以奇妙的声音祝福孩子们，并一个一个地发礼物。最后，圣诞老公公的胡须着火了，美莉·玛莉亚似乎对这件事感到料事如神般的满足，嘴角微微上扬，但她还是以悲伤的口吻叹了口气说道："现在的圣诞和我们小时候不太一样了。"

美莉对于小艾莉丝从巴黎送给安妮的礼物表示不屑——"手持银色弓的狩猎女神"的小复制品。

"真是不知羞耻的女人。"美莉严厉地说道。她指的是赤裸裸的狩猎女神。

"是女神黛安娜！"安妮一面回答，一面与吉鲁伯特互相对视，笑了一下。

"异教徒，姑且不说这个。安妮，我要是你的话，绝不会让小孩子看到这种东西，我奶奶曾说：'难道今天已没有礼节了？'"美莉最后说出令她不愉快的事，"不管夏天或冬天，至少要穿三条衬裙嘛！"

美莉·玛莉亚则送给小孩红色手套，送给安妮毛衣，送给吉鲁伯特漂亮的领带，苏珊则得到红色的法兰绒衬裙。即使苏珊觉得，这红色的法兰绒衬裙已过时了，但仍礼貌地道谢。

"好像面对贫乏的内地传道者一般，"苏珊心想，"至少要穿三条衬裙？我自认为是很有分寸的女人，可是我很喜欢那个拿银色弓箭的女人，她看起来很有自信……"

"对了，火鸡的肚子里不放洋葱，好像少了些什么，味道不对……"苏珊心里想着。

这一天，壁炉山庄到处充满了喜悦，而美莉好像不喜欢看见别人幸福的样子。

"杰姆，喝汤安静一点，啊——你切肉不像你爸爸切得那么好！你爸爸都是将肉分成一人一份。吉鲁伯特，色拉不要，我不吃生菜。安妮，布丁只要一点点，混合派不好，不容易消化……"

"如果说苏珊做的苹果派是抒情的散文，那混合派就是美丽的诗了，"吉鲁伯特愉快地说，"安妮小姐，我两种各选一块。"

"这种年纪了还叫'安妮小姐'？华特，你涂上奶油的面包必须吃光，不可以留给别人吃……杰姆，你不要老抽鼻子，很没礼貌啊……"

虽然美莉姑妈抱怨连连，但气氛还是很愉快，就连美莉姑妈吃饱后，心情都显得很愉快，大概是因为收到精致的礼物吧！她原来最讨厌猫，这时却抱起猫儿，有点生硬地抚摸它。

"大家都过了愉快的一天。"夜晚，安妮看着白色丘陵上的树林说着。

小孩子们在草地上撒面包屑给鸟儿吃，风儿静静地吐气，雪儿飞舞在草地上，明天大概真的会有暴风雪，可是壁炉山庄度过了充满欢笑的一天。

连美莉也赞成安妮的说法："真的很愉快，可以如此尽情吵闹，尽情地吃……我小时候只有过一次……"

第十四章

春　天

　　如苏珊所说，今年的冬天真是如诗一般……雪融了又结冰，冰结了又融化，壁炉山庄到处可见奇形怪状的冰柱。一月和二月的晚上，安妮通常会仔细翻着花卉种子目录，为春天做好准备。尔后，三月的风吹遍了沙丘、港口和山丘。苏珊说，兔子正在下复活节彩蛋呢。

　　"妈妈，三月不是凉爽的月份吗？"杰姆叫道。

　　接着，四月来了，伴随着四月雨水的欢笑，四月雨水的细语，四月雨水的滴滴答答、流淌冲刷、轻舞飞扬。

　　"哇——世界把自己的脸洗得好干净啊！"达恩对着阳光叫道。

　　雾色迷蒙的田野上，春天的繁星闪烁着微弱的光芒。沼泽地的柳树抽出了嫩芽，树枝也不再冰冷僵硬，身段变得柔软婀娜。知更鸟开始叫起来了，大地再度充满活力，成为小孩们尽情嬉戏的场所。

杰姆拿初开的山楂花送给妈妈，这却惹得美莉姑妈不高兴，她认为杰姆应该将山楂花送给她。苏珊开始整理房间的棚架、柜子。在冬季里几乎没有自己的时间的安妮，兴奋地欢迎大地披上春天的外衣。整个院子一片朝气，连小猫儿都在户外跳上跳下，相互追逐，表示对春天的欢喜。

"你比关心你先生还更关心庭院，安妮！"美莉姑妈指责道。

"我的庭院对我很亲切啊！"安妮醉心地回答。后来想到这话将受到的责难，安妮笑了一笑。

"安妮，你知道你说错话了吗？我知道你的意思不是说吉鲁伯特不亲切……可是这话如果让其他人听见，人家会怎么想？"

"美莉姑妈！"安妮孩子气地说道，"一年的第一个季节，我这么说一点关系也没有，附近的人都了解啊！我本来就很喜欢春季，姑妈没看到美丽的水仙吗？壁炉山庄从来没开过这么漂亮的水仙，我真的太高兴了，美莉姑妈难道不高兴吗？"

"我不太喜欢水仙，这花不太好看。"说着，美莉披起披肩，保护她的背部不受风寒，识趣地往屋里走。

"夫人，你知道你原来想种在阴凉处的菖蒲怎么了吗？"苏珊告状似的说道，"今天下午，夫人不在家的时候，她把它种到阳光照耀的地方去了。"

"我的天啊！可是，苏珊，姑妈决不是故意将菖蒲种在那里的。"

"如果夫人认为没有关系的话……"

"不，不，苏珊，在那儿放一阵子也好，你还记得吗？有一盆我种不开的植物，姑妈却使它开花了，不是吗？”

“可是……”

“你看看你，怄气似的。今夜我真想在洼地枕着野紫罗兰睡觉。”

“湿气很重！”苏珊抱怨道。春天一到，夫人就如此。

“苏珊！”安妮心情愉快地说道，“下星期来开庆生会。”

“生日宴会？”

的确，家中没有人诞生于春天，但夫人却说要开庆生会。

“是美莉姑妈的生日。”安妮好像早就下定了决心，“吉鲁伯特告诉我，姑妈下星期生日。她已经五十五岁了，我想为她庆生……”

“夫人，你真的要为她庆生？”

“她已经年过半百，苏珊，是半百！难道不值得庆祝吗？让她高兴高兴！”

“她会高兴吗？”

“在这世上，她没有朋友，如果我们不为她庆祝，她就更孤单了。”

“这还不是她自己不好。”

“也许真是如此，可是苏珊，下星期我真的想为她开个庆生会。”

“夫人！”苏珊有些不悦地说，“我认为夫人没有必要对她这么好。”

“苏珊，你再这么说，我可要生气了。”安妮厉声加以指责。

"夫人，她大概打算永远在这里住下去了，不但夫人受苦，先生被欺负，连孩子们都感到不自在。夫人，至于我，那更不用说了，一天要被她骂好几次，三番五次让她挑剔……大家都因为她而过得不愉快，夫人竟然还要为她庆祝生日，当然，如果夫人已决定，我也只有照办！"

"苏珊，你真是个好人！"

苏珊立即着手准备，为了壁炉山庄的名誉，一定要办一场美莉姑妈也挑不出毛病的生日会。

"苏珊，当天还是举办午餐会比较好，这样在大家回去之后，我可以和先生去罗布利吉听音乐会。我要让美莉姑妈大吃一惊，我们将姑妈喜欢的人全部邀请来，请他们一定要暂时保守秘密……"

"美莉姑妈喜欢什么人呢？"

"嗯……交往时能够忍耐她的人，譬如姑妈的表妹，罗布利吉的阿德拉·卡雷小姐，还有一些城里的朋友。我们要准备个大蛋糕，插五十五支蜡烛，让美莉姑妈高兴一下……"

"当然，这些我都会做。"

"苏珊，你会做爱德华王子岛的水果蛋糕吧？"

"嗯！只是那相当费工夫！"

一星期以来，计划秘密进行着，壁炉山庄充满了神秘的气氛，每个人都发誓，决不将这件事告诉美莉·玛莉亚，但美莉还是觉察到有些不对劲。在宴会前一天晚上，美莉从朋友家回来，看到房子黑漆漆地没开灯，安妮和苏珊好像疲倦得很。

"安妮！不是天黑了吗？怎么就这么坐在黑暗中呢？害我吓了一跳！"

"哦？还没黑啊！只是黄昏，很有罗曼蒂克的气氛，不是吗？"

"安妮！你知道自己在做什么吧！明天好像要开宴会是吗？"

突然，安妮坐正了身体，结结巴巴地说："嗯……明天……"

"反正你什么事都不让我知道。"美莉有点生气，又有点悲伤地说道。

"我们想让您……"

"这种天气那么变化无常，还开什么宴会，我真搞不懂。"

安妮一听，终于松了口气，姑妈还不知道宴会与自己有关。

"嗯……算是迎接春天到来嘛！"

"那我明天穿我的石榴色塔夫绸裙子好了。我要是没在村里听说这件事，明天我就要穿着棉布裙子在你的全体朋友面前丢脸了。"

"姑妈，我们在宴会前会及时告诉你的。"

"希望我的提醒对你有帮助，你以后做事别总神秘兮兮的。对了，安妮，你知不知道杰姆拿石头扔教堂窗子玻璃的事？"

"不是杰姆，"安妮平静地说，"杰姆告诉我，不是他丢的。"

"安妮，难道你不认为杰姆在说谎吗？"

安妮依然平静地回答："美莉姑妈，我相信杰姆所说的话，他从未说过谎。"

"以前没说过谎，并不证明他这次就没说谎啊！"

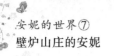
美莉姑妈表现出想抱小猫的样子，猫儿却好像生气了，一溜烟就不见了。

苏珊与安妮双双叹了口气。

"希望明天是好天气，看看天上的乌云，我真有些担心。"

"夫人，历书上说明天是好天气。"苏珊保证地说道。

苏珊有一本历书，上面预言了一年中每天的天气，并且确实经常很准，因此苏珊对它很有信心。

"苏珊，大门不要上锁，先生也许晚一点回来，他去买蔷薇了——五十五朵黄色蔷薇，我听说姑妈只喜欢黄色的蔷薇……"

第十五章

生日宴会

　　这一天，安妮与苏珊趁姑妈还没起床，早早起来做最后的准备。

　　平时，安妮总喜欢赶在日出前起床，享受梦幻妖精般神秘的三十分钟。安妮最喜欢坐在窗边，眺望从教会尖塔后面上升的金色朝阳，那半透明的日出照耀林内每家的屋顶，好美！好美！

　　"夫人，今天天气真的不错吧！"苏珊一面装饰包裹糖衣的蛋糕，一面得意地说道，"早餐后，我要做最流行的奶油球，我每三十分钟就打电话给卡特·弗雷库，提醒他千万不要忘了冰淇淋。还有，阳台的楼梯还没布置。"

　　"有必要吗？苏珊。"

　　"夫人，您不是邀请马歇尔·艾利奥特夫人来吗？她家的阳台楼梯，每一阶都有不同的装饰，我们怎么可以忽略呢？"

　　"有四个蛋糕！太棒了！"杰姆欢天喜地地叫道。

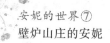

“既然举办宴会，就要办得像样。”苏珊得意地说道。

不久，客人陆续到达。美莉·玛莉亚穿着石榴色塔夫绸裙子，安妮穿着白色轻纱裙子，本来安妮想穿红色洋装的，最后还是穿了白色轻纱裙子。

“安妮，你的穿着真得体，”美莉称赞道，“我就说嘛，白色是年轻人穿的颜色。”

一切均按计划进行，餐点中藏有安妮的秘密，白色及紫色的山楂花，使餐点更显出色。苏珊的奶油球大受好评，很多人没吃过这么美味的点心，而她的奶油汤更是上等，鸡肉色拉则是用壁炉山庄自己养的鸡制成，冰淇淋也在预定时间送到。

安妮表面上是沉稳的女主人，可是在这之前，她心里却噗通噗通地十分不安，虽然万事均按计划进行，但她害怕突然出现什么状况，破坏了气氛。

当客人到达时，由于安妮忙着招呼，因此没注意到马歇尔·艾利奥特夫人向美莉·玛莉亚姑妈祝贺“年年有今日，岁岁有今朝”时，美莉姑妈的脸色为之一变；但到了进餐时，安妮已经察觉到美莉姑妈不高兴的神情。事实上，与其说她不高兴，还不如说她一副生气的模样。进餐时，对于他人的谈话，她均不太在意地应声，也不主动说一句话，只喝了两口汤，吃了三口色拉，冰淇淋则好像一口都没吃，不悦之情明显流露。

苏珊缓缓地推出插上五十五支蜡烛的蛋糕，摆在美莉姑妈面前，美莉姑妈却呜咽了起来。

“姑妈，您不舒服吗？”安妮叫道。

美莉以冷漠的眼神注视着安妮："我身体很好，安妮。像我这个年纪，身体如此硬朗的还不多。"

正在这时，达恩与南恩捧了五十五朵黄色蔷薇，献给美莉姑妈。一时间，气氛似乎有点僵硬，听到大家说生日快乐，美莉才接过一大束蔷薇花。

"姑妈，达恩和南恩替你吹蜡烛，等一下再请您切蛋糕好不好？"安妮体贴地询问美莉姑妈。

"我还没老到那种地步，蜡烛我可以自己吹熄，不必他人代劳。"

美莉姑妈缓缓地将蜡烛吹熄后，慢慢切下蛋糕，然后将刀子摆好。

"各位，我先失陪。安妮，像我这样的老太婆，需要休息了。"

"咻——"美莉一阵风似的走了……

客厅里的客人也察觉到气氛不对，默默吃着生日蛋糕。最先打破沉默的是莫丝·马汀夫人，她说医院里的笑话给大家听，努力挽回气氛，由于寿星已经退席，大家也就早早告辞。

安妮心烦意乱地跑进美莉姑妈房间。

"姑妈，怎么了？"

"有必要告诉世人我的年龄吗？安妮，你还请阿狄拉·卡雷来，她好几年前就一直想知道我的年龄，我都不告诉她……"

"姑妈，我们不是故意的……"

"我不知道你的目的是什么，可是我知道其中的含意。我看得出你的心意，只是不想揭穿，你自己心里有数。"

"姑妈！我只想帮您庆祝生日，让您高兴高兴而已啊！"

姑妈用手帕遮住眼睛，大声笑了起来："当然，我会原谅你。可是安妮，你用这种方式故意气我，让我无法忍受。"

"姑妈！难道你不相信我吗？"

美莉姑妈举起瘦弱的手，说："不要说这些了，反正你们已经伤害到我……伤害到我了。'谁能忍受灵魂被伤害？'"

"现在想起来，姑妈从年轻时就不喜欢别人知道她的年纪，爸爸曾交代过我，我却忘记了，应该去向她道歉。"吉鲁伯特缓缓地说道。接着，又小声加了一句："真麻烦！"

"不要责备安妮了，吉鲁伯特！"美莉姑妈以宽大的语气说道，"安妮故意侮辱我，凡事她都秘密进行，一点也不在乎我的感受，尤其像我这么敏感的人……什么事我都忍耐了，可是今天……"她装出自己是弱者般地告状，"可是，苏珊就不能原谅，吉鲁伯特，请你立刻辞掉她。"说完她就回自己的房里去了。

一开始，每个人都不敢相信会有这样的好运气。然后他们逐渐接受了现实，美莉姑妈真的走了，他们又可以想笑就笑而不会伤害任何人了，把所有的窗户都打开也不会有人抱怨有风了，也没有人会在吃饭的时候告诉你，你特别喜欢吃的东西会导致胃癌了。

"我从来没有这么高兴地送走一个客人，"安妮心有愧疚地想，"又能自由自在地做回自己真好。"

"妈妈，我们家像诗一般！"华特突然冒出这么一句话来，安妮听了，温柔地笑了笑。

　　"今年六月一定很棒！"苏珊预言道，"因为历书中如此记载，至少有几场婚礼。每次能够自由呼吸真是很奇妙。夫人，想想那时候我还一直反对你举行生日宴会，我现在明白了冥冥之中确实自有安排。"

第十六章

阳台上的谈话

"一定要将电话的事情说清楚才行，那件事大家都弄错了……真对不起，我表妹雪拉没死。"可娜莉亚说道。

安妮微笑着请可娜莉亚坐在阳台的椅子上，苏珊正在为侄女格拉第斯编织毛衣，听到声音，抬起头恭敬地向可娜莉亚打招呼，"晚安，艾利奥特夫人！"

"今天早上医院来电话说雪拉昨夜去世了，我想，雪拉是医师的患者，医师怎么没通知我呢？结果才发现，去世的是另一位雪拉·查伊斯，我表妹雪拉还好端端地活着，真是谢天谢地。安妮，这里的风好凉快、好舒服！壁炉山庄总是被微风包围着。"

"苏珊最喜欢美丽的星空。"说着，安妮将手边正在为南恩做的壁饰摆在一旁，双肘搁在膝盖上，手掌托住下颌，眼睛望着星空，在此之前，安妮和苏珊的手都没停过。

当月亮爬上来的时候，沿着小径的卷丹像火焰般绽放，飘来芬芳的气息。

"可娜莉亚，你看看生长在墙边如波浪般的罂粟。今年，苏珊和我都对我们家的罂粟感到自豪，这是春天时华特种的，没想到长得这么好，今后每年我们都能享受这种喜悦。"

"我也很喜欢罂粟，尽管它绽放的时间并不长。"

"只开一天，可是当它绽放的时候，是那么的雄伟、华丽，短暂拥有即能回味无穷，不是比百日草还好吗？壁炉山庄连一株百日草也没有，如果说有什么植物比较与我们不亲密，那就是百日草了，苏珊连百日草三个字都懒得说出口呢！"

可娜莉亚随即又转回原来的话题，摇着扇子说："今天电话中说，一定要到医院确定雪拉死亡后，才可以埋葬。"

安妮一直觉得很凉快，可娜莉亚却一直用力摇扇子。

"我们一直怀疑，雪拉的丈夫还没死亡就被埋葬了……看起来还活生生的样子，谁都不相信，但有一个人想法不同，他就是买下原来姆阿萨特农场，今年春天搬到罗布利吉的理查德·查伊斯的弟弟。他这个人很奇怪，说希望到乡下求得心灵的平安……罗布利吉是寡妇们重新生活的新天地。"

可娜莉亚在"寡妇"之后，本来还想再加上"老小姐"，但怕伤害苏珊的感情而没脱口而出。

"我见过那个人的女儿史德拉——正在歌唱队练习，我对她印象很好。史德拉是个好姑娘，一害羞就脸红，像这种人，现在大概只剩她一个了。我从以前就很疼她，因为她妈妈和我是好朋友，可惜已经去世了。"

"年轻时就去世？"

"嗯！史德拉那时才八岁，由理查德单独抚养。理查德这个人，我对他实在没什么信心，说什么女人只在生育学上才重要……这句话是什么意思呀？那个家伙总是喜欢夸夸其谈。"

"那他一定不太会照顾史德拉。"安妮没见过史德拉，但她心中描绘出来的史德拉，是一位令人喜爱的姑娘。

"史德拉这个女孩子很乖巧，但一碰到到年轻男孩子，人就变了……可爱的史德拉，至今没爱过一个人，想与史德拉接近的男孩子，都被她讽刺得失去了信心。我没见过像理查德这么会挖苦人的人，要是史德拉由她妈妈抚养，就不会这样了。"

"史德拉的想法与她爸爸很接近。"

"是啊，她崇拜她爸爸。理查德也是凡事随缘的人，但关于史德拉的婚姻大事，就不大一样了。听理查德话中的意思，好像他已经活不久了，不是年纪大，而是他们有脑溢血的家族病例，如果发病死了，史德拉该怎么办？"

苏珊从复杂的编织中抬起头："老人如此控制年轻人的一生，我很不赞同。"

"也许，当史德拉碰到一位自己真正喜欢的男孩时，她爸爸的反对就不成问题了。"

"安妮，你这么想就错了，史德拉绝对不会和她爸爸不同意的对象结婚。另外还有一个人，也是糟蹋了美好的一生，那就是马歇尔的外甥奥尔汀·查吉尔。梅莉下定决心不让奥尔汀结婚，她认为奥尔汀是个性情乖僻的人……如果她是风向标的话，明明是南风，她偏要指北风。在奥尔汀结婚之前，财产还是梅莉的，但当奥尔汀结婚后，财产就会转移，因此，只要奥尔汀和任何一位女孩交往，梅莉便从中阻挠。"

"这是梅莉专门做的事，难道不是吗？艾利奥特夫人！我曾听说，奥尔汀是个朝三暮四的人，也有人说他很轻浮。"苏珊坦白说道。

"就因为奥尔汀是好男孩，才有女孩子会喜欢他啊！我并不怪他让女孩子如此倾心，但当奥尔汀真正爱上某位女孩时，梅莉便从中作梗，梅莉曾经告诉我，奥尔汀绝对不可以结婚。梅莉是个'《圣经》迷'，说什么话都搬出《圣经》中的道理，我真受不了她这个人和她的做法。怎么其他人也一样上教堂，就不会像她这般中邪呢？我看她是走火入魔了。"可娜莉亚一口气地抱怨，她对这位表姐，总是有满腹的牢骚。

"奥尔汀一点都不像他妈妈嘛！"安妮说道。

"奥尔汀像他爸爸——英俊、挺拔，是个难得的好青年。奇怪，奥尔汀的爸爸怎么会和梅莉结婚呢？当初艾利奥特家深以为苦，而梅莉大概为能在艾利奥特家立足而沾沾自喜呢！其实，乔治·查吉尔是真心爱着梅莉，奥尔汀大概必须经常忍耐他妈妈一会儿晴天一会儿多云的脾气，毕竟奥尔汀是个好孩子。"

"现在，我倒有个想法。"安妮沉醉地微笑说道。

"我们为什么不让奥尔汀和史德拉彼此相爱呢？"

"这种事怎么可能？梅莉是那么暴躁的人，而理查德又是个很自我的人……最重要的是，史德拉不是奥尔汀所喜欢的类型，奥尔汀喜欢性情温和、有明朗笑容的女孩。再说，史德拉也不

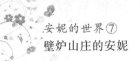

会喜欢奥尔汀这种类型的男孩，据说史德拉对罗布利吉新来的牧师印象不错。"

"那位牧师不管从哪个角度看起来，都像是罹患贫血的近视眼。"安妮不假思索地脱口而出。

"而且眼睛突出，看起来很感伤。"苏珊说道。

"至少他是长老教会派的，"可娜莉亚觉得这个理由很合理，"打扰你们好久了，长时间待在户外，我的神经痛又开始了。"

"我送你到门口。"

"你穿这件衣服看起来很像女王。"可娜莉亚赞美安妮。

苏珊为刚回来的先生准备柠檬汁，孩子们则在洼地玩得正起劲。

"刚刚搭马车回来的时候，听到你们的喊声，什么事这么热闹。"吉鲁伯特说道。

巴西斯·霍特将蜂蜜色的鬈发往后甩，朝吉鲁伯特吐了吐舌头。巴西斯很喜欢这位他称为"吉鲁叔叔"的吉鲁伯特。

"我们在学回教的托钵僧，哇——哇——"可尼斯解释道。

"看看你的上衣。"雷丝莉严厉地说道。

"我掉进达恩的泥沼里了。"可尼斯以满足的口吻回答，可尼斯不喜欢妈妈叫他穿这件系着蝴蝶结的衬衫。

"妈妈，我有一些驼鸟的羽毛，可不可以缝在我的裤子后面？"杰姆问道，"我们明天要做马戏团，我变成鸵鸟，我们还要买大象。"

"你知道大象一年的餐费是六百美元吗？"吉鲁伯特认真地

说道。

"想象中的大象不用花一毛钱呀！"杰姆加以说明。

安妮愉快地笑了："还好，我们可以不受约束尽情地去幻想。"

华特一句话也没说，靠在妈妈身边，一副心满意足的模样。

黄金般的一天，黄金般的此时，大家都感到愉快。港口对岸传来教会的钟声，月亮倒映在水面上，空中飘着薄荷香及蔷薇的清香。安妮用她那双虽然已经有了六个孩子，却仍然年轻的双眸，如痴如醉地望着草地。

安妮开始想史德拉·查伊斯以及奥尔汀·查吉尔的事，想得正入神时，吉鲁伯特问道："你在想什么？"

"我在想是不是可以开始当媒婆了。"安妮平静地回答。

吉鲁伯特也如其他人一般，假装显露出绝望的表情。

"你从什么时候开始有这种想法？我相信创造，但我更相信姻缘天注定。我不太相信相亲，如果你想牵红线，就必须对自己的良心负责，如此一来，夜里必会失眠！"

"我失眠没关系，只要他人幸福不就好了吗？"安妮抗议地说道。

"想不到我的妻子也要当起红娘了！"吉鲁伯特望着自己的妻子，嘴角带着微笑。

"难道不可以吗？"

"当然，你可以考虑新的人生！"

安妮展现笑容，牵红线必须相当慎重，有时候，有些事情连自己的丈夫也不能说。

第十七章

奥尔汀与史德拉

当天晚上，安妮一直想着奥尔汀与史德拉的事，以致无法入眠，往后几个夜晚也是如此。她有种感觉，史德拉一定对于结婚、家庭、小孩有各种憧憬。史德拉有一次恳求让她为芭莎洗澡，她开心地说："胖嘟嘟的小手，圆滚滚的身体，泡在水中真令人爱不释手。"

想来想去，他们真是理想的一对，他们的父母却又太顽固、别扭，该怎么进行才好呢？而且不只是老人顽固、别扭，安妮认为奥尔汀与史德拉也有这种倾向，因此，撮合两人需要一点技巧。这时候，安妮想起德威爸爸的事。

安妮微笑地昂起头，神采奕奕地准备着手进行此事，一瞬间，安妮仿佛看见奥尔汀与史德拉手携手迈向红毯的另一端。

安妮一刻也不能迟疑，奥尔汀住在码头边，平时又是到对岸的英国教会，他根本没机会见到史德拉。这几个月来，奥尔汀不知又和几位女孩来往，无论如何，一定得让他与史德拉见

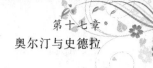

个面才行。

该怎么做才不露蛛丝马迹呢？安妮左思右想，只有举办舞会，邀请两人参加，介绍两人认识最为恰当。但安妮也知道，举办舞会在此时来说，并非最佳时机，一来是天气太热了；二来是年轻人都爱疯狂乱闹，到时候，苏珊就得费工夫大扫除一番，而在这盛夏里——真是辛苦。

话说回来，为了达到目的，只好牺牲了，因为除此之外，没有更好的方法。文学学士杰恩·普林克尔曾来信约定造访壁炉山庄，借此机会举办舞会最好，想到这个，安妮认为自己很幸运。拟出邀请函，打扫壁炉山庄……盛夏中，安妮与苏珊开始打点一切。

舞会前一晚，安妮累得倒下了。由于酷热难熬，杰姆生病躺在床上，安妮担心是盲肠炎，但吉鲁伯特说是因为吃了青苹果的关系。杰恩·普林克尔想帮苏珊的忙，却不小心将炉子上的热水打翻了，把猫儿烫得脱了一层皮。安妮感到全身酸痛，杰恩要安妮早点休息，自己带着孩子们去海边看灯火，但安妮没有立刻上床，反而走到了阳台上。

午后的雷雨将空气洗刷得非常清净，奥尔汀·查吉尔来拿他妈妈支气管炎的药，安妮认为这是绝佳机会，得把握这难得与奥尔汀单独谈话的良机。这一阵子，奥尔汀时常来拿药，他已经成为安妮的好朋友，因此安妮特地出来和他说话，不会让他感到奇怪。

奥尔汀没戴帽子，头靠在柱子上，正如安妮心目中的奥尔汀一样，他是个好青年——高个子、宽阔的肩膀、大理石般白色的脸庞、蓝色的眼睛、如墨汁般黝黑的头发。而且他的声音中总是带着笑意，还有着不管哪个年龄的女人都喜欢的良好举止。他在克林高中读了三年，本来打算去雷德蒙特学院深造，但他妈妈以《圣经》上的句子为理由而反对，于是作罢。奥尔汀现在待在农场，他自己也喜欢这种自由、豪迈的生活，能够独自在户外工作。奥尔汀具备他妈妈节俭的美德和他爸爸为人和善的个性，的确是个结婚的好对象。

"奥尔汀，有件事想拜托你，不知道可不可以？"安妮轻声说道。

"夫人，有什么事情尽管说，只要我做得到，一定尽力而为。"奥尔汀由衷地说道。

奥尔汀本来就很喜欢布莱恩夫人，只要布莱恩夫人说出口，奥尔汀一定不会拒绝。

"也许会让你觉得很无聊……"安妮担心地说道，"可是我也只能拜托你了，事情是这样的：明晚我家举办的舞会，我希望你能照顾史德拉·查伊斯，让她度过美好的一晚，因为这附近没有史德拉认识的年轻人，而且大部分是比史德拉小的。我很担心史德拉明晚会感到寂寞，所以请你代我照顾她。"

"没问题，我一定办到。"奥尔汀立即接受。

"可是，你千万不可以爱上她哟！"安妮谨慎地提出忠告。

"当然了，但可以告诉我为什么吗？"

"这个嘛……"安妮略显迟疑，接着继续说道，"因为史德

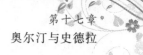

拉喜欢罗布利吉的巴克斯顿先生。"

"就是那个自以为了不起的男人？"奥尔汀脱口而出。

安妮淡淡地继续说道："奥尔汀，他好像是个不错的青年，只有他才深得史德拉爸爸的欢心。"

"哦！"奥尔汀有点不屑地回答。

"这倒是其次，巴克斯顿先生怎么想都与我们无关，但大家认为，只有他才配得上史德拉。我只是以朋友的立场提醒你注意，不要对她动心，否则也是白费工夫，相信你妈妈也和我有相同的想法。"

"她究竟是多美的美女呀？"

"哦，她倒称不上是美女。我很喜欢史德拉，但她的脾气有点怪。不过这也没关系，我认为巴克斯顿和史德拉挺相配的，其他竞争者加入，也只是白费工夫。"

"那么，您为什么不邀请巴克斯顿来照顾史德拉呢？"奥尔汀有些不满地说道。

"你知道，巴克斯顿是牧师，牧师来参加舞会总是……好了，奥尔汀，就拜托你了。"

"您放心，我会让她开心的。晚安，夫人。"

说着，奥尔汀走出大门，留下安妮一人在阳台上暗自窃笑。

"我了解奥尔汀这个年轻人，只要是自己想要的，他便会极力争取，尤其是越得不到手的对象，就越想拥有。牧师只不过是我的一个钓饵，奥尔汀已经上钩了。哦！头痛得厉害，我该进屋了。"

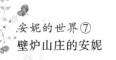
　　当天晚上，安妮觉得自己就像得了苏珊所说的"脖子肌肉风湿症"，一夜没睡好，早上起来没什么精神。但到了傍晚，她马上变成了一个容光焕发的女主人。

　　舞会很成功，看来大家都度过了愉快的一晚，史德拉一定非常愉快，安妮暗中注意奥尔汀的态度，他对史德拉的热情招待，超乎安妮的想象。晚餐后，奥尔汀将史德拉带到微暗的一角，在那儿待了有一个小时，这对初次见面的人来说，似乎进行得太快了。

　　隔天早晨，安妮回忆昨夜种种，大致上令人满意，虽然也有些不尽如人意之处：年轻人的确将家里弄得一团糟，餐厅到处都是奶油，一块蛋糕被踩烂了；吉鲁伯特的奶奶留下来的玻璃烛台，沾满了粉尘；不知谁将水倒在客房地板上，使得书房天花板变了色；长椅子的扶手被弄脏了；苏珊最喜爱的长羊毛毯，被某位超重量级人物给坐扁了。但是权衡一下得失，虽然有这些损失，至少奥尔汀已经爱上史德拉了。安妮觉得她还是赚了。

　　接下来几个星期，街坊邻居的传闻，更使安妮确信这一点。很明显的，奥尔汀已经上钩了，但史德拉这一方呢？史德拉不是那种会轻易接受男孩感情的女孩，她遗传了她爸爸的"乖僻"，个性很强。

　　安妮心想，自己得从史德拉这一方加把劲。有一晚，史德拉来壁炉山庄看千鸟草，安妮有机会和史德拉坐在阳台聊天。史德拉有着白皙的皮肤、苗条的身材，有几分羞怯，却非常亲切，金

色头发如云般飘逸，褐色的眼睛非常美丽，安妮认为那主要是她的睫毛的功劳。事实上，史德拉称不上漂亮，但她的态度、气质都表现出其高雅、大方。沉稳的个性，使得她看起来比实际年龄二十四岁稍老成些，这也是她与众不同的另一番风韵。

安妮平淡地说道："我听说了有关你的传闻哟！史德拉，到底是真的还是假的？奥尔汀真的在追求你？"

史德拉吃惊地望着安妮，说："哦！我……夫人也认为奥尔汀不错吧？"史德拉似乎在期待安妮的附和。

"他是不错，我也很喜欢这个年轻人，可是……我必须提醒你，外面传言他性情不定、朝三暮四，从未和任何一个女孩子有过长期交往。每一个尝试与他交往的女孩子都失败了，我真不愿意看到你被奥尔汀抛弃……"

"夫人，你误会奥尔汀了，他不是这种人。"史德拉很有信心地说道。

"但愿如此。可是史德拉，你还是得小心一点，免得吃亏就划不来了。"安妮以长辈的口气劝史德拉。

"哦！我知道了，夫人。我该回去了，否则我爸爸会感到寂寞。"史德拉淡淡地说道。

史德拉告辞后，留下安妮独自暗笑。

"史德拉知道自己和奥尔汀的事被多管闲事的人传开了，回家后，心中一定会暗暗发誓，决不可让他人说中，一定要抓牢奥尔汀，否则被他抛弃的话多没面子啊！年轻人总是敌不过我这个老人家的………"

第十八章

雏菊小道

安妮的的运气还在延续，传道妇女后援会通知安妮去拜访乔治·查吉尔夫人，希望她能为社区捐点钱。查吉尔夫人很少到教会，也不是后援会的会员，但每次有教友上门募捐，她总是慷慨解囊。并不是每位后援会的会员都去，而是依序轮流，今年轮到安妮。

有一天傍晚，安妮在一条开满雏菊的小道上散步。这条小道是在山丘上，有一股让人感觉舒服的凉意，离克雷村一英里，与查吉尔家的农场相连接，灰色的栅栏，急升的坡道，稍显单调的街道。但是万家灯火、小川急流、牧草场的香气直通大海，还有庭院。安妮每见到一个庭院都要停下来看一看，她想到吉鲁伯特曾经说过，看到标题有"庭院"这两个字的书，总是忍不住想买。

游艇停泊在港边，远方的船也停止行进，每当看到出航的船，安妮的心跳就会加快。她曾经听过富兰克林·杜尔从港边扬帆出海时，面对海说道："上帝，我真为那些留在岸上的人难过！"对此，安妮深有同感。

查吉尔家的大宅邸在二层坡度上，是相当精致的一间房子，能够俯瞰海港与沙丘。查吉尔夫人冷淡地向安妮打招呼，带安妮进入豪华的客厅。暗褐色的壁纸上挂满查吉尔家及艾利奥特家去世的先祖。查吉尔夫人坐在绿色的沙发上，双手摆在膝盖上，一直注视着安妮。安妮被盯得有些不自在。

梅莉·查吉尔的个子较高，下巴突出，有一双与奥尔汀一模一样的蓝眼睛，宽厚的大嘴，不随便说话，也决不乱传话，因此安妮觉得要自然地将话题引入自己来的目的，有点困难，但她还是提起对岸英国教会的新牧师，终于打开了话题。

查吉尔夫人并不喜欢这位牧师。

"那个人不是个脚踏实地的人。"查吉尔夫人冷冷地说道。

"他总是说教，谈一些深奥的道理。"

"我听过一次就不想再听了，我的灵魂需要食物，可是他的演讲无法满足我的灵魂。那个人相信靠头脑就可到达天国，事实则不然。"

"说到牧师，罗布利吉的牧师是数一数二的聪明人，他好像和我的年轻朋友史德拉不错。"

"会结婚吗？"

安妮不干涉与自己无关的事，但对这件事却无法不闻不问。

"我不知道，但我常常告诫奥尔汀，决不可以从中破坏。"

"为什么呢？"查吉尔夫人依然平静地继续问道。

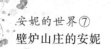
"这个嘛……我担心奥尔汀根本没有任何机会。凡是奥尔汀的朋友们都不愿意看到他被别人像扔旧皮包般地抛弃，他不值得那样做。"

"没有一个女孩抛弃过我的儿子，"查吉尔夫人微微上扬嘴角，"每次都是我儿子不要人家，其实，布莱恩夫人，我儿子也正在选择结婚对象啊！"

"哦？"安妮轻轻吐出一声，但这个声音似乎在表示：当然，我也是懂得礼数的人，自然不会违背你的话，但你改变不了我的看法。

查吉尔夫人也了解这一点，青白的脸稍微变红，起身去取后援会的捐款了。

"这里的风景很不错！"查吉尔夫人送安妮至大门时，安妮称赞道。

查吉尔夫人则以不赞成的眼光看着海湾："冬天正对着刺骨的寒风，你认为这样不错吗？布莱恩夫人，像今夜就很冷，你穿这么薄的衣服，当心感冒了。我并不是说你的衣服不好看，你还年经，当然喜欢穿这种轻飘飘的衣服，到了我这个年纪，对这种衣服就一点兴趣也没有了。"

走在薄暮中，安妮对这次见面感到满足。

漫步在森林小径中，安妮和一群正在开会的鸟儿聊天。"我稍微刺激了她一下，奥尔汀当然不希望被人认为她儿子是被抛弃的。嗯！现在我应该全力以赴针对查伊斯先生，但是我又不认识查伊斯先生，该怎么办呢？也许查伊斯先生已经知道奥尔汀和史德拉相爱的事也说不定，史德拉大概没有勇气直接将奥尔汀带回家吧，该如何解决查伊斯先生呢？"

安妮的幸运似乎接连不断。有一晚，可娜莉亚约安妮到查伊斯家。

"我们想请理查德·查伊斯捐献教会厨房用的炉子，拜托你和我一块儿去，当我的精神支柱。安妮，我一个人大概无法面对他。"

查伊斯先生长腿盘踞，似乎在膜拜冥想，秃头上有几根银发在闪烁。他睁开灰色的小眼睛，看到两人前来，便立刻站起来。查伊斯看到与可娜莉亚一起前来的是医生夫人，便正襟危坐，要是只有表妹可娜莉亚的话，他觉得她太过男性化，要说智商的话，只能与蝗虫相比，所以根本不将她放在眼里。

查伊斯恭恭敬敬地招待两人进入小书房。

"今晚真是热得可怕。理查德，你那只猫比以前大多了。"

查伊斯将这只大黄猫当成自己的亲人，它正坐在他的膝盖上，查伊斯温柔地对它说："杜马斯·拉马是世界上最棒的猫，对不对？你看看可娜莉亚阿姨。拉马，你亲切的眼光中，是不是看到阿姨恶意相向？"

"拜托别说我是那只兽类的阿姨好不好？"艾利奥特夫人尖锐地抗议，"开玩笑归开玩笑，但你说我是它的阿姨，太过分了吧！"

"你与其当那狄·查吉尔的阿姨，还不如当拉马的阿姨！"理查德·查伊斯以哀伤的口气说道，"那狄是个大酒鬼，你不是将他的罪状列了一览表吗？猫与醉鬼之间，你选择像杜马斯这么棒的猫不是比较好吗？"

"我一点也不喜欢猫，这是奥尔汀·查吉尔唯一的缺点，奥尔汀很喜欢猫，怎么会这样呢？他的父母都那么讨厌猫！"

"他一定是位懂事的青年！"

"懂事？是啊！的确很懂事，他正热衷于猫及进化论，这也不是他妈妈传给他的。"

"事实上，艾利奥特夫人，我也很迷进化论！"查伊斯先生严肃地说道。

"刚刚不是说过了吗？相信自己喜欢的事物最好。还好，没人能使我相信，我是猿猴的子孙。"

"你看起来的确不像猿猴的子孙，这么美丽的妇人，没有一点和猿相似。可是几百年前你的祖先，就是夹着尾巴，从这株树跳到那株树的猿，这有科学为证，你信不信？"

"我当然不信，我只相信我自己。对了，理查德，史德拉今年夏天好像不太舒服。"

"史德拉总是无法忍受夏天，只要气候一凉爽，她身体就好了。"

"那就好。莉瑞特每年夏天都不舒服，最后那次她可是再没恢复。你别忘了莉瑞特的事，史德拉遗传了她妈妈的体质，最好不要结婚。"

"为什么你认为不要结婚比较好呢？我很好奇。可娜莉亚，我想了解站在女性的立场，是在什么样的前提之下或根据什么而下的结论，认为史德拉最好不要结婚？"

"这个嘛，理查德，坦白说，史德拉并不是个有男人缘的女孩，虽然她很好，可是会令男人受不了的。"

"有不少男人追求她！为了赶跑他们，我花了大半财产买马枪和斗牛犬哩！"

"那些人只是看上了你的财产，只要被你讽刺一次，他们就会逃之夭夭了，如果真的喜欢史德拉，就会和斗牛犬一样，历经几次失败都不气馁。你看，莉瑞特不是也这样吗？在你之前，连一位追求者也没有。"

"可是我难道不值得她等待吗？莉瑞特的确是个年轻又聪明的女人，而我也不会将自己的女儿随随便便送给人家。"

"我并不是说史德拉不好，而是说如果考虑到她的体质，那么最好还是不要结婚。这对你而言也算是幸福，如果没有她，你也活不下去吧！"可娜莉亚言归正传地继续说道，"你给教会的炉子捐点钱，我就可以告辞了，我知道你急着想看那本书！"

"真是聪明的妇人！有你这样的亲戚真是难得！反正我也老了，我该捐多少呢？"

"五元吧！"

"好！你说五元，就五元。"

"那我们就告辞了！"

在整个拜访期间，安妮一句话也没说，因为她觉得没这个必要。而理查德·查伊斯很亲切地送两人出门，并且对安妮说道："我没见过这么美的脚踝，布莱恩夫人。米雪·布莱恩和我从以前感情就一直很好。"

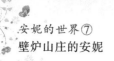

"他真过分！"走在小径上，可娜莉亚喘息地说道，"他对女人总是这么无礼，你别介意。"

安妮没有介意。她想："先不谈那些进化论之类的事，而是这个人似乎不认为史德拉不得男人缘，有一种'想让世人瞧瞧'的味道，这就是他一直努力想做的事。奥尔汀和史德拉相爱，与其说查吉尔夫人和查伊斯先生会反对，还不如说他们很在意，哇！乐见其成！"

一个月之后，史德拉·查伊斯造访壁炉山庄，再度与安妮坐在阳台聊天。史德拉心想，多希望能有如布莱恩夫人般的脸庞成熟，而优雅。

九月初已是天凉时分，黄灰色的烟雾弥漫，海也在温柔地歌唱。

"今夜的海好悲伤哦！"华特说道。

史德拉显得很平静，不久，她抬头望着紫色夜空的星星，说道："夫人，我有话想对您说！"

"什么事？"

"我已经和奥尔汀·查吉尔订婚了，"史德拉的语气相当坚定，"我们是在去年圣诞节订婚的，只有我爸爸和奥尔汀的妈妈知道这件事，我们没透露给其他人，觉得这样比较好。不过我们计划下个月结婚。"

安妮整个人如化石般僵住了。

史德拉仍继续望着夜空的星星，因此没注意到布莱恩夫人脸上的表情。

"奥尔汀和我是在去年十一月，在罗布利吉的舞会上认识的，我们一见钟情……真的，奥尔汀觉得我就是他追求的目标，他由衷地说道：'你才是我的妻子。'我也……我也有这种感觉。哦！夫人，您知道吗？我们沉浸在幸福之中。"

安妮没对史德拉说出自己的努力。

"我现在相信，幸福不只是过眼烟云，幸福是真实的感觉，夫人，您赞成吗？自从我来到克雷村，就一直将夫人当成是自己的姐姐。因此，若不让您知道我的婚事，我认为那是件很悲哀的事。"

史德拉的声音哽咽，安妮终于从惊愕中恢复说话的能力。

"史德拉，我真高兴看见你沉醉在幸福中，我很喜欢奥尔汀这个孩子，他是位好青年，只是有人批评他朝三暮四……"

"事实上并非如此，他只是在寻找合适的对象。夫人，您了解吗？"

"你爸爸对这件事有什么看法？"

"我爸爸非常高兴，最初他不怎么在意奥尔汀，但和奥尔汀谈论了好几个小时的进化论后，爸爸说他是适当人选，同意我们结婚。但留下爸爸一个人很孤单，所以我请堂妹德莉亚·查伊斯来照顾爸爸。爸爸很喜欢德莉亚。"

"奥尔汀的妈妈呢？"

"奥尔汀的妈妈也很高兴，去年圣诞节，奥尔汀向他妈妈提起我们的婚事，他妈妈去问《圣经》，翻开的第一章就说：'男子应该离开父母身边，应该爱自己的妻子。'因此立刻答应了这门婚事，希望我和他们一起住在罗布利吉的家里。"

"你要和那套绿色沙发一起生活！"

"沙发？是啊，家具是很旧了，可是妈妈很喜欢，其他家具奥尔汀会换新的，大家都很开心。人，您也会祝福我吧？"

安妮亲吻史德拉湿润的双颊。

"我真的很高兴，祝你幸福。"

史德拉告辞后，安妮独自进屋，跑进自己的房间。天空出现一轮上弦月，安妮注视着对面的牧场。

安妮回忆前一段时间，餐厅被弄得乱七八糟，先祖留下来的重要传家宝坏了两个，书房的天花板被楼上的水弄湿了，她绞尽脑汁和查吉尔夫人沟通……想到这些，安妮真想笑。

"我现在终于了解吉鲁伯特的话了，婚姻是两个人的缘份，只要有缘，自然会在一起；如果无缘，再怎么撮合也是白费……"

"我们来学猫头鹰叫。"杰姆充满活力的声音从灌木丛里传出来，他很擅长模仿猫头鹰的叫声，华特就不行了。不一会儿，华特似乎对学猫头鹰叫彻底绝望了，想寻求妈妈安慰似的来到安妮的身边。

"妈妈，你唱歌给我听好不好？我喜欢听妈妈唱歌……"

"好啊，乖孩子……"

第十九章

小狗吉普

"现在是养狗的时候了。"吉鲁伯特说道。

自从老狗雷克斯被人毒死后，壁炉山庄就不曾再养狗。但吉鲁伯特觉得男孩子应该要养狗，由于事情繁忙，他一直没有着手进行养狗的计划。

一直到了十一月的一天，杰姆从学校带回一条小狗——一只黄色小狗，两只耳朵挺得直直的，有点自大的模样。

"这是乔治·里斯给我的，名字叫吉普。你看，它的尾巴好可爱哟！我可以养它吗？"

"这是什么品种的狗？"安妮谨慎地问道。

"这个嘛……我……狗的种类有很多，我认为这没什么关系，什么种都一样，反正它是某一种，只要喜欢就好了。拜托，妈妈！"

"要是你爸爸说可以……"

吉鲁伯特在一旁说："好吧！"

杰姆终于拥有自己的狗了，壁炉山庄的每个人都愉快地欢迎吉普的加入，只有小猫咪小虾米例外，它毫不掩饰地表达自己的不满，显得不愉快的样子。苏珊也很喜欢吉普，下雨天在屋檐下纺织时，小主人上学时，吉普都跟在苏珊身边。

有时候追小老鼠追到放在黑暗角落里的小纺车附近时，吉普就会害怕地发出悲鸣。这台纺车一次也没用过，自从蒙卡家搬走后，就一直摆在那里，犹如驼背的小老太婆坐在黑暗的角落，大家都不了解，为什么这会使吉普害怕。大纺车就没关系了，有时候苏珊绕长毛线从这一头穿过大纺车到那一头时，吉普也会跟在苏珊身边来来去去，苏珊已经将吉普当成是真正的朋友了。当吉普想吃肉的时候，便会抬头看着苏珊，前脚在那儿摇来摇去的，令苏珊觉得相当有趣。

当巴弟嘲笑地说："这也称为狗吗？"

苏珊便会愤慨地回答："我们称它为狗！"然后又用有点嘲弄的语气说："也许你们称之为河马。"

有一天，马克·里斯问道："这家伙是被潮水冲来的吗？"

虽然苏珊不在，杰姆也极力为自己的狗辩护。另外，当有人说它的脚太长了，和身体不成比例时，杰姆就会回答："狗的脚当然必须要有碰到地面的长度啊！"

十一月，阳光是吝啬的，似乎想休息了，寒风吹动枫树的银色树枝，洼地也一片荒凉，正如爸爸所说的——"潮湿、灰暗、阴凉、滴水，如雾一般"。

壁炉山庄的小孩们大部分时间只能在屋檐下玩耍，每天傍晚，栖息于大苹果树的两只野鸡和到庭院来的五只松鸦，便成为孩子们的好朋友。小鸟们一边吱吱喳喳叫，一边吃小孩准备的食物，但这些小鸟们也很自私，不准其他小鸟靠近。

随着十二月的脚步临近，冬天终于来了。连续下了三个星期的雪，壁炉山庄对面的原野成为一片银色牧场，屋顶、门柱都戴上了一顶白色的帽子，窗户结上了晶莹的冰花，壁炉山庄的灯火在积雪的薄暮中闪烁光辉，更显现出家庭的温暖。

今年冬天，是壁炉山庄小孩最多的一个冬天。

"杜尔家有九个小孩子，好像世上只有杜尔家的小孩永远不够，不断地来！"苏珊抱怨道。

"苏珊，就像壁炉山庄的孩子们一样，杜尔家的每个小孩，都是杜尔夫人的宝贝。"

户外狂风猛烈地吹袭，白云似乎也冻僵了，孩子们只能在书房、厨房等处计划夏天的洼地之游。不论外头的风如何狂啸，壁炉山庄总是洋溢着欢喜的空气。

圣诞节来临了，今年的圣诞节没有美莉姑妈在，感觉自在多了。小孩们在雪堆中追踪兔子的足迹，在广阔的原野上和自己的影子赛跑，滑着雪橇，沉浸在冬季的欢愉中。黑耳朵的小黄狗也和小孩们玩成一堆，回到家里只听见欢迎的声音。

"妈妈，在吉普来我们家之前，真不知道我们是怎么过的，吉普会说话哟！妈妈，是真的，你看它的眼睛，真的会说话。"

然而，悲剧发生了！

有一天，吉普一副无精打采、显得不舒服的样子，苏珊为

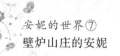
它准备它最喜欢的肋骨，它也不吃。隔天，安妮请罗布利吉的
兽医来诊断，兽医摇摇头说："它也许在森林里吃了什么食物中
毒了，也许会好，也许不会好。"

小狗静静地躺在一旁，只看着杰姆。也许在最后时刻，它
想对杰姆摇摇尾巴。

"妈妈，我可以为吉普祈祷吗？"

"当然可以，吉普是我们家的一份子，我们应该为它祈祷！"

"妈妈！吉普一定不会死！"

"看来，它病得不轻！"

隔天早上，吉普便走了。在杰姆的世界中，这是第一次感
觉到所谓的"死亡"，即使是一只小狗，杰姆也忘不了这种悲
痛。壁炉山庄的每个人都流下了眼泪，苏珊更是哭红了眼睛。

"我从来没和狗这么要好过……以后大概不会再有第二次
了。"苏珊哽咽地说道。

在大伙儿痛心的夜晚，吉鲁伯特和安妮必须外出。家中，
华特在哭泣中睡着了，杰姆一个人发着呆，没有可以说话的对
象，那只总是睁着灰褐色眼睛，信赖地望着杰姆的吉普再也不
会回来了。

杰姆祈祷着："神啊，请保佑今天死亡的小黄狗，它有黑色
的耳朵，请您保护它……"

杰姆埋首在棉被中哭泣，黑暗中看不到吉普，天亮后
也无法看到吉普，日复一日，年复一年，以后再也看不到
吉普了……

这时候，一双温暖的手抱住了杰姆。啊！即使失去了吉普，世界仍然有爱。

"妈妈！往后的日子就是这样吗？"

"不，不是的！"安妮亲切地安慰杰姆，"并不是往后的日子都是如此，杰姆，总有一天会好起来的。就像被火烫伤的手，一定是一开始最痛，慢慢地，疼痛会减轻，伤口也会复原。"

"爸爸说要让我养别的狗，我可以不养吗？我不要再养其他狗了，妈妈！"

"杰姆，妈妈了解。"

安妮懂得杰姆的心，杰姆感觉自己很幸福，妈妈总是能够了解自己，世上再也没有像我的妈妈这么好的妈妈了，该怎么感谢妈妈呢？嗯！到弗拉克先生的店里买珍珠首饰送给妈妈，我曾听妈妈说过想买珍珠首饰。

我一定得想办法买珍珠首饰送给妈妈，杰姆有零用钱，他想用自己的零用钱买珍珠首饰，这样才算是真正的杰姆的礼物。妈妈的生日是三月，还有六周，而首饰是五十分钱，从现在起就得努力存钱了。

第二十章

黄铜小猪

在克雷村赚钱并不是件容易的事，但杰姆还是毅然决定自己赚钱。他用旧线卷做成陀螺，拿到学校卖给同学，一个两分钱，并将自己珍藏的三颗乳牙卖了三分钱，另外，每星期六，他将自己那份苹果派卖给巴弟……每天晚上，杰姆就将自己赚的钱存进他的圣诞节礼物——黄铜小猪内。

本来是空空的小猪，肚子一天天地饱起来。当存进五十个铜板后，只要转动猪尾巴，它就会自动打开，里面的铜板也会一个个掉出来……

为了最后八分钱，杰姆将一对小鸟蛋卖给马克·里斯。这是克雷村最好的鸟蛋，要脱手杰姆实在舍不得，但妈妈的生日一天天接近，钱还不够，只要马克付钱后，就刚刚好了。

"试试看，转一下猪尾巴，猪是不是真的会分成两半。"马克鼓励杰姆，但杰姆断然拒绝，他坚持要到买首饰时才打开小猪。

隔天下午在壁炉山庄召开传道妇女后援会，这是每个人都忘不了的事情，正当诺曼·德拉夫人祈祷时，杰姆慌慌张张地闯进来。

"我的黄铜小猪不见了！妈妈，我的黄铜小猪真的不见了。"

安妮急忙将杰姆拉到屋外，但德拉夫人的祈祷文被打断，她无法原谅杰姆。当妇女们回去后，大家将壁炉山庄找了个底朝天，就是找不到杰姆的黄铜小猪。杰姆不相信小猪会丢掉，一直在想是在什么时候、什么地方最后一次见到小猪。安妮打电话问了马克·里斯，马克表示，最后看见小猪是在衣柜里。

"苏珊，会不会是马克·里斯？"

"不，夫人，我敢肯定他不会，这种不义之财他不会要。"

"小猪到底在哪里呢？"

"难道被老鼠吃掉了？"达恩说道。

杰姆觉得这种猜测很荒唐，老鼠绝对不可能吃下五十枚铜币及黄铜小猪。

"你的小猪一定会出现的。"安妮安慰杰姆。

隔天，杰姆上学的时候，还没找到小猪。杰姆到达学校之前，这件事就被传开了，大家都有不同的猜测，就是没人来安慰杰姆。

到了休息时间，茜茜·弗拉儿悄悄来到杰姆身边，她很喜欢杰姆，但不知是否因为茜茜浓黄色的卷发或褐色眼睛的关系，杰姆无论如何就是不喜欢她。原来即使才八岁，也会为异性关系而烦恼。

"我可以告诉你，是谁拿了你的小猪。"

"是谁？"

"你和我玩拍拍手游戏，我就告诉你。"

即使杰姆心里十分不愿意，但为了小猪，他还是忍耐着与茜茜玩。为了找到小猪，杰姆什么事都愿意做，他红着脸坐在茜茜旁边，当铃声响起杰姆要求报酬的时候，茜茜说道："艾莉丝说威利告诉她伯布·拉雪尔告诉他弗雷度·艾利奥特知道小猪在哪里，所以请你去问弗雷度·艾利奥特。"

"骗人！骗人！"杰姆对着茜茜吼叫。

茜茜露出平静的笑容，至少杰姆和自己玩过一次游戏了，茜茜十分满足。

杰姆虽然不十分相信，但还是到弗雷度·艾利奥特那儿去看了看，结果弗雷度表示，一开始就不知道有什么小猪，而且也不想知道。杰姆一点办法也没有，弗雷度比杰姆大三岁，是有名的欺软怕硬的人。突然之间，杰姆好像受到了什么刺激，举起食指指向弗雷度的脸。

"你这个坏人。"杰姆说道。

"好啊！你这个小王八蛋，竟然敢如此对我。"

"告诉你，被我的手指指到，你整个星期都会不幸。如果在我数到十之前，你不告诉我小猪的下落的话，保证你会倒霉。"

弗雷度不相信杰姆的话，但当天晚上他要参加一场溜冰比赛，所以不可以冒险。因此当杰姆数到六的时候，他投降了。

"好吧！好吧！我告诉你，你的小猪是被马克拿去的。"

马克并不在学校，但听了杰姆的话，安妮立刻打电话给马克的妈妈。不久，里斯夫人登门道歉："马克并不是要偷杰姆的小猪，他只是想看看小猪是不是真的能打开，所以当杰姆离开房间后，马克就试着扭动猪尾巴，结果小猪真的分成两半。那孩子不知该怎么还原，所以将钱和小猪都塞进了杰姆放在旁边的靴子里。他并不是要偷小猪和钱的，真对不起，马克也被他爸爸打得半死呢！夫人！"

杰姆看见失而复得的黄铜小猪，内心的兴奋真是难以形容，现在可以买首饰了，该将首饰藏在哪里呢？嗯！藏在苏珊衣柜的抽屉里，等妈妈生日那天，再拿出来。安妮不知道杰姆的计划，一直称赞杰姆是个节俭的乖孩子。

　　　　船儿摇、海水荡，

　　　哦，它载满了送给我的漂亮礼物。

唱着、唱着，安妮一直不知道小孩将带给她什么惊喜。

三月初，吉鲁伯特患了流行性感冒，不知会不会转变成肺炎，壁炉山庄处于不安之中。

安妮像平常一样处理家中大小事情，安慰家人，但小孩们听不见妈妈的笑声了。

"要是爸爸死了，世界不知会变成怎么样？"华特苍白着双唇说道。

"爸爸不会死的，孩子们，他已经度过危险期了。"

安妮独自发呆，心想，要是吉鲁伯特真的到另外一个世界去，那么自己，附近的居民该怎么办？不仅是安妮，连附近的居民都依赖吉鲁伯特，认为他是能够起死回生的医生，甚至相信他是奉神的旨意来济世救人的活菩萨。

"没什么大不了的！"

听见吉鲁伯特精神焕发的声音，大家才相信他还是好端端的。有许多同名者前来探望，霍恩斯地区的小吉鲁伯特们也来了。

在大家的关怀下，吉鲁伯特一天天康复，安妮也再度展现笑容。终于到了安妮生日的前一晚。

"杰姆，早点睡，明天才能早点起床。"苏珊说道。

杰姆也想快点睡，却睡不着，华特则早就进入梦乡了。杰姆不停地蠕动身体，怕明天起不来，如果明天起不来，其他人都将礼物送给妈妈的话，该怎么办？杰姆想成为第一个送礼物给妈妈的人。

"对了，可以拜托苏珊叫我啊！"

可是苏珊出去了，我一定得等她回来，请她明天一定要早点叫醒我。嗯，我到楼下沙发上等她，免得没听见她回来的声音。

杰姆悄悄下楼，在长椅子上缩起身子，望着户外，月亮使白雪变得更皎洁，神秘的大树好像紧紧地抱住壁炉山庄，在家中听得到各种夜里的声音，床咯吱咯吱的声音，谁在床上翻身的声音，暖炉石炭的噼啪噼啪声，小老鼠穿梭在厨房柜子上的声音……啊！那是雪崩吗？不，只是雪从屋顶掉下来的声音……

一个人在这儿真的有些寂寞，苏珊怎么还不回来呢？如果吉普还在的话……啊！可爱的吉普，我好像把吉普忘记了，不，我永远忘不了它，只是现在想起吉普，已经没有那么伤心了。也许那时候真该再养一条狗，现在如果有一条狗在身边就好了，猫也可以，可是小虾米总是喜欢独自生活！

长长的街道在月光的照射下，似乎没有尽头，仍然不见苏珊的影子。真无聊，杰姆只能让脑子不断地幻想——什么时候才能到北极和爱斯基摩人一起生活呢？什么时候才能像杰克船长般出海远航，成为杰姆船长呢？我能成为潜水员，探索海底世界吗……

如果神忘了使太阳升起来，世界会变得如何呢？杰姆想着想着，不知不觉便躺在沙发上睡着了。

"杰姆！"

杰姆挺起身子，打了个哈欠。

"我在等你回来，想请你明早早点叫我起床，可是你没回来。"

"我到强森·渥廉家去了，因为他妈妈去世，我去陪他一起守灵，所以彻夜未归，"苏珊解释道，"拜托，我可不希望你也感冒、得肺炎。赶快到床上躺下，等夫人起床，我一定喊你。"

"苏珊，要怎么刺鲛鱼？"杰姆边爬楼梯边问道。

"我没刺过鲛鱼。"苏珊回答。

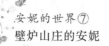

　　第二天，杰姆进妈妈房里一看，妈妈已经起床了，正在镜子前梳理光亮的长发。当杰姆把首饰捧给安妮时，安妮十分惊讶，问他："是送给我的？"

　　杰姆点点头，有点害羞，也有点得意。安妮拥抱着杰姆，十分感动地说："杰姆，谢谢你，珍珠项链是最美的生日礼物！"

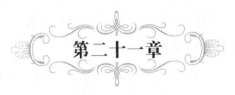

第二十一章

珍珠项链

三月末的一个晚上，吉鲁伯特和安妮准备外出参加聚会，安妮穿上颈部与手部均镶有银色珠子的绿色衣服，并配上吉鲁伯特送的戒指及杰姆送的项链。

"我妻子很漂亮吧！杰姆？"爸爸得意地说道。

杰姆觉得妈妈非常漂亮，衣服也很漂亮，挂在颈部的珍珠项链更是漂亮。杰姆喜欢盛装的妈妈，但是更喜欢脱下华丽衣裳时的妈妈；华丽的衣裳使妈妈更显高贵，但杰姆认为那不是真正的妈妈。

晚餐后，杰姆向苏珊"请假"，到村外去。在弗拉克先生的店前等人时，有两位少女站在玻璃橱窗前看首饰，橱窗内有各式各样的饰品。

"那个珍珠很漂亮吧！"其中一个少女说。

"它们看起来像真的一样！"另一个少女附和道。

说着，两人不理会坐在一旁的小男孩，向前走去，杰姆一

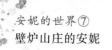

动不动地坐在原地。

"怎么了？小朋友，你不舒服吗？"弗拉克先生问道。

杰姆悲伤地看着弗拉克，结结巴巴地说道："请问，那些，那些项链是真的珍珠吗？"

弗拉克笑了笑说道："杰姆，真的珍珠不可能只有五十分钱，真正的珍珠项链值几百美金呢！五十分钱只能买到普通玻璃做的假珍珠。"

杰姆漫不经心地在街道上闲逛，忘了苏珊交代的事情，他只觉得眼前一片灰暗，只有冬天的凉意、薄冰……杰姆在港边坐了下来，不想回家。白雪不断飘下，大地开始变白，杰姆希望雪将世界淹没，他觉得世界一点也不可爱。

杰姆的胸口要裂开似的，别人一定会嘲笑他，他觉得自己的脸都丢尽了。我以为送给妈妈的是真正的珍珠，妈妈也认为那是真的珍珠，结果却是假的。妈妈要是知道的话，会怎么想？妈妈会不会认为我欺骗她？我一定得将实情告诉妈妈，我从来没欺骗过妈妈，妈妈一定也受不了我欺骗她。我一定要告诉妈妈，那条珍珠项链不是真的，可怜的妈妈！她那么喜欢那条项链，当她亲吻我向我道谢时，眼中闪烁着自豪，没想到项链却是假的。

杰姆从侧门进入屋子，立刻往房间走去。华特已经睡着了，但杰姆无法入睡，睁着眼睛等待妈妈归来。

安妮回家后，悄悄进来看看杰姆和华特有没有踢被子。

"杰姆，这么晚了怎么还不睡，不舒服吗？"

"嗯！我这里很不舒服，妈妈！"杰姆将手放在胃的上方，他认为那是心脏。

"怎么了，杰姆？"

"我……我……我有话想告诉妈妈，妈妈一定会大吃一惊。可是我不是故意想欺骗妈妈的，真的，我不是故意的……"

"好，乖孩子，到底怎么回事？"

"妈妈！那条珍珠项链不是真正的珍珠，我还以为它是真的……"说完，杰姆的眼泪如泄洪般狂奔而出，他再也忍不住了。

安妮面临着考验，当时，沙利的头撞了一个大包、南恩的足踝扭伤了、达恩感冒得连声音都发不出来，但安妮只要亲吻、安慰、包扎就好了。可是这次不一样，此时必须拿出——妈妈的所有智慧。

"杰姆，我不知道你认为那条项链是真品，我知道从某个角度来讲，它不是真正的珍珠项链，但它是我收到的最真诚的礼物。在我心里，这条珍珠项链是无价的真品，因为这里面有你的爱、辛劳与自我牺牲。因此，对我来说，这条项链比潜水员为女王从海底挖出来的宝石更珍贵。"

"杰姆，昨晚我看到一篇报导，有位富翁以价值五十万美元的项链作为女儿的嫁妆，即使拿那条项链和我交换，我也不会答应。我这么说，你应该了解你送我的项链在我心目中的价值了吧！我的好孩子，你真是个好孩子！现在，心情舒坦些了吗？"

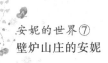

杰姆的心情顿时开朗，又觉得有点不好意思，他觉得自己很幼稚。

"啊！这个世界还是美丽的。"杰姆充满信心地说。

妈妈真的喜欢那条项链，我什么时候才能赚五十万，不，一百万美金，买一条真正的珍珠项链送给妈妈呢？杰姆已经很累了，但这时他心情愉快，觉得棉被好温暖，妈妈的手也好香。

"妈妈，你穿这件衣服好漂亮。"在睡眠中，杰姆模模糊糊地说道。

安妮抱着杰姆微笑，她想起前几年在医学杂志上读到 V. Z．德马克斯基博士的文章，"不可以抱怨，不可以亲吻小孩"，安妮觉得好笑，也觉得有点生气，她觉得那作者很可怜。还好 V．Z．德马克斯基是位男性，从来没有女性会写这么无聊的文章。

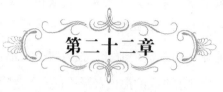

第二十二章

四月的雪

四月一到，阳光与微风持续了几天，接着东北刮来的暴风雪又重新给大地披上了银装。

"四月的雪很讨厌，被雪吹到脸颊就好像被打了一巴掌。"安妮说道。

壁炉山庄被冰柱包围，持续两周，白天寒冷，夜里更是冻得不得了。之后，雪渐渐地融化，洼地开始出现知更鸟的足迹，壁炉山庄充满了朝气。大家都相信，春的奇迹已经降临大地。

"哇！妈妈，今天有春天的香味，"南恩深呼吸后说道，"春天真是个好季节。"

这天，几乎看得见春的脚步，冬季的枯枝开始转绿，杰姆手上拿着初开的山楂花。但壁炉山庄的安乐椅上，坐着一位肥胖的妇人，她悲伤地说道："春天都不像我年轻时那么美好了！"

"米歇尔夫人，改变的不是春天。你难道不觉得是我们变了吗？"安妮微笑着说道。

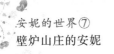

"或许吧！我也知道自己变了，不是以前的年轻姑娘了。"

在黑色帽子下，米歇尔夫人有一头灰色中夹杂着白色的头发，蓝色无神的眼睛，有些呆滞，还有双下巴。但她对自己感到满足，在弗亚·温兹这个地方，没有哪个人能拥有像她如此气派的丧服，米歇尔夫人的黑色衣服一直掩盖至膝部。

安妮没有回答，因为米歇尔夫人没有给安妮说话的机会。

"我家的净水器坏了，里面破了个洞，所以今天早上请雷蒙特·马歇尔帮我修理，接着又想既然到这里了，就去一趟壁炉山庄，请布莱恩医生的夫人为安逊尼写一篇追悼文。"

"追悼文？"

"是啊！就是将死者的事发表在报纸上，希望写出安逊尼的优点、出众超群之处。夫人不是曾经写过文章吗？"

"偶尔写些小故事，但自从有了孩子之后，就没什么时间写了。我曾经描写过一些美丽的梦想，但没写过追悼文。"

"追悼文对你而言应该不困难。查理·伯兹伯伯曾写过追悼文，但他的追悼文不像诗，安逊尼喜欢像诗篇般的追悼文，他以前就喜欢诗。上星期我曾到克雷协会听夫人演讲，像你这么会说话的人，一定会写追悼文，请你帮个忙，安逊尼一定会很高兴的。他一直都很尊敬夫人，'只要夫人一出现，其他的女性就显得异常平凡'，这是安逊尼时常说的话。他经常脱口成诗。我也知道请其他人写追悼文，查理伯伯会不高兴，但我不在乎，查理伯伯的确有丰富的诗句，但不合安逊尼的意，所以我不打算请他为安逊尼写追悼文。我是安逊尼的妻子——已经当了

三十五年忠实、相爱的妻子。三十五年了！夫人！"

米歇尔夫人认为这是相当长的时间，停顿了一会儿，她又继续说道："因此，我女儿表示，只要是爸爸喜欢的追悼文，不论长短均可。我女儿叫雪拉芬，这个名字不错吧！是我在某块墓碑上看到的名字，觉得不错就用了。本来安逊尼想用他妈妈的名字茱蒂，但我觉得这样不太礼貌，经过一番辩论后，还是照我的意思，安逊尼这个人不太会与人争。我说到哪里了？"

"你的女儿说……"

"是的，我的女儿告诉我：'请务必为爸爸求得一篇精彩的追悼文。'这孩子和她爸爸感情很好。夫人，你可以为安逊尼写篇追悼文吗？"

"我当然愿意，可是我对你先生的事迹不是很了解啊！"

"这没关系，我会详细说给你听……"米歇尔夫人陷入回忆中，"如果你想知道他的眼睛……我和他结婚三十五年，却无法告诉你，他的眼睛是什么颜色。我只记得他向我求婚时的眼神，他那会说话的眼睛，还带着一丝梦幻的色彩。夫人，我沉醉其中好几年，当时我很骄傲自满，总是不把别人放在眼里。唉！那已经是好久以前的事了，追求我的男子不计其数，但我只是叫他们一个个走开……只有安逊尼一关关地通过，他的模样讨人喜欢，身材瘦瘦的，感觉很不错，我无法忍受肥胖的男子，而且他胜我一筹——这是千真万确的事，他很会说精彩和罗曼蒂克的话，他曾说我如灵妙的月光般富有魅力，虽然我到现在还不知道'灵妙'是什么意思。终于，我答应嫁给他。我当新娘的时候，大家都说那件新娘礼服美极了，配上我金黄色的头发，显得很艳丽！夫人，你没看到那场面真是可惜。全是受过高等教育的人参加，还有，烹调食物也有专人。你穿的衣服很棒，夫人，像你这样真好，可以不穿黑色。穿衣服得配合场合，不可以乱穿——对了，我刚刚说到哪里了？"

"哦！说到你们的婚礼！"

"对，我们举行结婚典礼，那天晚上，大彗星出现，我记得是在我俩坐马车回家时看见的。你没看见那彗星真是可惜，除了美丽、动人，真不知该如何形容，请特别在追悼文中提到它。"

"好像有点困难……"

"那么……"米歇尔夫人叹了一口气，好像对彗星之事死心了。

"请你尽量写就是了，安逊尼的一生没有什么重大变化。他曾经喝醉过，但也只有一次，当然，这不用写在追悼文中，其他倒是没有什么大不了的事情。总而言之，他生活得逍遥自在，与世无争，能够坐在那里花一小时看花，他很喜欢花。说到树木和果树园，我常开玩笑地说，他把那些树木看得比我还重要。他很重视那一小块麦田，经常这么告诉我：'我出去和我的麦田说说话。'我们一直没有儿子，我建议将田卖了，搬到罗布利吉居住，他却说：'我不会将我的农场卖掉……我怎么可能卖掉自己的心脏呢？'你说这是不是他的特色？在他去世的前一晚，他说想吃母鸡肉，'就像你平常煮给我吃的口味一样'，他喜欢吃我做的料理，只有一样他无法忍受，那就是加入胡桃的生菜

色拉，他很不喜欢吃胡桃。可是没有多余的母鸡，只剩一只公鸡了，当然，我不能杀了公鸡……

"唉！我真后悔没杀母鸡给他吃，当天夜里，他便在睡梦中死去，我一直不知道他已经死了。他从来不诉苦，一直都说很好、很好，我要是早知道他会死去，再怎么样都会煮母鸡肉给他吃的。"米歇尔夫人的话中充满悔恨之意。

"真可怜，到最后还不能满足食欲。"说着，米歇尔夫人从口袋中掏出手帕拭泪，"六十五岁，论年龄离天年不远。可怜的安逊尼死了，他只留下'让我安静离去'的遗言，最后他现出笑容——不是对我及雪拉芬，而是对着天花板，我相信他是带着幸福离开人间的。我们为他举行隆重的葬礼，那天天气很好，他被埋在堆积如山的花朵下，应该很高兴才对。他被埋在克雷村的墓地，他家其他人都说应该葬在罗布利吉，可是安逊尼很久以前就为自己选好墓地了——在自己的农场附近，他说希望埋在听得到海浪声及风声吹过的树梢处，那块墓地被三株树围绕，我看了很喜欢，我们可以在墓地上种植天竺葵。他是个好男人，现在他一定到天国去了，叫我们别担心。我想要的追悼文，不介绍已故之人的居住场所是不行的，所以说得比较详细，还有什么地方不明白吗？夫人！"

安妮表示她已清楚了，米歇尔夫人才松了口气，用力从安乐椅上站起身。

"该告辞了，今天火鸡应该要孵小鸡了，和你说话真愉快，只是打扰你这么久，不好意思。寡妇总是寂寞的，虽然口口声

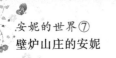

声说男人没什么了不起，可是没有男人还真有些寂寞。"

安妮小心翼翼地送米歇尔夫人至小径，小孩正在草地上和知更鸟玩，四处开遍了水仙花。

"这个家真雅致，到处都显得那么温馨，我一直喜欢宽敞的家，可是我们只有雪拉芬这么一个孩子，安逊尼生前特别喜欢那间旧房子。要是有人出好价钱，我打算将它卖掉，搬到罗布利吉或蒙布雷·那罗斯居住，我想那些地方比较适合寡妇居住。唉！夫人，你现在是无法了解寡妇的心情的。"米歇尔夫人再度叹气。

"对了，你先生好吗？去年冬天病人多，收入一定很可观吧！看你这些小孩都这么可爱……雪拉芬也到了该交男朋友的年龄了，这孩子和她爸爸一样正直，而且和她爸爸一样有点顽固——怎么不在玄关旁边种些植物呢？可以去除仙女啊！"

"有人想驱逐仙女吗？"

"你和安逊尼说的话一样，我只是开个玩笑，我当然也不相信仙女……不过，偶尔也会出现吧！好了，夫人，我告辞了，下周我来拿追悼文！"

第二十三章

"老人之墓"

"夫人，这件事很麻烦吧？"苏珊在厨房边洗银器边说道。

"是啊！我也很矛盾。苏珊，你知道吗？我真的很想为安逊尼写'追悼文'，我很喜欢他这个人，虽然不常见面，但知道他是个不错的人，而且他这么希望我为他写'追悼文'。"

"年轻的时候，安逊尼的确是个英俊的标致男子，是个梦想家，虽然有时手头不便，但借钱都会还，后来竟意外地与债主贝西·普拉马的女儿结婚了。"苏珊叙述道。

"妈妈！"华特大声喊道，"庭院中间开满了金鱼草！还有，有一只知更鸟在厨房窗台上筑巢。妈妈，拜托别开窗户，否则会吓坏它们的，好不好？"

安妮见过安逊尼几次面，他住在下克雷村，那里的人大部分是蒙布雷·那罗斯医师的患者，但吉鲁伯特向安逊尼买过八次干草。安逊尼载干草来的时候，曾与安妮谈过一些话，安妮对他印象深刻——身材瘦削，和善的脸布满皱纹，淡褐色的眼

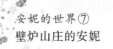

睛透露出坚毅的神情，一看就是个正直的人。

　　他安心地耕作，日出而作，日落而息，过着与世无争的生活。他的黑色头发中，夹杂着几根银色发丝，微笑的脸庞表现出其沉稳知足的心。他的那一小块田地，带给他面包与喜悦，带给他征服的喜悦和悲伤时的慰藉。安妮心想，被埋葬在心爱田地的旁边，安逊尼一定感到非常满足。

　　根据蒙布雷·那罗斯医师的说法，当安逊尼知道自己病况无法复原时，只是笑着说道："上了年纪，有时会觉得待在世上有点无聊，死亡或许能带来一些变化。"

　　多达观啊！

　　几天后的一个傍晚，安妮在自己卧房的窗边，写下了《老人之墓》。安妮露出满足的微笑，独自在窗台边反复朗诵：

　　　　轻轻柔柔掠过松枝的风

　　　　邀海一起呢喃，

　　　　从东方草原吹来的风呼啸，

　　　　伴随雨滴温柔地唱着催眠曲。

　　　　一望无际的绿色牧场，

　　　　那个人穿梭田埂之间。

　　　　向西倾斜的苜蓿草，

　　　　很久以前有个人种植的果树开花了。

一闪一闪的星光常伴身旁，

耀眼的大阳的光芒

悄悄靠近他的床沿，

草上露珠也从睡眠中醒来。

逝去的漫长岁月

都是他心爱的回忆，

天意使此处成为长眠之地，

海的呢喃将永远为他演奏挽歌。

"如此应该合安逊尼的意吧！"安妮走出房间，享受户外春
的气息。小孩们在庭院中兴奋地看莴苣长出新芽，夕阳在枫林
之后，呈现出柔和的金粉色，洼地传来孩子们清脆的笑声。

"春天这么美，睡觉真是太浪费了。"安妮说道。

一个星期后的一天午后，安逊尼·米歇尔夫人来取"追悼
文"，安妮满心欢喜地朗诵给米歇尔夫人听，她脸上却没有一丝
满足的表情。

"啊！这的确很有气势，写得很好，可是……可是……你一
句也没提到安逊尼在天国的事，不说清楚别人就不知道啊！"

"我觉得不必说得太直白！"

"可是，也许有些人会起疑，他不常到教会……而且没提到
他的年纪，也没说到花的事情，你知道吗，他棺木上的花圈不
计其数。你不觉得，花就像诗一般吗？"

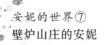
"对不起……"

"哦！我不是在指责你，夫人。真的，一点指责的意思也没有，我知道你已经尽了力，这也是一篇动人的诗！请问多少钱？"

"不用钱！米歇尔夫人，我根本没想过钱的事情。"

"我早料到夫人一定会婉拒，所以我带了一瓶蒲公英酒来。如果觉得不舒服时，只要将酒稍微热一下，喝下去后胃便会感觉舒服。我本来还想带一瓶薄荷茶来，但想到医师好像不太喜欢这种茶，所以没带来，但是如果你喜欢的话，下次我再带来。"

"不，不，这样就好，谢谢……"安妮婉言拒绝。她不赞成米歇尔夫人说的"很有气势"。

"希望你会喜欢蒲公英酒，今年春天，我不需要药，我堂弟马拉卡·普拉马冬天过世的时候，他太太给我许多剩下的药……本来是要丢掉的，可是我觉得可惜，所以拿了一些，家里佣人也拿了两份，'即使无效，但也无害'。

"老实说，我现在也没有足够的现金给你追悼文的费用，因为办丧事花了不少钱……夫人，不管怎么说，这都是你的心血之作，谢谢！"

"要不要和我一块儿吃晚餐？只有苏珊和我，我先生外出还没回来，孩子们在洼地上野餐。"安妮说道。

"我很乐意，我很高兴能和夫人一起吃晚餐，"安逊尼夫人立刻坐在椅子上，"再坐一会儿，你知道，上了年纪的人体力不

好，需要多休息。"安逊尼夫人脸上露出幸福的笑容，满足地回答道，"这不是荷兰大饼的香味吗？"

过了一星期，《每日新报》追悼栏中登载了《老人之墓》，但是原来的四节变成了五节，而第五节是这么写的：

> 伟大的丈夫，伴侣亦即援助者，
> 这么美好的姻缘是神的杰作。
> 温柔、诚实、伟大的丈夫，
> 百万人中只取一人，可爱的安逊尼啊！

安妮的心中充满问号。

下一次协会集会时，米歇尔夫人向安妮解释："请别介意多加一节，我只想多称赞安逊尼一些……这是外甥强尼·普拉马写的，他坐在写字台上，一会儿工夫就完成了。那孩子看起来不是很聪明，但和夫人一样，很会写诗，都是遗传自他妈妈，普拉马家没有这种写诗的细胞。"

"很可惜，一开始您就应该请他为安逊尼先生写'追悼文'才对！"安妮冷冷地说道。

"是啊！我本来不知道他会写诗，是在为安逊尼送别时，那孩子的妈妈才拿他写的诗给我看，令我很感动。不过，夫人，你的诗真的很棒，你们两人合起来可说是完美无缺，不是吗？"

"是啊！"安妮依旧冷冷地回答。

第二十四章

布 鲁 诺

壁炉山庄孩子们的心爱的动物的不幸事件接踵而至。有一天，吉鲁伯特从夏洛镇带回来的卷毛黑色小狗，只在壁炉山庄待了一个星期就走失了，没有人再见到它，也没有人再听见它的声音。虽听说有只小黑狗在夜晚随船夫上船，但始终找不到小黑狗，它的命运便犹如谜一般，深藏在壁炉山庄的记忆中。

这件事，华特比杰姆更伤心，吉普的死还深深打击着杰姆，因此杰姆知道，不能再给狗太多的爱，否则受到的打击会很大。有一天早上，达恩发现贮藏室里有只死野猫，全身僵硬，孩子们便在洼地里为它举行隆重的葬礼。最后，杰姆花了二十五分钱从强森·拉雪尔那里买来的小白兔邦尼也生病死了，也许是因为杰姆给它吃的药，才会加速其死亡，也许不是如此，但这是强森劝杰姆这么做的，强森说吃下这种药，小白兔的病才会好，但小白兔死了。强森应该知道是自己的过失，但杰姆却一直觉得是自己杀死了邦尼。

"难道壁炉山庄受到诅咒了吗？"杰姆伤心地将邦尼埋在野猫旁边时，脸色沉重地说道。

华特为野猫多姆写碑文，华特、杰姆、达恩、南恩还为此在手腕系了一个星期的黑带子，以示哀悼。苏珊以冒渎神明为由拒绝。其实，苏珊对于邦尼的死并不感到伤心，因为邦尼总是将苏珊整理好的庭院踏得乱七八糟。她更不喜欢的是华特养在地下室的两只蟾蜍。傍晚，苏珊到外头赶走其中一只蟾蜍时，另一只蟾蜍也不知跑到哪里去了，华特担心得睡不着觉。

"也许它们是夫妇，如果离开对方，就会痛不欲生。苏珊赶走的是小蟾蜍，那大概是妻子，在这么大的院子里，它一定害怕极了，丈夫不见了，它就要变成寡妇了。"

华特想到这里，便悄悄到地下室找蟾蜍丈夫。地下室堆了一大堆旧家具，华特为了找蟾蜍，将地下室翻得砰砰作响，结果苏珊被吵醒了，手持烛台往地下室走去，火焰照得苏珊的脸颊更显瘦削。

"华特，你到底在做什么？"

"苏珊，我一定要找到那只蟾蜍，"华特坚决地说道，"苏珊，如果你有丈夫，而你的丈夫不见了，你会怎么样？"

"你在胡说些什么？"苏珊不悦地高声叫道。

这时候，不知是不是由于苏珊的出现，蟾蜍丈夫从一个花瓶口跳了出来，华特扑向前抓起它，让它从窗户跳出去。

"这样它们就能快乐地在一起了。"

"你将这种动物放在地下室，叫它们吃什么？"苏珊严厉斥责道。

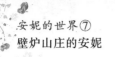

"我当然会抓虫子给它们吃啊！我研究过了！"华特十分自信地说道。

苏珊愤慨地上楼，没向他人提起此事。

相比之下，知更鸟的运气比较好。六月一个风雨交加的早晨，刚出生不久的知更鸟停留在大门阶梯处，背部有灰色的斑点，眼睛闪闪发光，一开始就获得壁炉山庄所有人的信赖，连小虾米也不例外。知更鸟大胆地跳上小虾米的盘子吃食物，小虾米也不介意。

一开始，大家拿蠕虫给知更鸟吃，但这只知更鸟的食欲非常旺盛，于是沙利将蠕虫装入罐内，放在家中，苏珊看了毛骨悚然直发抖，但为了知更鸟，她也只好忍耐了。知更鸟毫不畏惧地停在苏珊的脚上，苏珊也觉得知更鸟很可爱，尤其是知更鸟胸部美丽的铁锈色转变成红色的情形，苏珊认为值得在信中向贝卡·狄恩一提，让她分享壁炉山庄的喜悦。

"贝卡，请不要认为我是神志不清了，我本来以为小鸟只不过是一般禽类，没想到这只知更鸟很懂得人心哟！我们没将它像金丝雀般地关在笼子里——那太不人道了，它可以自由自在地在家中、庭院飞翔，它还会飞到莉娜窗外的苹果树上睡觉，孩子们也会带着它去洼地玩，到了傍晚，它又随着孩子们回来。"

洼地已经不是"洼地"了，华特觉得，这么令人愉快的场所，应该要有更罗曼蒂克的名字才对。一个雨天午后，孩子们只能在屋檐下玩耍，这时候，天边出现了亮丽的彩虹。

"哇！好漂亮的彩虹！"莉娜首先叫道。

孩子们头一次看见如此壮观的彩虹。彩虹的一端是在长老教会的尖塔，另一端落在池塘的一角，于是华特将洼地命名为"彩虹谷"。

彩虹谷是孩子们的一个世界，在微风中游玩，听鸟儿们轻脆的歌声，看白桦树挺立……华特想象，在每一个夜晚，其中一株白桦树出现树精——"白色贵妇人"，和白桦树交谈着，而生长在一旁的枫树、松枝，华特则将它们命名为"树的恋人"——华特总是拥有丰富的想象力，很会将事物赋予生命力。

现在，杰姆已经被允许在傍晚独自到码头边买鱼，杰姆非常喜欢这项任务，因为他从小就爱船、爱海，偶尔到码头，可以听船长说故事，最高兴的是可以看见许多马拉克船长雕刻的船模型。马拉克船长为这些模型感到很自豪，杰姆更是视此地为自己梦中的王国——有四角帆船、北欧海盗船、轻快帆船、幽灵船、三桅帆船、快艇、木头船……应有尽有。

"船长，可不可以教我怎么雕刻？"杰姆用请求的眼光看着马拉克船长。

船长摇摇头，好像沉醉在回忆之中："这种事不能教，只能靠自己体验，靠三十年或四十年的航海经验和对船的理解与感情。小朋友，你不懂，船就和女人一样——很难理解，其中深藏奥秘，即使你从船头走到船尾，自认为里里外外都了解了，但事实上，你还是无法掌握它，它像自由的小鸟一样，随时会从你身边飞走。这几十年来，我将自己乘坐过的船，都刻成一个模型，有温柔的小船，也有顽固的大船，就和女人一样……"

　　杰姆并没特别注意"女人"这两个字，也不想听有关"女人"的事，他只想了解船，除了妈妈和苏珊，杰姆对其他女性没有一丝一毫的兴趣，而妈妈和苏珊在杰姆的心中，也不是所谓的"女人"，她们就是纯粹亲密的妈妈与苏珊。

　　当吉普去世的时候，杰姆心想，以后不再养别的狗了，但随着时间的流逝，记忆也被冲淡，杰姆又对狗产生了兴趣。

　　杰姆从吉姆船长那里得到稀奇古怪的东西，他将自己的房间当成一间贮藏室，墙上贴满了各种狗的图片——从杂志上剪下来的各种狗。有威严的獒犬、凶猛的秋田犬、双耳垂在脸颊边的牛头犬、俄国狼犬、牧羊犬、大丹犬，还有小型的博美犬、西施犬、八哥犬、狐狸犬、贵宾犬等，每一只都是了不起的品种，但杰姆总觉得好像缺少了什么。

　　有一天，《每日新报》刊载了一则"名犬出售，港口，罗弟·克罗霍特"的广告，只写了这几个字，简洁得令人心动，但杰姆也感受到一股难以言喻的悲伤，他从克雷格·拉歇那里知道罗弟这个人。

　　"罗弟的爸爸上个月去世了，他妈妈早在几年前就去世了，所以他不得不到城里的伯母家居住。他家的农场卖给了杰克·米里逊先生，也许他伯母不准他养狗吧！他只好将狗出售，虽然那不是只什么名贵的狗，可是罗弟一直都很疼它。"

　　"不知道要卖多少，我只有一美元。"杰姆说道。

　　"罗弟最在乎的是小狗能不能找到主人，可是你爸爸应该付得起钱吧！"

"嗯！不过，我想用自己的钱买，这样才真正像是我的狗。"

克雷格耸耸肩，壁炉山庄的小孩真奇怪，谁付钱买狗不都一样吗？

当天傍晚，爸爸带杰姆乘马车到那又旧又荒凉的克罗霍特农场，看到了罗弟·克罗霍特以及他的狗。罗弟看起来和杰姆一样大，赤褐色的头发。那只狗有茶色的耳朵、茶色的鼻子和尾巴，而它茶色的眼睛更是少见的美丽，额间白色的斑纹将两眼分开，看到它的一瞬间，杰姆心里便想，一定要拥有这只狗。

"你想卖这只狗吗？"杰姆问道。

"其实我并不想卖，"罗弟不假思索地回答，"可是伯母说一定要将它卖掉，否则要把它丢进海里淹死。"

"多少钱呢？"杰姆担心他出价太高，自己买不起。

罗弟一只手拭着泪，接着将狗捧到杰姆的面前。

"你将它带走吧！"罗弟轻声说道，"我不可以卖它，我不能这么做，我不要拿布鲁诺换钱……只请求你们让它住得舒适、吃得饱，好好疼它……"

"我一定会好好疼它，"杰姆干脆地答应，"请你收下这一块钱，如果你不收，我就觉得这不是我的狗，请你收下。"

杰姆将一块钱塞进罗弟的手中，将布鲁诺紧紧地抱在自己胸前，小狗一直回头看自己的主人，是看着罗弟，不是看着杰姆。

"如果你这么喜欢这只狗……"

"喜欢又不能养……"罗弟有点哽咽地说道，"有五个人想要这只狗，但我都没将布鲁诺交给他们。伯母很生气，但我不在乎，我知道那些人对布鲁诺都不合适，可你不同，既然我不能养它，就请你帮我养……快点带它走吧！"

杰姆抱着布鲁诺出门，小狗在杰姆手中发抖，但没有反抗。在返回壁炉山庄的途中，杰姆一直将布鲁诺搂在怀里。

当天晚上，杰姆兴奋得睡不着觉，他从未见过像布鲁诺这么有人缘的狗。它和罗弟分开也是不得已，应该很快会将罗弟忘记吧。我们一定能成为好朋友，千万不可忘了提醒妈妈买些骨头回来给它吃。

"这世界真美，神啊！请保佑世界上的猫、狗，特别请保佑——布鲁诺。"杰姆心中祈祷着。

杰姆终于睡着了，蜷曲着脚缩在床边的布鲁诺，或许也睡着了，或许根本睡不着。

第二十五章

知更鸟与狗

知更鸟不再吃蠕虫了，改吃米、莴苣、金莲花等食物。这段时间，它长大不少，而且它的胸部变成了漂亮的红色，"大知更鸟"在附近很有名。它会停在苏珊的肩上，看苏珊编织；安妮回来时，知更鸟也会飞出去迎接；还会高兴地在家里蹦蹦跳跳，每天早上还会衔着面包屑到华特房间的窗户边。

每天，知更鸟会到院子里的盆内洗澡，如果盆子里没有水，知更鸟就会大声发出难听的声音。大家都深爱着知更鸟，只有杰姆例外。杰姆深爱着布鲁诺，但他从这件事中也学习到一点，钱可以买到布鲁诺的身体，却买不到爱。

一开始，杰姆一点也没有这种概念。起初杰姆以为布鲁诺因有点儿想原来的家，而显得落寞孤寂，但应该马上可以适应，认为过一阵就好了。然而杰姆发现他错了。布鲁诺是一条顺从的狗，但却缺乏活力。

最初，当杰姆带它出去时，布鲁诺的眼睛会闪耀着光辉并摇着尾巴，显得很有精神，但不久之后，它眼里的光辉消失了，而只是垂着头跟在杰姆身边。所有的人都很善待它，拿有肉的骨头给它吃。每晚，布鲁诺都睡在杰姆的床边，但布鲁诺却表现出冷淡的态度，有些疏远。

有时候，杰姆半夜醒来，用手抚摸它健壮的小身体，但它从来不会摇摇尾巴，或是舔舔杰姆的手。它只让人抚摸，却没反应。

杰姆心里暗下决心，一定不能就这么认输——这是自己花钱买来的狗，属于自己的宠物，无论如何，一定要让布鲁诺对罗弟死心……一定不能任凭它成为失去灵魂的动物……一定要让它喜欢我。

为了布鲁诺，杰姆认为自己一定要坚持，不可就此气馁。学校里的男同学，知道杰姆非常喜爱布鲁诺，经常以此"欺负"他。

"你的狗有跳蚤！"培利·里斯嘲笑着说道。

杰姆将培利痛殴了一顿，要培利收回刚才的话，说布鲁诺身上一只跳蚤也没有。

伯普·拉歇尔骄傲地说："我的狗没有抽过筋，我总是给它吃上等肉。"

"我家本来也有狗，可是它被淹死了。"马克·杜尔悲伤地说道。

"我的狗最了不起，"萨姆·霍连得意扬扬地说道，"我们杀鸡的那一天，狗将鸡的内脏全部衔走了，你们的狗没有这种勇气吧！"

即使嘴里不说，杰姆也无法否认萨姆所说的话，心中暗自感到悲哀。

接下来，渥狄·弗拉格大声叫道："你的狗是只好狗，星期天都不叫。"

其实，布鲁诺每天都不叫。

尽管如此，布鲁诺是值得疼爱的狗。

"布鲁诺，你为什么不喜欢我呢？"杰姆哭泣着呐喊，"为了你，我什么事都可以做，难道我们不能成为好朋友吗？"杰姆暗自承认自己败北。

有一天傍晚，杰姆到码头的时候，得知暴风雨将来，于是急忙跑回家。海浪正在大声呼啸，附近显出狂风暴雨般激烈的景象。当杰姆跑进壁炉山庄的时候，一道闪电就划破了天空。

"布鲁诺在哪里？"杰姆大叫。

谁也不知道布鲁诺跑到哪里去了。晚餐后，杰姆跑出去找布鲁诺，可是没有人看见布鲁诺。雨不断下着，世界消失在闪电中，在这么黑暗的夜里，布鲁诺到哪里去了呢？是不是已经迷路了呢？布鲁诺一定很怕闪电打雷，杰姆的心都快碎了。

吉鲁伯特看风雨这么大，于是说道："杰姆，我正要到港口洛伊·威斯克特家出诊，你和我一起去，回来时我们再绕到克罗霍特家看看，也许布鲁诺回到那里去了。"

"有六英里路吧！不可能吧！"杰姆说道。

但事实正是如此。

当两人在黑暗中到达克罗霍特家一看，全身发抖、湿漉漉地躺在泥沼中的布鲁诺，以疲倦的眼睛看着吉鲁伯特和杰姆，杰姆迅速地抱起布鲁诺，穿过高可没膝的杂草，坐上马车回家。

杰姆感到幸福，月亮正冲破云层，光华如练，被雨淋过的森林，散发出动人的香味。

"我想从此以后，布鲁诺应该会满足地待在壁炉山庄了吧！"

"或许吧！"吉鲁伯特说道。

布鲁诺本来就吃得不多，暴风雨那晚过后，它的食欲每况愈下。终于有一天，它什么也不吃，大家请兽医来诊断，并没发现任何不适的状况。

"我曾遇到过一只狗因悲伤而死，这只狗不知道是不是也会如此。"兽医将吉鲁伯特带到一旁说话。

兽医开的"营养剂"只能使布鲁诺暂时撑住，它依旧将头放在前爪上趴着，呆呆地望着天空。杰姆将手插进口袋里，一直盯着布鲁诺看，然后进书房和爸爸说话。

隔天，吉鲁伯特到城里问诊，将罗弟·克罗霍特带回壁炉山庄。罗弟刚走到阳台，在客厅的布鲁诺一听到罗弟的脚步声，立刻抬起头，竖起了耳朵。一瞬间，安娜衰弱的小身体扑向了罗弟。

那天晚上，苏珊以悲伤的口吻说："夫人，那只狗哭了……它真的哭了，眼泪鼻涕都流下来了，真令人难以相信。要不是我亲眼看见，我还不相信呢！"

罗弟将布鲁诺抱在胸前，以半挑战半恳求的态度看着杰姆："虽然你已经将它买下……但布鲁诺到底是我的。杰克骗我，其实伯母一点也不讨厌狗……可是我也不能要求你将它还给我，这是你当初付给我的一块钱，我没花掉，现在还给你！"

杰姆迟疑了一下，望着布鲁诺的眼睛。

"我真傻！"杰姆认为自己以前想得太美了，他收下一块钱。

罗弟笑了，与刚刚的忧郁表情截然不同，"谢谢！"千言万语，最后罗弟只说出这两个字。

当天晚上，罗弟和杰姆睡在一起，而吃饱了的布鲁诺则睡在两人中间。睡前，罗弟跪地祈祷，布鲁诺则后腿坐在罗弟身上，前腿搁在床上。如果狗也会祈祷，那么，这时布鲁诺会如何祈祷呢？一定是感谢世界再度充满喜悦吧！

当罗弟拿食物给布鲁诺的时候，布鲁诺拼命地吃，但眼光没有离开过罗弟。杰姆和罗弟到克雷村的时候，布鲁诺就跟在两人后面高兴地又跑又跳。

"从没看过这么意气风发的狗。"苏珊说道。

第二天傍晚，也就是罗弟和布鲁诺回去的第二天黄昏，杰姆在侧门楼梯坐了好长一段时间。他拒绝和华特到彩虹谷挖掘海盗的宝藏，只想一个人静静地坐在那里！

南恩悄悄地来到杰姆身边，建议他说出对上帝的看法，但杰姆严肃地说："我不会因为这种事而责怪上帝。南恩，你不会懂的。"

南恩一点也不明白杰姆是什么意思，垂头丧气地离去。

杰姆望着夕阳的余晖，克雷村四处传来狗叫声，每户人家都有自己的狗，只有他没有。没有狗的人生，就像沙漠一般荒凉。

安妮走到杰姆身边，杰姆了解妈妈的同情。

"妈妈！"杰姆悲伤地说道，"我那么疼它，为什么它不喜欢我呢？难道我……我……是我对它不够好吗？"

"乖孩子，不是这样的，你想想看，吉普多么喜欢你啊！只不过布鲁诺没有多余的爱，它已经将所有的爱给了罗弟，因此无法再爱其他人。孩子，不是它不喜欢你，而只是没有多余的爱。"

"布鲁诺只爱罗弟！"杰姆满足地露出微笑，在妈妈额头上吻了一下，"我不想再养狗了。"

安妮想，杰姆不久就会将这件事忘记的。但事实不然，这件事像铁锁般锁住了杰姆的心，后来壁炉山庄养了许多狗，这些狗和杰姆之外的孩子们一起高兴地玩耍，但都不是"杰姆的狗"。终于，有一只小狗"曼帝"占据了杰姆的心，它像杰姆爱布鲁诺一般地爱着杰姆，这种献身的爱足以留名克雷村的史册。

当天晚上，杰姆躺在床上——"我要是女孩子就好了，那我就能尽情地哭了……"

第二十六章

学 校

八月的最后一周，南恩与达恩开始上学了。

"妈妈，到了晚上我们就能什么都懂了吗？"去上学的第一个早晨，达恩以认真的态度问道。

现在，到了九月上旬，安妮和苏珊已经习惯了送两个孩子去上学。孩子们总是悠闲自在，认为上学是一种"冒险"。

她们的书包放着一个给老师的苹果，两人穿着打褶的衣服，安妮觉得不让她们穿相同衣服比较好。达恩是红头发，所以不能穿粉红色衣服，但是南恩穿粉红色非常漂亮。壁炉山庄的孩子当中，南恩显得最特别，眼睛、头发都是茶褐色，皮肤的颜色也很漂亮，即使只有七岁，南恩自己也有这种感觉，因此颇有明星派头，总是骄傲地昂着头、抬着下巴。

艾莉丝·大卫斯夫人说道："那孩子和她妈妈一模一样，而且还会装模作样地模仿妈妈。"

仔细观察，这两个孩子还是不太一样的。达恩外表像妈妈，本性、特性却像爸爸，拥有爸爸的明快、务实个性及幽默的精神；南恩则遗传了妈妈的想象力，已经有自己的人生方向及兴趣。例如，今年夏天受洗时，她就这么说道："如果给我这些，我就承受这些。"

这似乎是在和神交换条件，南恩希望神能够满足自己的心愿。她常常听说，如果不当一个好孩子，神就不会实现她的愿望的；但反过来说，如果神不实现我的愿望，我就不做那些事情，结论是，神满足我的心愿，我才做该做的事。虽然，南恩在与神"交易"时有过失败，但也尝到几次成功的喜悦，因此，到了夏天她还在继续进行。这件事没人知道，连达恩也不知道。

南恩很重视自己的秘密，不仅在夜里祈祷，任何时间、地点，她都可以祈祷。

"神不可以和其他事物掺在一起，你经常如此对待上帝吗？"达恩严肃地问南恩。

安妮无意中听见，于是说道："上帝存在于任何事物中，上帝长伴我们左右，给我们力量与勇气，是我们的好朋友。因此，南恩随时随地祈祷是对的。"

但是，如果她知道自己小女儿的信仰本质的话，大概会大吃一惊。

五月的一个夜里，南恩如此祈祷——

"上帝啊！如果我的牙齿能够在下星期艾美·德伊拉生日舞会前长出来，当苏珊给我我不喜欢吃的食物时，我就不抱怨。"

隔天，南恩发现脱落牙齿处有硬块，生日舞会那天牙齿真

的长出来了，这真的是上帝赐予的吗？

南恩当然遵守自己的承诺，当苏珊拿什么南恩不喜欢吃的食物时，一点也不抱怨，虽然南恩也在心里暗暗地后悔，当初祈祷的时候忘了加一个期限，比如说三个月。

克雷村的女孩们流行搜集特殊纽扣，这时，南恩又开始祈祷——

"神啊！请让我拥有特殊的纽扣吧！那么，当苏珊拿缺角的盘子给我时，我就不生气，拜托！"

隔天，纽扣出现了，那是苏珊在衣橱的旧衣服中发现的美丽的红色纽扣，上面还镶有个小玻璃，南恩相信那是钻石，有了这颗别致的纽扣，其他人一定会投以羡慕的眼光。那天晚上，当达恩说她不要那个缺角盘子的时候，南恩意外地说："苏珊，以后我都用这个盘子。"

苏珊觉得南恩开始懂事了。

有一晚，大家预测明天会下雨，但由于星期天学校要远足，因此南恩期待好天气。所以她一直祈祷，如果是好天气的话，她就每天保持干净的指甲。结果星期天真的是好天气。又有一次，南恩从抽屉中发现一只旧的玩具熊，她开始祈祷，玩具熊能重返年轻漂亮。南恩每天早上都等待奇迹，希望上帝能使玩具熊变得年轻，结果玩具熊始终没变，南恩只好放弃等待。

使南恩恢复信仰"信心"的是她发现了陶器猫少了的一只眼睛。在南恩祈祷过后的隔天早上，她到原处看，竟然发现陶器猫又有完整的两只眼睛——这是苏珊在打扫时发现的。南恩不知道，以为是上帝帮她找回来的，于是依照约定——绕着贮藏室爬了十四圈。

不管怎样，那个夏天南恩许下了许多稀奇古怪的承诺，以至于苏珊不解地问安妮："夫人，为什么南恩每天都要四肢离地在房间绕两圈？"

"四肢离地？什么意思？"

"就是从一样家具跳到另一样家具上，也跳到壁炉的栅栏上，昨天脚一滑，还掉进煤灰里。夫人，要不要给南恩吃药？"

有一天晚上，安妮患了重感冒，但她还是和吉鲁伯特到夏洛镇参加宴会。安妮穿着新衣服，戴上杰姆送的项链，出门前，孩子们到房间里看打扮得漂漂亮亮的妈妈，觉得很自豪。

"好漂亮的裙子哦！"南恩叹息道，"我长大后也能穿这种裙子吗？"

"等你长大，想不穿都不行，"爸爸说道，"安妮，这件衣服真是漂亮的代名词，拜托别勾引我，我已经将今晚的赞词都说光了。我想起今天在医学杂志上看到的话：'人生只不过是巧妙均衡的有机化学。'有装饰作用的小亮片，还有这裙子，正如伟大的杜克达·霍尔·邦布鲁格所说的，只不过是'原子的偶然碰撞组合'。"

"拜托别提讨厌的霍尔·邦布鲁格，他一定是得了恶性慢性消化不良。也许霍尔·邦布鲁格是一个原子的组合，但我可不是！"

往后几天，安妮病情加重，转变成肺炎，吉鲁伯特过于担心，也成了"原子的组合"。苏珊不安、疲倦地奔波，护士面无表情地往返，一股莫名的不安笼罩着壁炉山庄。安妮不让孩子知道自己的病情，所以连杰姆也不清楚，但孩子们都感受到一股恐怖的气氛。枫林的笑声收起来了，孩子们不再到彩虹谷游玩，回到家里也没有欢迎的笑声，看不见妈妈……睡觉的时候，少了妈妈的亲吻、安慰、同情。了解孩子们的妈妈不见了，一起谈笑的妈妈不见了，妈妈的笑容没有人能代替，情况比妈妈不在家还要糟糕，因为她出门的时候，孩子们知道她会回来。但是现在却是一头雾水，没有人告诉孩子们发生了什么事。

不知听艾美·德伊拉说了什么，放学后，南恩苍白着脸跑了回来。

"苏珊，妈妈没死吧？"

"当然！"苏珊坚定地说道，她边往南恩杯中倒牛奶边说，"谁向你说了些什么吗？"

"是艾美。苏珊，艾美说妈妈已经变成一堆骨骸了。"

"别听她胡说！"苏珊不悦地说道。

"可是……"

"你妈妈的确病得不轻，但一定会好起来，你忘了你爸爸会治病吗？"

"我不要让上帝带走妈妈，苏珊！"华特嘴唇发白，说道。

苏珊要向孩子们解释还真是辛苦，她担心那些话都会是谎言。当天下午，护士只是不乐观地摇摇头，吉鲁伯特拒绝下楼吃晚餐。

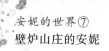
"全能的神啊！您知道自己在做什么吗？"苏珊边洗碗盘边呢喃。

南恩心慌得四处打转，吉鲁伯特坐在书桌前，两手抱住头部，护士进书房，说今晚很危险。

杰姆了解。他上三楼待在自己房内，没看见华特。华特跑到彩虹谷的"白色贵妇人"那边去了，苏珊带着沙利和莉娜去睡觉了。

南恩独自坐在阳台的阶梯上，壁炉山庄沉浸在一股前所未有的宁静中。前方的克雷村正沐浴在一片夕阳的余晖中，长长的街道布满灰尘，好几星期没下雨了，庭院里的花……妈妈喜爱的花都枯萎了。

南恩陷入沉思，察觉到现在才是和神"交易"的时候，如果妈妈能好起来，她该承诺做些什么呢？一定要做轰轰烈烈的事情，否则上帝一定不会答应。

南恩想起在学校里，狄克·杜尔曾经向史塔雷·里斯说道："如果敢的话，晚上到墓地绕一圈看看。"

当时，南恩全身发抖，谁敢夜里到墓地去啊？南恩是壁炉山庄最怕墓地的人，不要说是夜晚了，就连大白天，南恩也不敢一个人到墓场去啊！艾美·德伊拉曾说："墓场里到处都是死人。"

望着远方的天空，南恩双手合十，泪流满面地向空中低语："神啊！请让我妈妈好起来——如果我妈妈真能好起来，我愿意在夜里到墓地绕一圈。请您一定要帮助我，让我妈妈好起来。还有，如果我妈妈真能好起来，我以后再也不会打扰您了。"

第二十七章

南恩的煎熬

当天夜里，造访壁炉山庄的是生之神明，而不是死亡幽灵。苏珊看起来年轻了十岁。危险期已经过去了，安妮度过了难关，病况转好过来了。

星期天，学校不上课，孩子们也都没出门，静静地待在家里，他们觉得从来没有这么幸福过。大约一星期不曾好好睡觉的吉鲁伯特躺在客房里熟睡，但他在去睡觉前，给绿色屋顶之家去了个长途电话，那里有两位老妇人正守着电话等候消息。

最近，不怎么做点心的苏珊，这时也提起兴致来烤蛋糕。天空似乎也很兴奋，畅快地下起雨来，庭院里的花朵又苏醒了。

另外，南恩必须面对与神之间的约定的时候到了，南恩不想逃避，但她需要多一点勇气。不管怎么说，这种事只要一想起，就觉得全身都要冻僵似的。苏珊觉得这个孩子不太对劲，

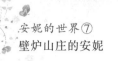

但又不见她身体有什么不适。南恩自己也不知所措。

妈妈的身体还很衰弱，大家只能在门口看看她，不能和她谈话。妈妈的脸色苍白，嘴角的笑容也不见了，难道是自己没守约定的缘故吗？

"必须给妈妈一点时间。"苏珊指的是，安妮还需要一些时间才能完全康复。

可以将时间给人吗？南恩觉得不可思议。但南恩心里知道，妈妈为什么不能快点好起来。南恩心中暗自下决定，明天是星期六，明天晚上，就去履行约定吧！

星期六上午一直下着雨，南恩心里七上八下的，一直无法安下心来，如果夜里降雨的话，神明一定也不会让她一个小姑娘冒雨去墓地的吧？港边雾气弥漫着克雷村，也笼罩着壁炉山庄。南恩继续等待，雾不散也没办法，但晚餐时刻，突然刮起了风，雾也散了。

"今夜没有月亮！"苏珊说道。

"苏珊！苏珊！难道不能做一个月亮出来吗？"南恩高声叫道。虽然没下雨，可是没月亮的夜晚仍然无法到墓地去啊！

"没有人能做月亮，是云太浓，将月亮遮住了。有没有月亮对你有什么不同呢？"

南恩当然说不出原因，苏珊仍旧有些担心南恩，不知这孩子究竟为了什么事而烦恼。这一星期来，她的情绪总是不太稳定，饭也吃得很少，难道还在担心妈妈吗？应该不会吧！夫人已经逐渐恢复了！

　　的确，南恩正是在担心妈妈，她认为就是自己还没履行约定，所以妈妈的病情才拖拖拉拉，不能痊愈。不管怎么说，一定得赶快履行承诺，妈妈才能完全好起来。天黑时，乌云散去，月亮出来了，但今天的月亮很奇怪，大大的，像血一般红。南恩从来没看过这样的月亮，有点害怕。

　　八点，孩子们都上床睡觉，南恩必须等达恩睡着后才能偷偷爬起来，她的心里有种悲伤的感觉。九点，她才悄悄从棉被里起身，穿上衣服、打开房门、下楼。苏珊还在厨房工作，她心想，孩子们都已经进入梦乡了，肯定是吉鲁伯特到港口为小孩诊疗去了。

　　南恩悄悄地走出壁炉山庄，来到彩虹谷，走近路一定要穿过丘陵牧场。十月初的夜晚很冷，南恩没想到外面这么冷，所以没穿夹克。夜晚的彩虹谷和白天完全不一样，月亮已经变回了正常的大小，但看起来还是红红的，照得物体都成了黑色影子。南恩平日就很怕影子，那在黑暗角落枯叶中的是什么？是脚吗？

　　南恩头一缩，全身发抖。不过不一会儿，她就挺起胸膛，勇敢地对自己说："我一点也不怕，只是胃有点不舒服，我是女中豪杰。"

　　如此一想，她心里稍微舒坦了些，终于能够爬上丘陵。这时候，奇怪的影子笼罩着世界，云向月亮靠了过来。南恩想起"鸟"的事情，艾美·德伊拉曾经说过，夜里会突然出现偷袭人的'大黑鸟'，在我头上的是'大黑鸟'的影子吗？可是妈妈说

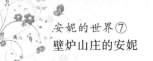

根本没有什么'大黑鸟'啊!

"妈妈决不会骗我……"如此想着,南恩继续向栅栏走去,对面是街道,越过街道就到达墓地了。南恩屏息前进。

又有别的乌云靠近月亮,南恩觉得很不习惯,好像到了一个未知的世界。

"啊!世界太大了!"

南恩全身颤抖着跨越栅栏,要是能回壁炉山庄该有多好,可是上帝正在看我呀!

南恩从栅栏的另一边摔了下去,站起来一看,膝盖的裤子被铁丝割破了,脚也被刺得流血,脚有点抽筋。南恩勉强穿过街道,到达了墓地大门。

东边有枞树林立的旧墓地,一边是基督教会,另一边是长老教会的牧师宅邸,牧师不在,所以房子一片黑暗。突然,月亮又从乌云中出现,墓地到处都是影子,动来动去像是在跳舞。有影子跳出来,原来是报纸被风吹到街上,真像个跳舞的老魔女,虽然南恩知道那是什么,但这些影子确实让这个夜变得更加恐怖。夜风穿过枞树,不时发出沙沙声响,突然,门边柳树的长叶,像小鬼的手般打在南恩的脸颊上,一瞬间,南恩的心脏几乎停止了跳动。

如果从墓地里伸出一只长手,该怎么办?

南恩终于知道,夜里想在墓地绕一圈,是多么困难的事。突然之间,出现了奇怪的声音,原来是街道对面伯恩·贝卡的老牛。南恩再也忍耐不住了,由于恐惧,她向丘陵奔跑,穿过

林庄往壁炉山庄的路上跑。在门外，她一不小心掉到莉娜所说的"泥地"里，但是终于到达温暖的家了。南恩满身泥浆，濡湿的脚和着血，跌跌撞撞地跑到苏珊身旁。

"啊！你怎么了？"苏珊呆住了。

"苏珊，我不能穿过墓地……我办不到。"南恩喘息着说道。

苏珊什么也没问，赶紧抱起冻僵的南恩，为她脱下浸湿的桃红色袜子，接着脱下衣服，换上睡衣，将南恩抱到床上，又立刻下楼为她准备食物。无论如何，也不能让小孩空着肚子睡觉。

南恩吃着宵夜，又喝了一杯热牛奶。回到了温暖的家，她顿时心情舒畅，觉得好安全！但是，南恩还是不打算向苏珊说出这件事。

"苏珊，这是我和上帝之间的秘密。"

苏珊因为夫人能下床而高兴得不得了，躺在床上叹息道："我没将孩子们照顾好！"

天啊！妈妈一定会死！南恩闭上眼睛，心中感到一阵恐惧，自己不遵守约定——上帝也一定不会遵守约定。接下来的一星期，南恩着实活在煎熬之中，凡事都引不起她的兴趣。南恩心想，我再也笑不出来了，现在要我拿出什么东西我都愿意，我可以拿出玩具熊，也可以将心爱的玩具给沙利，连马克船长从西印度群岛带回来送给我的贝壳制的马，我都愿意送给莉娜，要是这么做能使上帝满足，不知有多好！

但是南恩知道上帝不会满足，从她送给艾美想要的灰色小

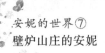

猫又跑回壁炉山庄这件事，她就知道上帝并不满足，除了再到墓地一趟外，她做什么事都没办法取代事先的承诺，但可怜的南恩，她知道自己永远办不到。

"我是胆小鬼，我想逃避约定……"南恩心想。

第二十八章

欺骗上帝

安妮可以下床了，她快要康复了，她将很快又能处理家务、读书、随意地躺在椅子上，尽情地吃，坐在炉边，拾掇庭院，与好朋友见面，做自己想做的事，再度显现如宝石般光辉的笑容，再度站上舞台，担任多彩多姿人生剧的一角。

安妮吃了一顿美味的午餐——苏珊烧的羊腿，又能感觉到饥饿，这是好现象，表示身体健康。

安妮环顾屋子，觉得该换新窗帘了，浅绿与淡黄之间的颜色最好，浴室也该换新毛巾了。接着，安妮看看窗外，空中也充满着魔法，枫叶落下，港边看起来如此湛蓝，草坪上的桦树的落叶像下了一场黄金雨，天空像巨大的穹庐笼罩着秋天丰饶的土地，一块流光溢彩的神奇土地，知更鸟意气风发地在枞树间打转，孩子们在树下欢快地捡苹果，壁炉山庄又出现了欢笑声。安妮想，也许，人生就是巧妙均衡的有机化学。

南恩悄悄进入屋内，眼睛和鼻子都哭红了。

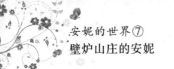
"妈妈，我一定要告诉你，我不能再等下去了，我欺骗了上帝。"

安妮再度享受着用手亲抚孩子的温暖感觉，这双手总是能给予孩子们协助与安慰。

南恩将事情始末"一五一十"地告诉安妮，安妮努力摆出一副"认真"的面孔，虽然事后，安妮一面狂笑，一面说给吉鲁伯特听，但在这种时候，安妮总是让孩子看到她认真的面孔。安妮了解，南恩的烦恼对南恩而言，是现实的恐惧。此外，安妮也了解，对于这个小女儿的神学，必须加以重视。

"南恩，你在这件事上犯了一个严重的错误，那就是决不能和上帝交换条件。我们只能接受上帝给我们的爱。当你要求爸爸妈妈什么事情时，爸爸妈妈也没有和你谈条件，对不对？上帝比爸爸妈妈更亲切，比我们自己更了解该给我们什么。"

"那么，虽然我没遵守和上帝的约定，上帝也不会让妈妈死吗？"

"当然了，南恩！"

"妈妈，既然双方约定好了，不就一定要遵守约定吗？我必须遵守自己的约定，爸爸曾告诉我们，不遵守约定是永久的耻辱啊！"

"等我完全好了之后，找个好天气的夜晚，我和你一起履行约定。到时候我在门口等，这么一来，你就不必害怕了，而且可以使你的良心安心。记住，以后千万不可以再和上帝谈条件，知道吗？"

"知道了！"南恩虽然和安妮约定好，但总觉得有点惋惜，不过，这样总算能不违背约定了，南恩的眼睛再度闪烁着光芒，声音也重返以往的朝气。

"我去洗脸后再来亲妈妈，然后我要去摘金鱼草送给妈妈！"

晚餐后，安妮对苏珊说道："哦！苏珊，我发现这世界好美、好有趣，真是了不起的世界！你说是不是？"

"是啊！我们都生活在幸福的世界里！"苏珊认同道。她看着自己做的柠檬派，会心地笑了。

第二十九章

知更鸟群

今年的十月，是壁炉山庄相当愉快的月份，令人忍不住想边走边吹口哨。安妮的病已经好了，又开始展露笑容，而且她又可以开始规划花园的种植计划了。杰姆心里总是想着，妈妈怎么会有这么迷人的笑容呢？安妮又开始回答孩子们无数的问题。

"妈妈，这里距离夕阳有多远？"

"妈妈，为什么月亮的光不会聚在一起？"

"妈妈，万圣节前夜真的能唤回死人的灵魂吗？"

"妈妈，原因这种东西，是什么原因形成的？"

"妈妈，你会宁愿被响尾蛇杀死而不愿被老鼠杀死吗？因为老鼠会把你撕烂吃掉。"

"妈妈，华莉·德伊拉说寡妇就是梦想成真的人，是不是？"

"妈妈，雨下得很大时，小鸟怎么办？"

"妈妈，我们这一家是不是太罗曼蒂克了？"

最后这个问题，是杰姆在学校从阿雷克·大卫斯夫人那儿听到的。杰姆并不喜欢阿雷克·大卫斯夫人，每当她见到杰姆的父母时，总会用手指着杰姆说："杰姆在学校乖不乖呀？"

苏珊正在擦贮藏室的窗户，听到杰姆这么问安妮，苏珊心想，的确是很罗曼蒂克。

昏暗的暮色中，雁儿整列飞过。杰姆坐在阶梯上想，如果自己也能飞向未知的彼岸，带回猿、豹、狼……到南美的东北海岸探险——"南美的东北海岸"，总是让杰姆心里不舒服，"海的秘密"也一样，总是有种恐怖、格斗、不安全、随时随地都潜藏着危机的感觉。

十月的风很舒爽，小风吹过山谷，大风吹过枫树梢，风对着沙滩咆哮，终于被岩石挡住。好像要睡着的月亮，使得夜更凄凉，只有想到温暖的被窝，才令人心里踏实些。

繁盛的苔藓变成铁锈色，枯萎的羊齿草也转为深红褐色，贮藏室里的漆树树叶红得像燃烧的火，上克雷村干枯的田野，四处点缀着绿色牧场，草原的针枞一角，有红褐色的菊花绽开。偶尔，男孩子们会随马克船长去挖贝壳，这是神秘潮水赐予的礼物，潮水爱抚陆地之后，又再度返回自己的深海。

克雷村到处洋溢着落叶香，贮藏室里的大南瓜堆积如山，苏珊正打算做南瓜派。

壁炉山庄从早到晚都被欢笑声包围，即使年纪大一点的孩子上学后，沙利与莉娜仍然继承传统的笑——大声而嘹亮。

秋天，连吉鲁伯特也比平常更爱笑。

"我喜欢看见爸爸笑。"杰姆这么想。蒙布雷·那罗斯的布拉松医师从来不笑，表情很严肃，据说他的病人很多，但爸爸的病人也很多，而且爸爸总是笑脸迎病人。

暖和的天气总是让安妮想整理庭院。黄昏时刻，夕阳红似枫叶，令人陶醉。有个金色的午后，安妮和杰姆将郁金香球茎全部种植到庭院里，到了明年六月，这些球茎将会开出粉红、紫、金色等的花朵。

"能够在冬天来临前，为来年春天做好准备，是不是很棒呢？"

"苏珊说，使一切变美的是上帝，我们只是助手，真的吗，妈妈？"

"是啊！这是上帝赐予我们的恩典。"

然而，世上没有十全十美的事，壁炉山庄的大大小小都注意到知更鸟开始迁徙了。当知更鸟群飞走的时候，他们这只知更鸟——克库也想走吗？

"大家都避风雪去了，等待春天的到来。"这是马克船长的说法。

克库就像个囚犯，显得非常急躁，漫无目的地在家中飞来飞去，有时停在窗台上，看着自己的同伴正准备跟随着神秘的呼唤而离开。克库变得没有食欲，连蠕虫也不吃了，孩子们想到知更鸟在旅途上可能遭遇的危险，暴风、大雨、黑夜……孩子们问它想不想走，知更鸟表现出愿意的反应。苏珊是最后一个屈服的，这几天来，苏珊都显得不开心，终于，她说："让它走吧！勉强留下是违背自然的。"

孩子们哭泣着与克库道别，克库神情愉快地飞出去，但隔天早上，又回到苏珊的房门口吃了面包屑，然后才振翅展开长途旅行。

"春天一到，也许它还会再回来。"安妮安慰哭泣的莉娜。

但莉娜哭泣着说道："这么远，它不会回来了！"

安妮微笑着叹息，对年幼的莉娜而言，四季是很漫长的，对安妮来说却只是一瞬间的事，又一个夏天结束了……不久之后，壁炉山庄的孩子们都不再是孩子了，但是他们还是属于我的……

十一月是一个寒风呼啸、阴霾沉闷的月份，庭院的花草枯萎，失去了颜色与个性，整个世界显得灰暗起来。华特放弃了他在枫树上的观察台，只能在室内做功课。雨一直下，感觉很潮湿。

"世界会再恢复吗？"达恩绝望地低语。

这段期间曾出现魔法般风和日丽的一星期，然后又再度陷入寒冷中。傍晚，安妮烧柴火取暖，苏珊则准备晚餐吃的马铃薯。

像这样的夜晚，一家人以壁炉为中心，晚餐后围坐在壁炉边谈笑，是最愉快的时光。安妮一边缝制冬衣，一边想着要给孩子们做什么样的新衣服——"南恩一直想要一件红色衣裳，我一定要为她做一件。"不论哪个时代的妈妈，都一样会无条件地为子女奉献出爱与一切。

苏珊听孩子们说一天来的琐碎事情，但不一会儿，孩子们就埋首于自己喜欢的事物中，华特沉浸在自己幻想中的美丽世界……当小猫靠近火时，南恩想象小猫是一位穿着黑色衣服的优美贵妇人。

"家里有两只猫，厨房仍然到处都是老鼠的脚印。"这是苏珊常挂在嘴上的话。

有时候，可娜莉亚会在上街时顺便拜访壁炉山庄，这时候，孩子们都会将耳朵凑近，为什么呢？因为可娜莉亚总是知道最新消息，知道村内的种种趣闻。然后，等星期日上教堂时，孩子们又会对其他小朋友说这些趣闻。

"哇，你们家真舒服，今晚好冷啊！而且开始下雪了，咦！布莱恩先生不在家吗？"

"是啊！外出诊疗的确很辛苦，可是港口又来电话说无论如何请为布鲁卡·约翰夫人看看病。"安妮回答。

另一方面，苏珊在一旁祈祷，小猫衔来的大鱼骨头，最好不要让可娜莉亚看见。

"她的身体比我还壮。"苏珊以辛辣的口吻说话。

"可是，听说她穿着蕾丝衣服睡觉，这样怎么能不感冒？听说那是她女儿从波士顿为她买回来的，她女儿蕾娜星期五晚上，提了四个皮箱回来。还记得几年前到美国的情形吧！当时蕾娜只拿了一只旧皮包，即使她想隐瞒，大家也都了解。现在她回来了，说是'照顾她的妈妈'。安妮，还好你很通情达理，蒙布雷·那罗斯的布拉松先生，他太太对他的女患者很不客气！"可娜莉亚说。

"对护士也是！"苏珊说道。

"当然，其中也有不安分的护士，茱妮·爱莎就是这样。休息的时候，她同时和两个男人交往。"

"虽然她是挺漂亮的，可现在也不是小姑娘了，"苏珊干脆地说道，"不管怎么说，都应该洁身自爱才对啊，看看她的阿姨优德拉，说什么还没玩够恋爱游戏决不结婚，结果呢？现在有哪个男人会看上她，她都已经四十五岁了……夫人，你还记得优德拉的表妹菲妮结婚的时候吗？你知道优德拉对菲妮说了什么吗？她说：'你捡了我不要的东西。'结果两人大吵起来，从此不再往来。"

"真该留点口德啊！"安妮漠然地说道。

"是啊！安妮，说到这里，我希望史塔雷先生在说教的时候能稍微谨慎点。他得罪了欧雷斯·恩格，欧雷斯也许再也不去教堂了。大家都说上星期的说教是针对他的。"

"牧师不会为了特定的人而说教，一项现成的帽子一定能适合某个人的头，但不能说因此，就认定帽子是为这个人而做的。"

"对啊！"苏珊也赞成安妮的说法。

"欧雷斯的哥哥大卫终于结婚了，他曾经为了到底是结婚还是请佣人比较合算，而难以下决定。他妈妈去世好一段时间了，他曾对我说：'家里没有女人也是可以的，可是大小杂事做起来还挺麻烦的。'结果，他终于和洁茜·肯克结婚了。"可娜莉亚说道。

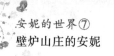

"洁茜·肯克？可是，他不是向玫莉·诺斯求过婚吗？"

"大卫曾表示，不会和吃甘蓝菜的女人结婚，他如果向玫莉·诺斯求婚的话，不是自己打自己嘴巴吗？此外，洁茜·肯克应该可以找到更好的男人，可是，反正两人就对上眼了！"

"马歇尔·艾利奥特夫人，这附近的传言都有些夸大。照我的看法，洁茜·肯克对大卫·恩格而言，真像一朵鲜花插在牛粪上。"

"你知道奥尔汀和史德拉生了个女儿吗？"安妮说道。

"真的吗？希望史德拉不要像她妈妈那样多愁善感。安妮，你知道吗？一听到表妹杜拉的婴儿比史德拉的先学会走路，史德拉的妈妈竟然哭了起来！"

安妮笑着说道："那我也要算是愚笨的妈妈了，记得和杰姆一起出生的伯普·德伊拉，在杰姆一颗牙齿都还没长出来的时候，他就已经长出三颗了，还真让我觉得自己很笨呢！"

"伯普·德伊拉必须动扁桃腺手术。"可娜莉亚说道。

"为什么我们家没有人动手术，妈妈？"华特与达恩问道，这两个人经常会异口同声，接着两人手掌对拍后握手。

"我们总是有一样的想法。"达恩高兴地说道。

"你还记得艾尔茜·德伊拉的结婚典礼吗？"可娜莉亚陷入回忆中，"艾尔茜结婚的时候，她最好的朋友梅杰·米里逊决定要弹结婚进行曲，结果却弹成了送葬曲。当然，她一直说是太紧张，所以弹错了。其实那时候，梅杰也想要曼克·姆萨德，那个外表老实的巧辩者，对每个女人都有兴趣，结果使得艾尔

茜一生悲惨。他们两个在去寂静天国之前还在一起过了好多年。而梅杰嫁给了哈琳·拉歇尔……"

"是他爸爸命令他这么做的，哈琳虽然不高兴，但觉得自己的求婚不会成功。啊！先生回来了！"

吉鲁伯特一进门，雪也跟着吹进来。吉鲁伯特脱下外套，高兴地坐在炉边。

"回来晚了！"

"一定是被新型蕾丝睡衣迷住了！"安妮开玩笑地朝可娜莉亚笑着说道。

"什么话，你们女人的笑话，我这个粗野的男人真不容易了解，我后来又到上克雷村那边去看渥尔达·库巴先生！"

"那个男人还撑得下去吗？他的耐力可真惊人呀！"可娜莉亚问道。

"我都服了他！"吉鲁伯特微笑着说道，"他本来早就熬不下去了。一年前我曾说他只能活两个月，结果到现在还健在，真把我的招牌给砸了！"

"先生要是像我这么了解库巴家的话，就不会犯这种错误了。那个人的祖父是在墓地掘好、棺材准备好之后又活过来的，你大概不知道这件事吧！结果办丧事的人没做成交易，可是渥尔达·库巴一定很乐于演练自己的葬礼……啊！马歇尔的马车铃响了……这瓶雪梨果酱给你，安妮！"

大家送可娜莉亚到玄关。

华特灰色的眼睛看着窗外的暴风雪。

"不知道知更鸟今天晚上在哪里？它会不会想我们呢？"华特伤心地说道。也许知更鸟已经悄悄去了艾利奥特伯母所说的天国也说不定。

"它在有日光的南方，当春天来临时，它就会再回来，只有五个月而已！孩子们，该上床了。"安妮说道。

达恩在厨房对苏珊说悄悄话。

"苏珊，你想要婴儿吗？我知道从哪里可以得到婴儿！"

"啊！从什么地方？"

"艾美家有新婴儿来了，艾美说是天使特地送来的，她说天使应该仔细思考后再做决定，如果这个婴儿不算，他们现在也有八个小孩了。昨天我听到你说莉娜长大了，觉得很无聊。我想德伊拉伯母一定会给你一个婴儿的！"

"小孩的想法真天真，令人哭笑不得，那些小孩都是德伊拉家的血统。虽然他们家有很多孩子，可是我现在还不想要别人的孩子。"

"艾美说苏珊是老小姐，是吗？"

"这是全知全能的神赐予我的！"苏珊毫不畏怯地回答。

"你喜欢当老小姐吗，苏珊？"

"不能说喜欢！"但苏珊想到自己所认识的为人妻的人，"可是嫁不嫁都要付出代价。好了，拿苹果派去给你爸爸吃，我来端茶！"

"妈妈，我们家是世上最好的家吗？"华特要睡着似的登上二楼，边爬楼梯边问妈妈，"如果有两三位幽灵，是不是更好？"

"幽灵？"

"嗯！洁莉·帕马家有好多幽灵，洁莉也看见过一位幽灵——穿着白衣服的女人，有骸骨般的手。我告诉苏珊，苏珊说洁莉骗人！"

"苏珊说得对，壁炉山庄只有幸福的人居住，不会有幽灵出现。好了，祷告后睡觉吧！"

"妈妈，晚上我说错话了，我把'谢谢您赐予今天的粮食'说成'谢谢您赐予明天的粮食'。我觉得这样也有道理，上帝听到了，会不会介意呢？"

第三十章

春 之 神

当壁炉山庄与彩虹谷再度披上绿色衣服，燃烧着春之火焰时，克库带着新娘子回来了。两只知更鸟在华特的苹果树筑巢，克库仍然继续原有的习惯，而新娘不知是不是害羞或比较胆小，始终不敢靠近任何人。

克库回来这件事，苏珊认为是一个奇迹，当晚就写信告诉狄恩。

壁炉山庄这个小生活圈，随时都会发生新鲜事。严寒的冬季算是比较平淡的了，但到了六月，轮到达恩进行冒险了。

学校新来了一个女孩。当老师问她名字的时候，她以像是说"我是伊丽莎白女王"或"特洛依美女海伦"的口气回答："洁妮·蓓尼。"跟没有人不认识她似的，直觉告诉达恩洁妮没有好朋友。

达恩八岁，洁妮·蓓尼九岁，但洁妮从一开始就一直和十岁、十一岁的"大女孩"玩在一起，所以"大女孩们"也知道不能漠视洁妮。

洁妮长得并不算漂亮，但很特别，谁都会忍不住多看她两眼——奶油色的脸庞被色泽柔和却淡黑色的头发盖住，暗蓝色的大眼睛配上又长又黑的睫毛，当睫毛往上扬，就可以看见洁妮惯有的轻蔑眼光，这时，你会觉得自己还不如一条虫。如果谁被洁妮当成知心朋友，就会觉得很光彩，老实说，洁妮的身家很了不起，她家不是普通人家。

洁妮的丽娜阿姨从百万富翁的姨丈处得到许多遗产；洁妮的表姐拥有价值上千元的钻戒；此外，洁妮的表哥演讲比赛赢过一千七百人，拔得头筹；还有一位阿姨深入印度"豹群"中当传教士……总而言之，洁妮是克雷小学女生中的一颗星，连吃饭的时候，也是大家谈论的焦点，大人小孩都无法不注意她。

"和达恩好像很亲密的小女孩是谁？苏珊！"有一晚，达恩告诉大家洁妮所住的漂亮宅邸如何如何后，安妮问道。

那间"宅邸"的屋檐四周有白色木制的花边，房子后面有气派的白桦树，客厅有红色大理石架子，还有好多漂亮的房间。

"那是从贝斯·茉伊搬来康威农场的一家人，蓓尼先生好像是木匠，可是木匠的生活很辛苦，于是他决心从事农业。据我所知，那是很奇怪的一家，对孩子很放任。蓓尼先生说自己孩提时代必须接受各种命令，他不想让下一代过这种没有自我的生活，所以让洁妮读克雷小学。康威农场有一半属于本区，所以蓓尼先生必须向两个区的小学缴税，当然小孩也可就读两个区的任意一个小学。这个洁妮本来不是蓓尼先生的女儿，而是侄女，她的父母都去世了。据说，在蒙布雷·那罗斯巴布狄斯特教会地下室放羊的就是乔治·安德鲁·蓓尼，我想这不是大家随便乱讲的，他们那家人很奇怪，夫人，也许我没资格说什么，但为了壁炉山庄的清静，最好不要让达恩和那家人交往。"

"我现在不能阻止达恩在学校和洁妮交往，因为达恩不会了解我们反对的理由，我想洁妮会不断吹嘘自己的亲戚或者自己的冒险故事。不久，达恩的兴致也会降低，我们以后就不会听到有关洁妮的事情了。"

洁妮的话题仍然继续出现在壁炉山庄。洁妮表示，在克雷小学的同学当中，她最喜欢达恩，听了这句话，达恩觉得受宠若惊，好像女王俯身亲吻自己一般，令达恩相当感动。休息时间，两人一定会在一起玩，周末还会互相写信，交换橡皮擦、纽扣等。

有一天，洁妮邀请达恩到家中住一晚。

安妮非常坚决地反对，达恩不由得哭了起来。

"以前你不是同意我到巴西斯·霍特家住吗？"达恩哭泣着说道。

"那不一样！"安妮的回答很模糊，虽然不想纵容孩子，但也不想让小孩失望，不过从传闻中蓓尼家的种种来判断，洁妮和壁炉山庄的孩子不一样，安妮有点担心洁妮对达恩造成的影响。

"有什么不一样？"达恩不悦地叫道，"洁妮和巴西斯一样都是淑女，决不吃口香糖。她表姐什么礼仪都懂，洁妮从她那里学会了一切，洁妮说你们都不知道怎么做，而且洁妮曾经历过精彩的冒险。"

"谁说的？"安妮质问。

"是洁妮自己说的。洁妮自己家虽然不是很有钱，可是他们的亲戚都很富有，有当法官的叔叔，还有当世界最大商船船长的舅舅，洁妮和她表哥还在船上写下自己的名字，而我们不是连个深入印度山区传教的阿姨也没有吗？山里还是野豹区！"

"不是豹区，而是癫病患者区！"

"洁妮说是野豹区，洁妮很了解，毕竟那是她阿姨。而且洁妮家有好多我想细看的东西。洁妮的房间有贴壁纸，客厅有许多夜枭的标本，休息室里有各式各样的垫子，还有，窗户的一面可以遮阳……她们家真的有很多好玩的东西，她们家的房子是她爷爷盖的，奶奶也住在一起，洁妮说她奶奶是世界上年纪最大的人，从诺亚大洪水前一直活到现在！能见到大洪水之前出生的人，真是很难得啊！"

"她奶奶的确快一百岁了！"苏珊说道，"可是洁妮说她奶奶在诺亚大洪水前就出生了，那是吹牛的。真不知道你去她家会发生什么事情。"

"她家从很久以前就没疾病了，感冒、百日咳、猩红热等，大家都在一年内患过了。"

"天花还没吧？"苏珊低语道。

"洁妮的扁桃腺必须切除掉，"达恩又继续哭泣着说道，"可是那不会传染啊！洁妮有个表姐割扁桃腺死了，洁妮说她表姐的血一直流个不停，最后就死了。如果有这种遗传，洁妮可能也会因此死掉的。她的体质弱，上星期曾经三度休克，但洁妮很勇敢地活了过来，就是因为这个，所以洁妮努力想和我相处。这样洁妮如果死了，我还会有美丽的回忆。妈妈，拜托让我去，如果你答应让我去，你答应买给我的蝴蝶帽子我也可以不要。"

安妮仍然如铁石般坚定不移，达恩伤心地躺在地上哭泣，南恩不同情达恩，因为南恩不喜欢洁妮·蓓尼。

"这个孩子怎么这么死心塌地，以前从来没有这么动心啊！如苏珊所说，她真的被蓓尼家的女孩子吸引了。"安妮想。

"夫人，您千万不能答应达恩到身份那么低的家里去！"

"苏珊，达恩不认为有谁的'身份'比自己低，但还是一定要区分的，这个洁妮如果不这么会夸大其辞，倒是没什么害处……可是……"

听到达恩遭拒，洁妮自大地说道："你家人怎么这么虐待你呢？要是我的话，一定没问题，我有勇气敢自己在外面睡一晚，你有没有想过这种事？"

达恩凝视着这位"偶尔在外过夜"的少女，这是多么了不起的经验啊！

"虽然我不能去，也请你不要讨厌我。你知道的，我自己是真的很想去。"

"我当然不会讨厌你，有些女孩子让我无法忍受，可是我一点也不讨厌你，你很可爱。对了！我们打算夜里到小河边钓鱼，我们经常这么做，我曾经钓到一条很大的鳟鱼。而且我们家还

有一头最可爱的小猪和一匹小马驹，还有一窝小狗。我想我还是去问问莎蒂·德伊拉看看，只要她喜欢，她爸爸妈妈什么都答应她！"

"我的爸妈也对我很好，而且大家都说我爸爸是爱德华王子岛最棒的医生！"

"拜托别一副骄傲的样子，"洁妮傲慢地说道，"我爸爸有翅膀，总是戴着金冠，我会因此而骄傲吗？拜托，达恩，我不想和你吵架，可是我最讨厌有人炫耀自己的家，我决心成为一位淑女。你经常说的巴西斯·霍特，要是她这个夏天来的话，我一定不和她交往，那个人的妈妈有点奇怪，是丽娜阿姨告诉我的，她和一个死人结婚，而且他又复活了。"

"啊！没这回事。洁妮，据我所知，我妈妈说雷丝莉阿姨……"

"我不想听那种人的事，管她怎么样，你最好不要告诉我……钟声响了！"

"你真的要请莎蒂吗？"达恩觉得自己的感情受到了伤害。

"不是现在啦！再过一阵子，也许应该再给你一次机会，可是这是最后的机会了。"

几天后，洁妮在课间休息的时候来找达恩。

"我听杰姆说你爸妈昨天出去，要到明天晚上才会回来？"

"是啊！他们到艾凡利去了！"

"这就是你的机会了！"

"我的机会？"

"到我家住的机会啊！"

"可是，我不能这么做。"

"你当然可以这么做，别傻了，反正你爸妈又不在！"

"可是，苏珊不会让我去……"

"你不必去问苏珊，放学之后，跟我一起回家就好了，也不要告诉南恩你去哪里。等你爸妈回来，苏珊一定不敢告诉你爸妈，因为她也怕被骂！"

达恩不知该如何是好，明明知道不应该和洁妮一起回家，可是又抗拒不了诱惑。

洁妮睁大眼睛继续向达恩进攻："这可是最后的机会哟！"洁妮瞪大眼睛像背台词，"我绝对不能再和不愿到我那雄伟家中的人交往。如果你不来，我们就绝交！"

就这么决定吧！已经成为洁妮魅力奴隶的达恩，一想到洁妮将与她绝交，就顾不了那么多了。当天下午，只有南恩一个人回家，南恩告诉苏珊，达恩到洁妮家去住一晚。

如果苏珊的身体像平常一样硬朗的话，一定会立刻跑到洁妮家，将达恩带回来，可是当天早上，苏珊的脚扭伤了，包扎的脚还能站着为孩子们准备食物，但要走一英里路，可就没办法了。洁妮家没有电话，杰姆和华特也不肯去，他们说曾劝达恩不要去，可是洁妮说没人会将达恩吃掉，杰姆和华特当然不愿到洁妮家自讨没趣。苏珊没办法，只好死心了。

达恩与洁妮穿过田野回家，走这条路要稍微远一点，但风景更好。达恩虽然很内疚，却还是很开心。两人走在美丽的小径上，洁妮开始说起死亡，她说她曾经药物中毒，并详细地描叙了死亡的痛苦，但却说不出为什么没死，虽然"失去意识"了，医生还是从死亡的边缘将她拉了回来。

"可是，从那时候起，我的身体就不像以前那么好了。达恩·布莱恩，你怎么只呆呆地听我说话，都不发问呢？"

"哦！我在仔细听啊！"达恩漫不经心地回答，"我想没人比得上你有这么多彩多姿的经验……你看，景色好美！"

"景色？什么景色？"

"就是你所看到的啊！"达恩只顾着欣赏牧场、森林，躺在小山上的云和群山之间的洼地。

洁妮嘲笑地说道："只有一大堆不起眼的树和牛，我不知看了多少遍了。你有时候很奇怪，又有点可笑，连这些东西都觉得好看，也难怪了，你妈妈每天都将你关在家里。你看，我家到了！"

达恩仔细环视洁妮的家，开始有种幻灭的悲哀，这就是洁妮所说的"宅邸"吗？

的确相当大，但她所说的"木制花边"，实在需要油漆一下。踏上中间的阳台，玄关上美丽的扇形窗户已经坏掉了，窗帘斜向一边，几扇窗户包上了茶色包装纸。家后面的"美丽白桦树"，其实只是几株老旧古树。贮藏室好像已经荒废，里面放置着生锈的机器，庭院杂草丛生。达恩没见过这么荒凉的家，达恩开始想，也许洁妮的话都不是真的，全是谎言。

家里面也没什么特别的。达恩随洁妮来到客厅，里面到处充满霉味及灰尘，天花板已经变了色，而且有点裂痕，有名的大理石架子只不过是涂上颜色的木制品——这连达恩都知道；垂下的蕾丝窗帘显得肮脏，而且破了好几个洞；蓝色遮阳纸上面画了一个装着玫瑰的大篮子，也已经破破烂烂了；客厅中的夜枭标本，原来只是放在一角的小玻璃瓶中的三只小鸟，有一只已经没有眼睛了。

对于已经习惯整齐清洁的壁炉山庄的达恩而言，此处犹如一个"恶梦之屋"。但不可思议的是，洁妮一点也不觉得自己的话和实际有出入，而达恩不禁怀疑自己是不是在做梦。

屋外倒没这么糟，松树旁有模仿这间屋子建造的小模型屋；小猪及刚出生的小马都好可爱；杂种小狗有又卷又松的毛，看起来很像名犬。其中有一只狗的褐色耳朵长长垂下，额头有白点，伸出粉红色小舌头，好可爱！可惜这只小狗有人要了，达恩很失望。

"即使没人要，我也不知道能不能随便给你。我听说壁炉山庄一只狗也没有，你们那儿一定有什么可怕的东西，叔叔说狗知道人不知道的事。"

"我们那儿才没有什么不干净的东西呢。"达恩大叫。

"我也希望没有！你爸爸对你妈妈不好？"

"胡说，才没有呢！"

"可是，我听说你爸爸会打你妈妈，打得你妈妈哇哇大哭。当然，我不会相信这种事，因为有些人很喜欢胡说八道，尤其我之前就很喜欢你！"

达恩很不高兴洁妮这么说，达恩觉得事情全变了，洁妮对达恩的魔力，突然间全部消失了；洁妮说掉到水池内差点儿淹死的情节，也不再那么吸引人了；达思不再相信——那只不过是洁妮的想象；以前所说的百万富翁的伯父、有上千元钻戒的表姐、到印度野豹区传教的阿姨，全都只是想象。

此时的达恩，犹如泄了气的皮球。

但洁妮的奶奶确实还健在。当达恩及洁妮回屋时，就有一位穿着不太干净的妇人告诉两人，奶奶想见客。

"奶奶躺在床上，"洁妮说，"家里来的客人都要到她房里去看她，否则她会生气。"

"不要忘了问奶奶背痛好一点了没有，如果别人不记得她背痛，她会不高兴。"丽娜提醒两人注意。

"还有强森伯父，"洁妮继续说明，"不要忘了问候强森伯父。"

"强森伯父是谁？"达恩问道。

"是奶奶的儿子，五十年前就死了，病了几年才死的。奶奶喜欢别人问候她儿子，这样她才不会感觉寂寞，好像儿子还活着。"丽娜说道。

到了奶奶房间门口，达恩深深吸了一口气。这位老婆婆一定很可怕。

"怎么了？又没有人会咬你！"洁妮说道。

"奶奶……奶奶真的是诺亚大洪水前出生的吗，洁妮？"

"当然没有这回事，是谁说的？不过今年生日时她如果还活着，就一百岁了！进去吧！"

在这个小而乱的卧室里，奶奶躺在床上，布满皱纹的脸，使达恩心想，老了就和猿猴一样。奶奶睁开红眼睛看着达恩。

"我眼睛不好，你是谁啊？"

"她是达恩·布莱恩！"洁妮回答。

"嗯！很好听的名字，听说你有位傲慢的姐姐？"

"南恩不傲慢啊！"达恩叫了起来，洁妮好像批评了南恩。

"好狂妄的小孩哟！怎么可以对长辈用这种态度说话呢？不可以和长辈顶嘴！"

奶奶好像生气了，达恩慌张地问奶奶的背怎么样了。

"谁说我背不好？真是没礼貌，来！到我床边来！"

达恩真想逃到千里之外，但还是必须靠近奶奶，这位可怕的老婆婆不知道会对我怎么样？

奶奶机敏地将身体靠到床的一端，用手指抚摸达恩的头发。

"红萝卜色，好光滑哟！好漂亮的衣服，让我看看你的衬裙。"

达恩自认为这件苏珊缝制的有花边的白色衬裙很好看，但她搞不清楚，怎么有人想看她的衬裙？这真是奇怪的一家人。

"我总是从衬裙来判断一个女孩子。嗯，你过关了，现在给我看看你的内裤叉。"奶奶说道。

达恩没有勇气拒绝，将衬裙拉起来。

"嗯！这也有花边，太奢侈了。你还没问候强森呢！"

"他好吗？"达恩终于慢慢说出。

"他好吗？你们都知道他可能会死。对了！你妈妈有金戒指，真的吗？"

"嗯！是爸爸送给妈妈的生日礼物。"

"原来如此，我本来还不相信，因为洁妮的话不可信，是纯金的戒指吗？我还没见过呢！好吧，你们该出去吃晚餐了。洁妮，把你的裤子拉上去，要整齐一点儿！"

"我的裤子——内裤的裤脚没有露出来！"洁妮愤慨地说道。

"蓓尼家是裤子，布莱恩家是内裤，这就是你们的不同，以前如此，现在也是如此。不要顶嘴！"

"开饭了！"丽娜伯母呼叫道。

洁妮家人全部围在大厨房的餐桌旁，除了丽娜，到现在为止，达恩还没见过其他人。达恩瞄了一下餐桌四周，她终于了解为什么妈妈和苏珊不让自己来这里。桌上只有不新鲜的肉汤，盘内则有一些不知名的菜肴，苍蝇成群飞舞，这对洁妮家人而言是理所当然，但达恩从来没有和这样的人在这样的餐桌上进餐过。达恩心想，如果能回壁炉山庄该有多好！

伯恩伯父坐上餐桌，红色胡须像火焰一般，秃脑门边上有几根白发。伯恩伯父的单身弟弟巴卡，鬈毛丛生，很准地对着痰盂吐了一口痰。十二岁的卡特与十三岁的乔治·安德鲁有着蓝色如鱼般的眼睛，衬衫的破洞中露出黝黑的肌肤。十一岁的阿娜贝尔·蓓尼和十岁的佳德·蓓尼，则是茶色眼睛的少女。两岁的塔比有着可爱的卷毛，双颊呈现微红色，被丽娜抱在腿上，如果这个有黑色眼睛的婴儿干净一点的话，一定更可爱。

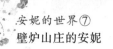

"卡特，明明知道有客人在，手指怎么不洗干净？"洁妮斥责道，"阿娜贝尔，嘴里有东西的时候不要说话。"洁妮向达恩说明，只有她教这一家人礼节。

"安静！"伯恩伯父咆哮道。

"我不要安静，因为我无法安静！"洁妮大声叫道。

"不可以跟伯父顶嘴。"丽娜沉静地指责洁妮。

"好了，好了，大家的举止都要像个绅士、淑女，不要让布莱恩小姐看笑话。"

"哈哈，布莱恩小姐？"卡特咯咯地笑了起来。

这是达恩第一次被称呼为小姐。

达恩没吃什么东西，虽然感到肚子饿，但如果食物清洁的话，如果大家不这么喧哗的话，也许能多吃下一点食物。但达恩本来就不喜欢用破碗吃饭，再加上大家不停地吵闹、指责。

"如果我爸妈这么吵闹的话，我一定受不了！"达恩心想，"真想回家。"

"不可以用手指人！"达恩脱口而出，卡特将手缩回来，但因生气而涨红脸大声骂道，"别多管闲事，我高兴指谁就指谁，这又不是在壁炉山庄，你以为你是谁呀？"

"卡特，卡特！不可以对布莱恩小姐不礼貌。"丽娜伯母说道。

丽娜伯母声音平静，再度露出笑容，为伯恩伯父的茶杯里加了二匙砂糖。

"不要介意，再吃一块派吧！"

达恩不想吃任何东西,只想回家,但她现在也不知该如何回家。

伯恩伯父吃东西吃得很大声,最后喝茶的时候,他说:"吃饱了。早晨起床,工作一整天,吃三餐后上床睡觉,这就是生活!"

"爸爸在开玩笑!"丽娜伯母微笑着说道。

"不是开玩笑,今天我在弗拉克的店里碰到牧师,我说世上没有神,他叫我星期日到教会去,他要向我证明有神。真是开玩笑!"

没有神!达恩觉得世界好像掉进了谷底,不知不觉哭泣了起来。

第三十一章

暴　徒

　　晚餐后情况更糟，在这之前至少她还和洁妮单独在一起，现在则身陷一群"暴徒"之中。乔治·安德鲁抓起达恩的手就跑，自从出生以来，达恩还是头一次遭遇这种场面，虽然杰姆、华特也欺负过她，但从来不会像这些男孩子一样粗暴。

　　卡特将口里吐出来的泡泡糖给达恩，这令达恩非常生气。

　　"去吃活生生的老鼠啊，骄傲的小猫！高傲无礼的小鬼！你不是有胆小的哥哥吗？"卡特叫嚷着。

　　"华特才不胆小呢！"达恩说道。虽然心里吓得噗通噗通跳，可是听到别人说华特的坏话，她不能置之不理。

　　"胆小鬼，他是个只会写诗的胆小鬼。如果我有个会写诗的兄弟，你知道我会怎么样吗？我会带他去看被丢到河里淹死的猫。"

　　"贮藏室里有好多小猫，我们去捉捉看！"洁妮说道。

　　达恩不想和这些小孩去捉猫，所以骄傲地说："要说小猫的

话，我家有一大堆，有十一只。"

"我不相信！"洁妮叫道。"没有这回事，没有人会拥有十一只小猫。"

"有一只猫生了五只小猫，另一只猫生了六只小猫，反正我不去贮藏室。今年冬天，艾美·德伊拉从贮藏室二楼掉下来，如果是你摔下来的话，必死无疑。"

"啊！要是我捉不到卡特的话，就可以从二楼跳下来！"洁妮说道。

"是掉下来，不是跳下来！"达恩提醒洁妮注意，这一瞬间，达恩与洁妮的友谊完了。

但还是必须度过这一夜。洁妮家没有一个人早睡，十点半，洁妮才带达恩到一个放有两张床的大房间。阿娜贝尔及洁妮各自睡到自己的床上，达恩看着另一张床，枕头扁扁的，床单很脏，实在应该洗一洗了。壁纸被水透得湿湿的，床铺旁边的花岗岩石水瓶内，只有一半的脏水，洗脸盆满是污垢。达恩心想，这可以当洗脸盆吗？至少丽娜伯母给她的睡衣是干净的。

达恩在床边做祷告的时候，洁妮笑着说："真是老古板，你祈祷的样子看起来像滑稽的圣人，我不知道现在还有人在祈祷，祈祷一点用也没有，为了什么而祈祷呢？"

"为了拯救我的灵魂。"达恩引用苏珊的话。

"我没有灵魂！"洁妮以嘲笑的口吻说道。

"或许你没有吧，但我有！"达恩严肃地说道。

洁妮一直盯着达恩看。但洁妮眼中的咒文破灭了，达恩不

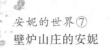
再向魔力屈服。

"我不知道你是这种人,达恩·布莱恩!"洁妮好像很失望地说道。

达恩还来不及回答,乔治·安德鲁和卡特就冲进房里,乔治·安德鲁戴着一个有着大鼻子的面具,达恩发出一声尖叫。

"门底下的小猪们不要略略叫,你们必须向我们亲吻道晚安。"乔治·安德鲁命令。

"违反者将被押入有一堆老鼠的地牢里。"卡特威胁道。

当乔治朝达恩靠近时,达恩使出全力大声叫喊,吓得缩起身子。虽然达恩知道面具后面的人是乔治·安德鲁,她并不害怕,但当那恐怖的面具向自己靠近时,达恩觉得自己好像要停止呼吸了。

当那恐怖的鼻子要碰到达恩的脸时,达恩起身一跳,跳到旁边的茶几,一个不稳向后倒下,头碰到了阿娜贝尔的床缘的尖锐处,一瞬间晕眩过去了。达恩闭着眼睛躺在地上。

"死了……死了!"洁妮捂着鼻子哭泣着说道。

"你杀了达恩,一定会被痛打一顿。"阿娜贝尔向乔治·安德鲁说道。

"也许她只是装死,放一条虫子在她身上,我的罐子里有一些。如果她是假装的就会醒过来。"卡特提议。

达恩听到他们说的话,吓得连眼睛也不敢张开。她心想,如果他们以为我死了,也许就会放下我到别处去了,可是要让虫子在身上爬……

"用针刺刺看，如果流血就表示没死。"达恩想，针我可以忍耐，虫子我可受不了。

"没有死……她不可能死的，"洁妮哭着说道，"如果她醒来的话，一定会扯破嗓子大喊。这么一来，伯恩伯父就会进来打我们……"

"我们趁她还没醒，把她抬回去好了！"乔治·安德鲁说道。"啊！那太好了！"达恩心中一阵喜悦。

"可是路这么远……"洁妮反对。

"近路只有四分之一英里，我们可以分别抬她的手脚啊！"

这种事大概也只有洁妮家的人才想得出来，其他人即使想得出来，大概也不会付诸行动。可是洁妮家的人个个习惯了想到什么就做什么，而且他们也担心会挨打。

"如果被发现了，我们就快点逃走！"乔治·安德鲁说道。

当感到自己的身体被四个人抬起来时，达恩的心里舒了一口气。一行四人蹑手蹑脚地下楼梯，出大门，穿过细长的原野，通过森林，下丘陵，途中，他们两次将达恩放下休息。由于大家都认为达恩已经死了，所以没人再仔细看她，四个人只顾着快点将达恩抬回家……

从出生以来，洁妮从没做过祈祷这种事，现在，洁妮也开始祈祷了，她希望村里的人都不要起来。他们发誓，如果能将达恩顺利抬回布莱恩家的话，就说她是太想家了，要自己回来，但之后大家都睡着了，没人注意到达恩是怎么溜出来的。

当四个人如此计划时，达恩真想干脆睁开眼睛。她看不惯他们这种虚伪的计划。枞木一丛丛，星星看着达恩微笑。达恩在心里对自己说："我不喜欢这么大的天空，但再忍耐一下就到家了。如果让他们知道我没死，他们一定会把我丢在这里，黑暗中我也不敢一个人回家。"

洁妮家的小孩把达恩丢在壁炉山庄的阳台上，就慌张地往回跑。达恩虽然没有立刻爬起来，但睁开眼睛一看，没错，回到家了，真是有说不出的高兴。达恩心想，以后再也不敢这么不听话了。

达恩慢慢爬起来，这时，小虾米一言不发地跳上她身体。小虾米显得很高兴，达恩搂着它，倍感温暖与亲切。达恩不打算立刻进屋，虽然知道爸爸值班时，苏珊不会将大门上锁，可是这时候她不想吵醒苏珊。六月的夜里还是会寒冷，到吊床上和小虾米一起睡吧！在门的后面就有苏珊、南恩和哥哥们了……

黑暗之后的世界令人不可思议，除了我，大家好像都睡着了。繁盛的白色蔷薇花，在夜里看来好像人的脸，薄荷香就像朋友一样，果园树里有萤火虫光。达恩有点自满地想："我终于可以自己在外面睡一晚了，真了不起！"

但结果并非如此。黑暗中有两个人影穿过两道门，走在马车道上，吉鲁伯特想将厨房的窗户关上，因此向厨房走去，安妮则走到游廊上。本来静静躺在一旁的小虾米，吓了一跳站起来。

"妈妈……啊！妈妈！"达恩安心地抱住妈妈的手。

"达恩？怎么回事？"

"妈妈！我做了不该做的事……我错了……妈妈说的没错……可是，妈妈！你们不是要到明天才能回来吗？"

"罗布利吉打电话给爸爸，说明天巴卡先生一定得动手术，巴卡先生希望由爸爸操刀，所以我们搭乘夜车，从车站走回来。好了，现在你告诉我，究竟发生了什么事，你怎么不在房里睡觉？"

达恩边哭边一五一十地将事情说给妈妈听。吉鲁伯特打开玄关门进来，本来想悄悄进来，但苏珊耳朵灵敏，听到声音就起床了。

苏珊开始惊叫，并要说明达恩的事，安妮将话打断。

"没有人责怪你，苏珊，达恩的确做错了事，但她自己已经了解，而且我想她也已经受到处罚了，不要吵……现在立刻回房睡觉。先生不该吵醒你的。"安妮对达恩及苏珊说道。

"我还没睡，夫人，孩子在外面，我怎么睡得着呢？我帮你们泡茶。"

"妈妈！你和爸爸吵过架吗？"

"吵架？我和你爸爸？"

"是洁妮家的人说的，他们说爸爸打妈妈……"

"达恩，蓓尼家的人是什么样的人，相信你已经了解了，他们喜欢故意说些恶意的话。没这回事，别担心！"

"妈妈，明天早上你会骂我吗？"

"不会，我想你已经接受过处罚了。孩子，安心睡觉吧！"

"妈妈最善解人意了！"

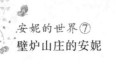
达恩带着微笑入眠，但脚踝包着纱布的苏珊，独自坐在床边说道："明天要是让我看到那个假装好孩子的洁妮，一定要好好训她一顿！"

从那天起，洁妮不再到克雷小学上学，而洁妮家其他小孩也转到蒙布雷·那罗斯的小学去了，而且继续吹牛的本事——其中也有关于达恩·布莱恩的事情。她住在克雷村美丽的"大房子"里。有一天，达恩到洁妮家过夜，晚上却断气了，洁妮一人背着她拼命往她家跑，终于平安将她送回家。壁炉山庄的人都很感谢洁妮，亲吻她的手，并派豪华的马车送她回家。布莱恩先生还发誓说："不管什么事，只要我做得到一定为你做，即使流尽我身上最后一滴血，也要报答你！"

第三十二章

朵 薇

"我知道你所不知道的事……是你所不知道的事哟！"朵薇在码头边上摇摇摆摆地边走边唱。

几年之后，壁炉山庄的回忆内容中，南恩只要一想起这件事就会脸红。

看朵薇摇摇欲坠的样子，南恩觉得真危险。她相信朵薇一定会掉下去，掉下去该怎么办？

可是，朵薇始终没掉下去，运气真好。朵薇所做的事或所说的话，对于从小生长在壁炉山庄，从来不说谎、天真无邪的南恩而言，真犹如天方夜谭。

十二岁的朵薇·强森住在夏洛镇，当然比只有八岁的南恩多了解许多事。据朵薇的说法，住在夏洛镇的人什么事都知道，住在像克雷村这么贫弱的土地上，能知道什么事？

朵薇有时候在放假时会到克雷村的埃拉姑妈家住一阵子，尽管年纪不同，朵薇和南恩还是建立起了亲密的友情，这也许

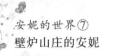
是南恩尊敬朵薇的缘故吧！对南恩而言，朵薇像个大人一样，什么事都知道，南恩可以说是崇拜朵薇。

"南恩·布莱恩并不讨人厌，可是有点胆小。"朵薇向埃拉姑妈说道。

连凡事皆注意的壁炉山庄的人，都看不出朵薇有什么不好。安妮想，即使朵薇的妈妈是艾凡利巴恩家的表姐，但也不反对南恩和朵薇来往。

只有苏珊一开始感到疑惑，但该怎么说才好呢？朵薇有礼貌、家世好、安详沉静、不多嘴，苏珊也说不出自己疑惑的理由，所以保持沉默。反正只要学校一开学，朵薇就会回去了。

南恩和朵薇休息的大部分时间都在码头度过，看着船一艘、两艘驶进码头，帆影点点。这一年八月，南恩的踪影没出现在彩虹谷，壁炉山庄的其他小孩们不太喜欢朵薇，可以说是"讨厌"，因为朵薇对华特乱说话，使达恩生气，说了一些"抱怨话"。朵薇好像很喜欢乱开玩笑，这或许也是朵薇受南恩喜爱的原因吧！

"拜托你告诉我。"南恩请求道。

但朵薇说南恩年纪太小，不可以。

"拜托，朵薇！"

"不可以！这是秘密！凯特阿姨告诉我的，她已经去世了，现在世界上只有我一个人知道这件事。我告诉你的话，你绝对不可以告诉别人，否则我就不说了！"

"我绝对保密！"南恩叫道。

"壁炉山庄的人彼此什么话都说，连苏珊也能立刻知道吧！"

"没这回事，我有很多事都没告诉苏珊，如果你告诉我你的秘密，我也说出我的秘密。"

"算了吧！我对你这种小孩子的秘密没兴趣。"

多么侮辱人啊！南恩一直觉得自己的小秘密很美。德伊拉先生放干草的贮藏室后面不远处的松林里有一棵野生苹果树开满了花；她梦见睡在泥沼睡莲叶上的白色小仙女……这些对南恩而言都是相当美妙的事情，想一想，还是不要告诉朵薇比较好。

可是，朵薇说她知道我所不知道的事，到底是什么呢？这个疑问像蚊子般叮着南恩。

隔天，朵薇又卖弄自己的知识："再让我考虑看看，南恩，也许你必须知道。当然，凯特阿姨的意思是不可以对无关者提起。如果你把那只陶器公鹿给我，我就告诉你。"

"不行啊！朵薇，那个不能给你，那是苏珊送给我的生日礼物！如果我把那只公鹿送给你，苏珊知道了，一定会不高兴。"

"那好吧，如果你觉得那只陶器公鹿比你想知道的秘密更重要的话，你就留着吧！我是无所谓，我也不想说，其他女孩子一定很想知道她们所不知道的事情，这星期日如果我在教会看见你，一定会想：'南恩·布莱恩，你可知道我知道你什么秘密？'这真有趣。"

"你知道的事很棒吗？"南恩问道。

"这个嘛！很罗曼蒂克，就像在故事书上看到的一样。不过

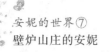

没关系，反正你也没兴趣，我自己知道就好了！"

这时，南恩旺盛的好奇心全被挑了起来，如果不知道朵薇的秘密，活着有什么意思呢？

突然，南恩向朵薇说："朵薇，那只公鹿不能给你，可是如果你告诉我秘密的话，我就把红洋伞送你。"

朵薇睁大眼睛，那把红洋伞太棒了！

"是上星期你妈妈从街上买回来的红洋伞？"朵薇不放心地问道。

南恩点点头，这时她心跳加速。啊，朵薇真的会告诉我吗？

"你妈妈会答应吗？"朵薇依然不放心。

南恩再次点点头。为了安全起见，朵薇对南恩说："你要先将洋伞给我，我才告诉你。"

"明天拿给你！"南恩答应朵薇。一定得知道朵薇知道自己的什么事。

"嗯！让我考虑一下！"朵薇怀疑地说道，"也许我还是不能告诉你，你不是常常说你年纪还小吗？"

"可是我比昨天大了啊！"南恩恳求道，"拜托，朵薇，不要那么坏嘛！"

"你不可以告诉安妮——就是你妈妈！"朵薇再次提出警告。

"我知道我妈妈的名字，"南恩威严地说道，"我决不告诉壁炉山庄的任何人！"

"发誓！"

"发誓！"

"别光是学我说话！我的意思是你自己必须坚定信心和我约定。"

"我坚定信心约定。"

"拜托！自己发誓！"

南恩不知道该怎么发誓。朵薇望着南恩不知所措的表情，于是说道："双手合十，看着天空，如背此誓，天诛地灭。"

南恩完成了仪式。

"明天带洋伞来！接着做什么呢？对了，你妈妈结婚之前是做什么工作的？"

"是学校的老师，一个了不起的老师！"南恩回答。

"哦！我只是觉得有点不可思议，我妈妈说你爸爸和你妈妈结婚是错误的，你妈妈连自己的身世都不知道，而我妈妈说想和你爸爸结婚的女孩多得是，可是他却选择了你妈妈。我该回去了！拜拜！"

朵薇回去之后，南恩又独自在码头边待了一阵子，看着渔船进港出港。南恩很喜欢看渔船进进出出，有时候，船从港口出发到对岸的美国，人们称之为"遥远、遥远的彼岸"，南恩觉得这句话含有魔法般的香味。和杰姆一样，南恩也时常想着，如果能乘船出海，不知有多好。南恩经常搭乘想象的翅膀，飞翔于世界中。

那天下午，南恩整个心都被朵薇的秘密所占据，朵薇真的会告诉我吗？到底是什么秘密呢？另外，猜猜看本来也许会和爸爸结婚的女孩子是谁？也许其中一人可能是自己的妈妈了。

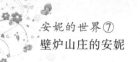
真恐怖！还好是妈妈嫁给爸爸，我才不要其他人当我妈妈呢！

夜晚，当妈妈亲吻南恩额头道晚安时，南恩问妈妈："妈妈！朵薇·强森说有秘密告诉我，我和她约定不告诉任何人，所以我也不能告诉妈妈，不知道这样行不行？"

"没关系！"安妮觉得小孩很天真。

隔天，南恩带着红洋伞到码头。南恩告诉自己，这是我的洋伞，我真的很喜欢这把洋伞，想到要送给别人，真是心疼，但比起朵薇的秘密，还是听听秘密比较重要。

"朵薇，洋伞我带来了，可以告诉我秘密了吧！"南恩一刻也不能等待。

朵薇这时候倒是挺紧张的，她没想到事情会如此进展，南恩的妈妈怎么会允许她将新洋伞送人呢？朵薇结结巴巴地说道："这个嘛！我觉得这种红色和我的皮肤不相称，太花哨、庸俗了，我不告诉你。"

南恩此时愤慨万分，一想到自己一味屈从朵薇的威力，就觉得生气。

"约定就是约定，你说我给你洋伞，你就告诉我秘密。现在洋伞就在这里，你不可以不守信用。"

"好吧！好吧！"朵薇无奈地说道。

此时万籁俱寂，风止息了，树也静止了，南恩的血液快速流动，终于要知道朵薇的秘密了。

"你知道港口的吉米·德马斯家吧！"

"长六根手指的吉米·德马斯？"南恩问道，当然知道，至少知道德马斯这一家，"六指吉米"有时会到壁炉山庄卖鱼，苏珊说过，不能买"六指吉米"剩下来的鱼。南恩并不喜欢吉米的样子，秃头，两侧白发稀疏生长着，红色鹰钩鼻。

德马斯一家与秘密有什么关系呢？

"那么，你知道卡西·德马斯吗？"朵薇继续问道。

南恩曾见过"六指吉米"让卡西坐在鱼车上，一起到壁炉山庄来。卡西年纪和南恩差不多，红头发，灰绿色眼睛，卡西曾对南恩吐舌头。

"嗯……"朵薇深吸了一口气。

"这是真的事情，你就是卡西·德马斯，卡西·德马斯就是南恩·布莱恩。"

南恩紧紧盯着朵薇，不了解朵薇的话。

"什么意思啊？"

"不懂吗？"朵薇露出怜悯的微笑。

"你和卡西是同一个晚上出生的，那时德马斯一家人住在克雷村，护士将你们送回家的时候，把躺在篮子里的卡西送到德马斯家，而将你送到安妮那里。实际上，卡西才是你妈妈的小孩，护士没勇气将达恩一起带来，否则，达恩也一起被带走了。因为护士恨你的妈妈，为了复仇才如此做的。真正的你应该是卡西·德马斯，应该生活在港口，可怜的卡西才应该生长在壁炉山庄，我常常觉得卡西真可怜。"

这些话，南恩全部相信，因为以前朵薇没向她说过谎话，因此南恩一点也不怀疑朵薇这些话的真实性。南恩以痛苦、悲

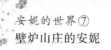
哀的眼神看着朵薇。

"为什么……为什么你的凯特姑妈知道这件事呢？"南恩有点哽咽。

"护士死的时候告诉她的。"朵薇严肃地说道。

"我想她是因为良心受责难才告诉凯特姑妈的。除了我，姑妈没告诉过任何人。我来克雷村看见卡西·德马斯，也就是南恩·布莱恩的时候，也发觉卡西和你妈妈一样有红色的头发，眼睛的颜色也一样，而你的眼睛和头发却都是褐色的，所以你和达恩长得不像。照理说，双胞胎应该长得很像才对，而且卡西的耳朵和你爸爸的一模一样。

"我经常觉得不公平，你过得这么幸福、安乐，像个洋娃娃，在壁炉山庄生活。而可怜的卡西却穿着破衣服，吃也吃不饱，有时六指吉米叔叔喝醉回来，还会打卡西！真不公平！"

南恩极力忍耐心中的痛苦，从一开始，大家就觉得很奇怪，为什么双胞胎的达恩和南恩，一点也不像呢？原来就是这个原因。

"朵薇，你告诉我这些话，你最讨厌！"

"不是你自己想听的吗？你上哪里去？"

南恩脸色发青地站起来。"回家，告诉我妈妈。"南恩回答。

"不可以，不可以！你忘了你发过誓，不可以告诉任何人的呀！"朵薇大叫。

南恩呆呆地望着朵薇，想起自己的确和朵薇有约定。妈妈也常说，人要守信。

"我也要回家了。"德威说道。

说着，德威抓起红洋伞就跑，只留下南恩独自在旧码头边伤心。南恩的小小世界已经崩溃了。朵薇知道，南恩一定会回家告诉安妮，到时候，自己的谎言就会被拆穿。

"幸好我星期天就回家了！"朵薇心想。

伤心、绝望、无助的南恩，独自在码头边坐了好几个小时。她不是妈妈的女儿，而是"六指吉米"的女儿。"六指吉米"，南恩一直觉得他很恐怖。她想到没有权利享受父母的爱，没有权利住在壁炉山庄。

啊！如果爸爸妈妈知道这件事，一定不会再像以前那样疼我，他们的爱会全部转移到卡西·德马斯身上。南恩低下头说道："真不知道该怎么办？"

第三十三章

海边的故事

"南恩，为什么不吃东西呢？"苏珊问道。

"是不是晒太阳晒得太久了？头痛吗？"妈妈担心地问道。

"嗯！嗯！"南恩顺势说道。

可是，南恩痛的不是头。要对妈妈说谎吗？如此一来，以后是不是还要对妈妈说许多谎？南恩知道，自己再也吃不下东西了。只要这个恐怖的事实存在一天，南恩就吃不下东西，却又不能告诉妈妈，因为自己和德威有约定。

苏珊不是曾经说过，不好的约定不遵守也没关系吗？但是这样会使妈妈痛苦，不管怎么样，绝对不能使妈妈痛苦，绝对不可以，爸爸也一样。

可是……卡西·德马斯怎么办？南恩不想称卡西·德马斯为南恩，至少在言语上不愿这么称呼，光是用想的，就觉得自己的存在被抹煞了。除了南恩·布莱恩，我不想成为其他任何人，我不要当卡西·德马斯。

　　但卡西·德马斯这个名字始终缠绕着南恩。有一周时间，南恩为卡西所恼，南恩不吃、不玩，照苏珊的说词，"就像失了神"，令安妮和苏珊万分烦恼！问她是不是因为德威·强森回去了。南恩也说不是，只说是疲倦、没精神。爸爸为南恩开药方，这些药比苦茶油还苦，但苦茶油现在对南恩而言，已经不算什么了。除了卡西·德马斯，南恩觉得一切都不是问题。

　　难道不该让卡西·德马斯拥有自己现在所拥有的"权利"吗？

　　自己，南恩·布莱恩……南恩狂乱地念叨着自己的名字——拥有卡西·德马斯应该拥有却没拥有的全部，这样对吗？不！不对！南恩相信这是不对的，她因此而感到绝望。南恩心中存有强烈的正义感与公正的精神，因此，她觉得应该告诉卡西这件事才对。

　　结果呢？大家肯定都不再注意她，爸爸妈妈将爱全部转移给卡西，她自己将成为爸爸妈妈不要的小孩，妈妈吻着卡西，唱着南恩最爱听的《夏日之歌》——

　　　　船儿向前行、海浪向前冲，
　　　　船上满载喜悦与幸福，
　　　　向我方前行。

　　现在，船上的喜悦和幸福，都变成卡西·德马斯的东西了；这星期日的学校音乐会上，应该由南恩扮演的仙女女王，改由卡西·德马斯担任，她将系上南恩的漂亮金带子，多么快乐啊！苏珊为卡西准备水果派，卡西和南恩的洋娃娃一起玩，睡南恩的床，也许达恩也很开心……天啊！达恩会喜欢卡西吗？

南恩终于忍不住了，不说出来不行，她要到港口向德马斯家的人说出真相！最好由德马斯家的人告诉爸爸妈妈，而不是由自己开口。

下了这个决定之后，南恩心情好多了，但心里的确相当悲伤。南恩晚餐时多吃了一点食物，因为这是在壁炉山庄的最后一餐。

"我再也不能叫妈妈为'妈妈'了，我讨厌叫六指吉米'爸爸'，我还是恭敬地叫他一声'德马斯先生'吧！这样他应该不会不高兴才对。"

南恩胸口闷闷的，抬头一看，苏珊拿着鱼肝油在等她。从此以后，就不能再吃苏珊做的食物了，只能羡慕卡西·德马斯了。

晚饭后，南恩立刻出门，一定得在天黑前到达，如果告诉苏珊或妈妈，一定会被斥责。她没有勇气换衣服，还穿着方格子休闲服。南恩心想，自己的漂亮衣服全是卡西的了。南恩穿上苏珊缝制的扇形花边小衬裙，她非常喜欢这件衬裙，卡西应该不会介意她带走一条小衬裙。

南恩往林里走，穿过村庄，越过码头，到达港边街道，表现出一副勇敢不屈的姿态，南恩并不认为自己是女英雄，因为做出这样的决定对她是如此艰难。不恨卡西，不害怕"六指吉米"，不转身回壁炉山庄都太难了。

天色渐渐暗了，海上布满乌云，混乱的闪电向海港及树木繁茂的丘陵上划过，渔夫们的家密密麻麻地挤在入海口。

南恩不喜欢渔家的味道，也不喜欢在沙滩上玩耍、争吵、追逐的一群孩子们。南恩止住脚步，问那些孩子们，"六指吉米"的家在哪里，孩子们好奇地望着南恩。

"就是那一家。"一个男孩子用手一指，"有什么事吗？"

"谢谢！"南恩道谢后立刻离开。

"一副高傲的模样！"有个男孩子挡在南恩面前。

"看见德马斯家后面的那间屋子了吧！我在后面的屋子里放了条海蛇，如果你不告诉我找"六指吉米"有什么事的话，我就把你丢到那间屋子里。"

"真是傲慢！"一位大女孩不屑地说道，"你是从克雷村来的吧！克雷村的人都这么高傲吗？快点回答比尔的问题！"

另一个男孩子说道："我要去淹死几只小猫，也可以把她淹死！"

"我们可以以十分钱的价格卖给你一颗牙齿。"另一位女孩子嘲笑地说道。

"我没带钱，而且你的牙齿对我也没什么用，"南恩鼓起勇气说道，"请别为难我。"

"真有骨气。"

南恩开始跑步，放海蛇的那个男孩子伸出一只脚，南恩被绊倒，摔到海潮的沙地上。

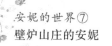

其他的小孩咯咯地笑了起来。

"哈哈！她穿着红色花边的衬裙！"一个女孩子叫道。

这时候，有个人喊"蓝色渔船进港了。"说着，孩子们全跑走了。

乌云越来越低，水呈现灰色。

南恩从地上爬起来，衣服沾满沙子，鞋子里也一样，但她终于摆脱了那些小孩的欺负。她心想难道这些小孩就是我以后的朋友吗？

不可以哭……不可以哭！

南恩到达"六指吉米"家门口，走上木制阶梯，港边的人家都是如此。"六指吉米"的家建在木台上，以防涨潮的时候会被淹到。木台下放着许多坏掉的盘子、空罐、捕渔网。大门开着，南恩环视从未见过的厨房。地板很脏，天花板尽是污点，一堆剩菜剩饭摆在旧木制餐桌上，还有零零散散没洗的餐具；黑色大苍蝇飞来飞去，一位头发蓬乱的女人坐在摇椅上哄一个胖小孩。小婴儿已经被污垢染成了灰色。

"那是我妹妹吗？"南恩心想。

南恩感谢吉米不在。

"你是谁？有什么事？"女人漫不经心地问道。

女人请南恩进去坐，南恩应声进门，外面已经下起雨来，听得到打雷声。南恩心想，该说些什么呢？南恩很想立刻逃出这个讨厌、肮脏的家，这个讨厌的婴儿、讨厌的苍蝇……

"我找卡西，有重要的事。"

"现在？像你这么小的孩子有什么重要的事？卡西现在不在家，和她爸爸搭车到上克雷村去了，像在这样的暴风雨天里，也不知道什么时候才会回来！"

南恩坐在一张坏椅子上，她听说港口人的生活很贫穷，但不知道情况这么糟。此时，南恩自我牺牲的火焰消失了！

"你找卡西有什么事吗？"德马斯夫人好奇地问道，"如果是为了主日学校的音乐会，那她是不可能去的，因为她没有漂亮的衣服。"

"不，不是音乐会的事。"南恩有点害怕地回答。

也许应把事情说给德马斯夫人听，反正她早晚都会知道。

"我找卡西是想告诉她……她就是我，而我就是她！"

德马斯夫人觉得莫名其妙："你是不是有问题啊？到底是什么事？"

南恩抬起头，最恐怖的事就要发生了："就是卡西和我是同一个晚上出生的，而且……因为护士憎恨我妈妈，所以把我和卡西对调，所以……所以……卡西应该到壁炉山庄生活，接受她应得的权利。"

德马斯夫人盯着南恩看。

"到底是我的头脑有问题，还是你的头脑有问题呢？我实在不懂你在说什么？是谁告诉你的？"

"德威·强森！"

德马斯夫人零乱的头发被风吹得更没条理了，也许德马斯夫人不精明，可是她的笑容让人感到舒服。德马斯夫人笑着说："原来是她呀！今年夏天，我帮那小孩的姑妈洗衣服，知道德威·强森是个坏小孩，很会说谎骗人，她说的话最好不要相信！"

"真的吗？"南恩瞪大眼睛询问。

"当然是真的啊！照年龄算来，卡西比你大一些，你叫什么名字？"

"我是南恩·布莱恩。"哇！太好了！她是南恩·布莱恩！

"南恩·布莱恩，就是壁炉山庄的双胞胎吗？哦！我还记得你出生的那个晚上，我刚好有事到壁炉山庄，那时我还没嫁给六指……那时卡西的妈妈还活着，而且卡西正在学走路……当时你奶奶也在场，她很得意拥有双胞胎孙女。所以啊，你要是相信那些鬼话，才真是傻瓜呢！"

"我总是相信任何人！"南恩很严肃地说道。

"哦？真不简单！"德马斯夫人很讽刺地说道。

南恩已经走在回家的路上，有了德马斯夫人的保证，南恩心中欣喜若狂。在这暴风雨中走回家，还真难为她了。闪电雷声就像要将世界分成两半，有好几次，南恩的脚陷入泥沼中，但一想到不久就可以回到壁炉山庄，她便微笑着继续往前走。

安妮走过来抱起南恩。

"南恩，大家都在为你担心，你上哪儿去了？"

"杰姆和华特都出去找你了，希望别感冒才好。"苏珊以严厉的口吻说道。

南恩觉得好像快不能呼吸了，当感觉到妈妈怀中的温暖时，她喘息地说道："妈妈！我就是我……真正的我，我不是卡西·德马斯，没有人可以当我。"

"可怜的南恩是不是头脑坏了？或是吃了什么东西中毒了？"苏珊说道。

安妮在南恩沐浴后，在床上听她讲所有过程。

"妈妈，我真的是你的小孩吗？"

"当然是啊！"

"我没想到德威会骗我。妈妈，我还可以相信别人吗？洁妮也向达恩说了谎。"

"她们只是你们认识这么多人中的两个人，并不是每一位朋友都像她们这样。世界上大多数的人都是值得信赖的，等你再稍微大一点，你就会区分'好人'和'坏人'了。"

"妈妈，我不想让华特、杰姆还有达恩知道我这么笨，可是……"

"放心，达恩和爸爸一起去罗布利吉了，而我们可以告诉杰姆和华特，说你到很远的地方，遇到暴风雨了。相信德威的话的确很傻，但你自愿牺牲而让卡西·德马斯恢复身份的精神，让妈妈很欣慰，你是个了不起而且勇敢的好孩子，妈妈以你为荣！"

暴风雨过去了，月亮环视这幸福的世界。

"啊！我就是我，真令人高兴。"在兴奋中，南恩进入了梦乡。

过了一会儿，安妮进房间看这个心爱的小女儿。看她沉睡的模样，安妮才安心地回房。

吉鲁伯特知道事情的真相后，非常生气，德威·强森现在距离壁炉山庄三十英里远，算她幸运。安妮却很自责。

"怎么可以让这个孩子受苦呢？我竟然没看出这孩子的心事，让她吃这么多苦头，可真难为她了！"

安妮俯身心满意足地看着两个孩子，这些孩子都是她的心肝宝贝，以前、现在、以后都是……安妮抖了一下，当一个妈妈的确很幸福，但也是一项很大的挑战。

"这些孩子将有什么样的人生呢？"安妮喃喃自语。

"他们一定有像自己的父母一样了不起的人生。"吉鲁伯特满怀信心说道。

第三十四章

妇 女 会

"以后妇女会缝棉被的集会会在壁炉山庄举行！苏珊，你可以表现你所有得意的拿手好菜，另外，也要准备几把扫帚！"吉鲁伯特医师说道。

苏珊宽大地接受男性对于重大事件的理解力的缺乏，露出了淡淡的微笑，但她觉得有点笑不出来，至少得等到有关妇女会晚餐的所有细节准备就绪才能松口气。

苏珊喃喃自语："南瓜派与烤地瓜、丝瓜泥混合。另外，夫人，这是铺那条新桌巾的机会，克雷村的人没见过那种桌巾，它一定会受到好评的。还有，要不要用蓝色及银色的篮子装花？一定很别致。"

"好！另外，将那三株漂亮的天竺葵装饰起来……摆在客厅或阳台把手上都可以。花还开得很美，但已不像夏天那么艳丽。每年秋天我好像都这么说！"

有许多事情需要安排，谁该坐在谁的旁边？像沙伊孟·米里逊夫人就不可以安排坐在威利·马克里夫人旁边，因为两人从小学时代起就不和，一直到现在，两人还互不往来。还有，该邀请谁也是问题。除了会员，招待两三位客人，是女主人的特权。

"贝丝特夫人和卡贝尔夫人如何？"安妮说道。

苏珊露出担心的表情。

"她们是外地人吧！夫人！"

"先生和我也是外地人啊！"

"可是先生的叔叔以前曾住在这里，而关于贝丝特家与卡贝尔家，大家都不了解。不过话说回来，这是先生夫人的家，夫人打算邀请谁，我都没有理由反对。我还记得几年前在卡达·弗拉格夫人家缝坐垫的时候，弗拉格请来不认识的女人，那女人穿着混纺纱衣服，与妇女会格格不入。卡贝尔夫人也令人有些担心，她的衣服非常考究，要是我的话，决不会穿着像紫阳花般的蓝色衣服到教会去！"

安妮也有同感，但仍微笑着说："苏珊，那件衣服和卡贝尔夫人的银发很相配，而且她说很喜欢你加入香料的点心。"

"那不是每个人都会做的。"苏珊从此不再指责那紫阳花般的蓝色衣裳，此后，即使看见卡贝尔夫人穿着斐济岛土著民的衣裳，苏珊也会以其他原因赞美她。

虽然已是秋天，但仍飘着夏天的气息，与其说集会的日子是十月，倒不如说像六月。妇女会会员们都期待着精彩纷呈的八卦新闻和壁炉山庄的晚餐。

苏珊故意以优美的步伐引导妇女们进入客厅，一想到没有人拥有用一百条线编织出来的宽五寸的围裙，苏珊心里就很高兴。一星期前，苏珊在夏洛镇博览会上以此条围裙得到优等奖，苏珊与贝卡·狄恩就是在此次博览会上碰头，度过了愉快的一天。当天晚上，苏珊是爱德华王子岛上最幸福的女人。

苏珊脸上装出满不在乎的样子，但心里却是浮想联翩。

雪莉亚·里斯来了，和平常一样总是带着微笑。玛拉·马里穿着红色的天鹅绒裙子，这在坐垫集会上似乎太华丽了，但的确和她蛮配的。阿莎·杜尔还是和往常一样，眼镜用绳子系住。雪拉·德伊拉，这也许是她最后一次缝坐垫，医生说她心脏非常衰弱，但现在精神相当好。德娜尔德·里斯夫人，上天保佑，她没带着芙莉·安娜一起来。上克雷村的珍妮·巴尔来了，她不是会员，晚餐后苏珊想数一数汤匙，因为那家的人全都爱小偷小摸。

接下来是康蒂丝·克罗弗达，她不常出现在妇女会上，但在缝坐垫的集会上，她那双漂亮的手一定会戴上戒指炫耀一番。埃玛·保罗曼，她的衬裙都从裙子下面露出来。马莎·克拉萨斯来了，那位好久不见、擅长料理的女人。巴克斯塔长老的夫人……长老好像是马尹那追到的哈罗鲁德·里斯，但哈罗鲁德没有背骨，只有胸骨，圣书上不是说这不是美人吗？

人都到齐了，几个人将线穿入针孔内。

垫子被拿到宽广的阳台上，每个人的舌头都和手指一样忙，安妮和苏珊则在厨房埋首于晚餐。因为喉咙痛而请假没上学的

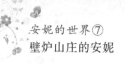

华特，在阳台阶梯上轻轻叹息，但正在忙着的大人们并没注意到他。华特总是喜欢听大人的谈话，他觉得大人们的谈话常令人惊讶，有很多不可思议的事情——可以当做"思考的材料"。

在所有妇女当中，华特最喜欢玛拉·马里夫人。马里夫人的笑很亲切，眼睛四周有充满朝气的小皱纹，即使马里夫人简单的话，也像戏剧一般生动，不论到何处，都可使人充满快乐。而且她穿着樱桃红的天鹅绒裙子确实很漂亮。

华特最讨厌的人是像针一般瘦的德姆·查布夫人。也许是因为德姆·查布夫人曾经说华特是个"软弱的孩子"！华特觉得阿兰·米尔库雷布夫人好像灰色的雌鸡。克兰·克罗夫人长得像长腿的桶。年轻的黛薇特·拉萨姆夫人有铅色的头发，相当美丽，黛薇特结婚的时候，苏珊曾说："老百姓中的美女还真多。"新婚不久的莫顿·马克杜卡尔夫人看起来像一朵睡眠中的白色花朵。克雷村的女装裁缝艾蒂丝·贝利有一头轻云般的银色鬈毛和黑色的大眼睛，看不出是"老小姐"。

华特也喜欢年纪最大的蜜特夫人，她亲切，有一双宽容的眼睛，不常开口，只是听他人说话。华特不喜欢雪莉亚·里斯，她对每个人都摆出那种笑容，一副虚伪的模样。

大家还没真正进入正题，只是说一些天气、问候之类的话，所以华特也很清闲，只想着今天天气真好，广大的草坪上有巨大的树木，世界上亲切伟大的神以黄金般的手腕拥抱万物。在喧嚷声中，莎孟特·木里逊夫人说道："那一族的葬礼真令人惊讶，相当有名，没有一位参加彼得·卡库葬礼的人，会忘记当

时的情形。"

华特侧耳倾听，这好像很有趣，但不知莎孟特夫人一开始是怎么说的，不晓得是大家都参加葬礼了，还是只是听说。但为什么大家的脸色都那么难看？

"是没错，但可怜的彼得已经入土了，应该让他安息。"德姆·查布夫人一副只有自己的想法才正确的嘴脸，好像有什么人打算把彼得从坟墓挖出来一样。

"美莉安总是会说一些很聪明的话，"里斯夫人说道，"你们知道那天我们去参加马加利特·赫利斯塔的葬礼时，她是怎么说的吗？'妈妈，葬礼中有冰淇淋吗？'"

几位妇女交换神秘的微笑，大部分人都不去搭腔，里斯夫人在话中不断提到美莉安——"美莉安会怎么说呢？"

雪莉亚·里斯说道："我还没结婚的时候，蒙布雷·那罗斯发生了很奇妙的事，有消息传来，到西部去的史坦特·雷恩死了，史坦特家的人打电话要求将尸体运回来，但办丧事的渥雷斯·马克阿利史塔提醒他们不要开棺。当葬礼开始的时候，史坦特·雷恩却雄纠纠气昂昂地走了进来，而在棺材里的尸体究竟是谁，没人知道。"

"尸体怎么了？"阿卡莎·杜尔问道。

"埋葬了，渥雷斯说不能将尸体置之不顾，但那不可以说是葬礼，因为每个人都为史坦特的平安归来而高兴万分，大家都露出了笑容。"

"你们知道美莉安说什么吗——'妈妈，牧师是不是什么都

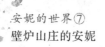

知道？'"

"杜孙先生总是在紧要关头失态，"杰恩·巴尔说道，"当时，上克雷村是杜孙先生教区的一部分，大家现在仍然记得那时的情形。当星期天群众散去后，他才想起来忘记募集捐款了。因此，他拿着捐献箱跑到庭院跟人一个个讨，如此才有人开始捐献，实在是有失威严。"

"他也帮助我那可怜的贾威斯下葬。"说着，乔治·卡夫人落下眼泪，她丈夫去世也有十年了。

"那个人的弟弟也是牧师，"克莉丝·马修说道，"我还没出嫁时，他在克雷村。有一晚，在公会堂举行音乐会时，他也是演讲者之一，我觉得他讲得没什么意思。"

接着埃玛夫人说了一段"历史"。

"阿布那·克罗姆威尔住在罗布利吉附近一个最大的农场里，当时是议员，为保守党的大人物之一，与岛上大人物均有往来。阿布那妻子的妈妈是里斯家的人，奶奶是克罗家的人，因此他几乎跟港边的每个家族都扯上了关系。

"有一天，《每日新报》公告阿布那·克罗姆威尔在罗布利吉突然死亡，葬礼在第二天下午两点举行。不知为什么，阿布那·克罗姆威尔自己没看到这个消息，当然，当时那地方还没有电话。隔天一早，阿布那为了出席自由党集会，而到女王游艇上。两点一到，参加葬礼的人纷纷到达，由于阿布那非常有名，所以来的群众很多，街道马车排了三英里远。下午三点人群陆续集中，阿布那夫人慌张地想让大家知道自己的丈夫并没有死。一开始，也有很多人不相信阿布那夫人所说的话，后来他们虽然肯相信了，却表现得好像阿布那没有死反而对不起他们一样。远方亲戚陆续到达，打算在这里吃晚餐和过夜，茱莉亚的确还没准备好。两天后，阿布那回家一看，茱莉亚神经衰弱地躺着，需要几个月才能恢复，她六周几乎没吃东西，听她说即使真的有葬礼，也不会比那更让人难受，不知是真是假……"

"这可说不定。茱莉的姐姐克拉里斯，丈夫刚下葬那个星期天，就跟往常一样去唱诗班唱歌了。"马克里夫人说道。

"我过去也喜欢去海岸边又唱又跳，那里没人会听到。"马拉·玛莉说道。

"最初，大家觉得那张公告是在开玩笑，因为两三天前阿布那在选举中失败了。最后才了解，原来是阿马沙·克罗姆威尔死了。他住在罗布利吉另一个未开发的荒凉的地方，没有亲戚，是他死了，大家却误认为是阿布那·克罗姆威尔……"

"毕竟好多人从老远赶来，却发现扑了个空，是会有点想法的。很多人一般都喜欢参加葬礼。"德娜尔德·里斯夫人说道，"美莉安参加伯父克顿的葬礼时，高兴地问：'妈妈，我们把伯父挖出来，再葬一次好不好？很好玩！'"

大家都笑了起来……只有长老夫人拉长面孔绣着坐垫。

"还记得阿布那的弟弟为他妻子写的追悼文吗？"阿兰·米尔克雷伊夫人问道，"开始就以'神以只有他自己才知道的理由行事，为何我表哥的丑妻活着，我美丽的妻子却走了'这段话

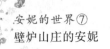
而引起轩然大波，我永远也忘不了。"

"为什么这种东西会登在报上？"贝斯特夫人问道。

"因为当时他自己就是《每日新报》的总编辑呀！"

"对了，雷姆·安德逊今天应该和德罗西·克拉克举行结婚典礼。"

话题往愉快的方向走，米里逊夫人说道："可是，他曾发誓，如果洁恩·艾莉梅特不和自己结婚的话，就要自杀，至今还不到一年呢！"

"年轻男人总是善变的。"查布夫人说道。

"真令人讶异，今年春天，德罗西不是还和弗兰克·克罗在一起吗？"阿莎·杜尔说道。

"德罗西和弗兰克倒是挺相配的一对。"巴克斯塔长老夫人颤抖了一下，加入其他妇女群中。

"埃达还没订婚吧！"埃玛·保罗问道。

"嗯！目前只相过亲，她和她妹妹都很会选丈夫，她姐姐宝琳嫁到对岸第一大农场家中去了。"

"宝琳虽然漂亮，可是想法愚笨，有时我觉得她不大会判断事情。"米尔克雷布夫人说道。

"对了，雷姆和德罗西住在哪里？"米德夫人问道。

"雷姆在上克雷村买了一片农场，就是罗贾·卡雷夫人杀了她丈夫的地方。"

"杀了她丈夫？"

"是啊，她做得有点过头了！"

"难道没遭到制裁？"卡贝尔夫人瞪大眼睛问道。

"谁都不会逼得邻人走投无路，而且卡雷家在上克雷有很好的人缘，也有人认为她丈夫本来就该死。卡雷夫人到美国再婚，已经去世好几年了，第二任丈夫活得比她久，那已经是我小时候的传说了。据说罗贾·卡雷的幽灵还在。"

"文明世界中，还有人相信幽灵吗？"巴克斯塔夫人说道。

"为什么不可以相信幽灵呢？"奇里·马克阿里斯塔反问，"幽灵不是挺有趣的吗？我知道有男人被幽灵缠身，那个幽灵总是嘲笑他，常常使他发怒。"

"马克德卡夫人，拜托把剪刀给我。"

马克德卡夫人涨红了脸，她刚新婚，所以不太习惯被称为马克德卡夫人。

"对岸杜尔阿克斯家这几年来也有幽灵出现，家中经常出现奇怪的敲打声！"克里斯奇·马修说道。

"他们家人都常腹痛。"巴克斯塔夫人说道。

"当然，幽灵这样的东西，不信也不行，"马克阿里斯塔夫人说道，"我妹妹在诺布斯一户人家工作，那户人家经常出现咯咯的笑声。"

"那应该开心啊，要是我就不怕这种幽灵。"马拉说道。

"那一定是猫头鹰。"巴克斯塔夫人说道。

"我妈妈临终床铺的四周，曾出现很多天使。"阿卡沙·杜尔悲伤中带着得意的口气说道。

"天使并不是幽灵。"巴克斯塔夫人说道。

"说到你妈妈,那巴卡叔叔如何?"查布夫人问道。

"有时情况很糟,我对妹妹说:'让他穿黑色衣服吧,那样无论发生什么事都不用担心了。'"

"你们知道美莉安怎么说吗？'妈妈,我祈求上帝赐予我卷头发,我连续每晚祈祷了一星期,可是他什么也没给我。'"

"我也连续二十年对神祈求同一件事情。"布尔恩·加卡夫人以痛心的语调说道。这是加卡夫人第一次发言,但她并没将眼光从棉被上离开。加卡夫人缝的棉被是出了名的漂亮。也许因为她在聊天时也不分心,一针针都精确地刺下去。

瞬间,在座鸦雀无声,都在期待加卡夫人说出她的愿望,但这并不是适合在缝棉被集会上讨论,所以加卡夫人不再开口。

"梅恩·弗拉格和比利·卡达好像解除婚约了。比利和对岸的由马克特加尔家的人交往,是真的吗?"马莎·库拉萨斯填补了适当的空隙。

"是啊! 到底是什么原因,谁也不知道。"

"真可惜,为了一点小事而毁掉姻缘,"康蒂丝·克罗霍特说道,"你们看看狄克·普拉德和莉莉安·马克阿里斯塔,他们一起去郊游,狄克向莉莉安求婚时突然流鼻血了。就在往溪边去的时候,狄克遇见一位陌生姑娘借手帕给他,狄克于是爱上这位姑娘,两周后就结婚了。"

"你们听说了上个星期六晚上,在码头边米尔德·库巴的店里,比克·吉姆·马克阿里斯塔发生了什么事吗?"扎伊尔孟夫人问道,她觉得是时候说一点比较轻松的话题,而不要说来说去不是幽灵就是被抛弃的女人，"米尔德在夏天也有烤火炉的习惯，上个星期六晚上因为有点冷，所以米尔德又把炉子烧起来了。可怜的吉姆·马克阿里斯塔哪里想得到有人会在这时候烧炉子，他就坐了下去。哎，他就这样烧伤了自己的……"

扎伊尔孟夫人停顿了一会儿继续说道："屁股。"

华特附和一声："屁股！"

这时，妇女们均惊讶地抬起头来，华特一直在这里吗？大家开始回想，刚刚是不是有说些儿童不宜的话呢？每个人的舌头好像麻痹了一般。

就在这时候，安妮从厨房走出来，请大伙儿休息吃晚餐了。

"再一会儿就可以完成了。"艾莉沙贝丝·卡克说道。

棉被完成后，大家拿起来抖一抖，张开一起观赏。

"真想知道它会盖在谁身上。"玛拉·马利说道。

"大概是妈妈会将它盖在她的第一个小婴儿身上。"安妮说道。

"也许是在寒冷的大草原上，小孩子缩在这底下睡觉。"可娜莉亚不经意地说。

"或许是上了年纪的风湿痛者，盖着这条棉被睡觉。"米希夫人说道。

"希望没有人会盖着这条被子死去。"巴克斯塔夫人发出悲伤的声音。

大家往餐厅走去时，德娜尔德夫人说道："在到这里之前，你们知道美莉安说了什么吗？'妈妈，不要忘了将自己盘子里

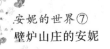
的食物吃光。'"

一群人在餐厅就坐后祷告，也许从下午一直工作到现在，大家都饿了，便都心安理得地坐下来进餐。

晚餐后，妇女们回家了，洁恩·巴卡夫人和萨孟特·米里逊夫人一起走到村庄。

"苏珊看到那些碗盘一定很高兴，大家都吃得精光。"洁恩说道。

"是啊，菜肴和杂志上的图案好像哟！真是丰富的晚餐，餐厅也布置得很漂亮！"

"壁炉山庄好像撒满八卦的余烬。"吉鲁伯特说道。

"我没有缝棉被，不知道她们说了些什么。"安妮回答。

"是啊，安妮！"最后留下来帮苏珊收拾棉被的可娜莉亚说道，"你从不聊八卦，你在的时候，她们从来不敢乱讲话。"

"你们谈了些什么？"

"今天大部分人都说了一些和死亡有关的事情，"可娜莉亚说出阿布那·克罗姆威尔的葬礼笑话后，自己也笑了起来，"还有什么幽灵之类的话题。"

"夫人，汤匙完整无缺，而且桌布也没弄破。"苏珊报告。

"好了！我该回去了，下星期马贾尔如果杀猪的话，我再拿肋骨过来。"可娜莉亚说道。

华特独自坐在阶梯上做梦，他想，黑暗是从什么地方笼罩大地的呢？世界上有没有一千零一夜中的茶壶呢？月光照射的古松树影，好像一个瘦长的老魔，我会不会在偶然的机会里，

踏进仙女国呢？

"华特，不可以坐在这里，"妈妈出来说道，"天凉了，别忘了你喉咙还没好。"

这时，魔法被打破了，魔法之灯熄灭了，草坪依旧美丽，但已经不是仙女之国。华特站了起来，说："妈妈，彼得·卡库的葬礼发生了什么事，可不可以告诉我？"

安妮想了一想，打了个寒战。

"现在不行，也许……以后吧！"

第三十五章

月夜情怀

安妮独自在房里，因为吉鲁伯特外出看诊了。她坐在窗边享受月光照耀房间的奇妙之美。

"沐浴在月光中的房间，总是和平常的不一样，房间的性格全变了，不太亲切、不太有人情味，好像我是个入侵者。"

忙了一天，安妮有点疲倦，但现在万籁俱静。小孩子们都睡了，壁炉山庄返回寂然的状态，只有厨房中苏珊做面包发出的搅拌面粉的声音，是极有节奏的调子。

窗外传来夜的声音，每一样都是安妮熟悉而心爱的。港边的低沉笑声漂流而来，好像谁在克雷村唱歌一般，余韵缭绕；海面上有银色的月光，壁炉山庄被影子包围；彩虹谷有猫头鹰的叫声。

"今年夏天真愉快！"安妮心想。

然后她想起上克雷村的哈兰特·克蒂伯母曾说过："不会再有第二个相同的夏天了。"

不会再有完全同样的事情。小孩又长大了一些，莉娜也该上学了。"以后，我身边不再有小孩子跟着了。"想着想着，安妮不禁悲伤了起来，杰姆已经十二岁，已经谈到"入学考试"。杰姆，"梦中小屋"中的小婴儿，仿佛只是昨天的事。华特一天天地长高，有一天早上，安妮听见南恩在对达恩说学校某个"男孩子"的事情，达恩脸颊微红……是的，这就是人生，充满喜悦与苦痛，希望与不安，而且不停地变化，不得不变化，舍弃旧物，接受新物，这就是宇宙循环，春去秋来，夏天又被埋没在秋天中。

人也一样：诞生，结婚，死亡。

安妮突然想起华特提到彼得·卡库葬礼的事，那件事已经发生好几年了，但印象深刻，去那个地方的人，也无法忘却吧！

坐在明月照射的窗台边，安妮脑海中再度浮现出那段回忆。

那是十一月的事，他们在壁炉山庄度过的第一个十一月——持续一星期风和日丽的好天气。卡库家住在蒙布雷·那罗斯，但到克雷教会做礼拜，也是吉鲁伯特的患者，所以吉鲁伯特和安妮均参加了葬礼。

安妮记得那是一个温和、平静、如珍珠般灰色的日子，到处充满茶色与紫色的十一月景色。当太阳破云而出时，大家都会站在高台上享受日光。

"卡库家的小路"就在海岸边，潮风穿过阴郁的枞树吹过来，这是非常富裕的家庭，但安妮觉得 L 型的房子看起来就像一张

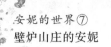

细长、坏心眼的脸。

安妮停下脚步，和在草坪上的一小群妇女谈话。

"忘了带手帕，眼泪流出来该怎么办？"布莱安·布雷克夫人哀伤地说道。

"有哭泣的必要吗？"她先生的妹妹卡米拉·布雷克当头棒喝。卡宾拉最讨厌爱哭的人，"彼得·卡库又不是你的亲戚，而且你不是不喜欢这个人吗？"

布雷克夫人脸色为之一变，说道："我觉得在葬礼上哭泣是一种礼仪，邻居被上帝召回永远的家时，哭泣是人之常情。"

"喜欢彼得的人则另当别论，除此之外，没有人会在彼得的葬礼上哭泣。"卡奈斯·罗特夫人冷酷地说道。

"这是事实，谁都知道这个人是个城府很深的老骗子，小门那儿进来的是谁？别说那是克拉拉。"

"是她！"布莱安夫人表现出无法相信的表情。

"彼得的第一任夫人去世时，克拉拉向彼得表示，她不会再踏进这个家门一步，除非到他葬礼的那一天。克拉拉是彼得第一任夫人的姐姐。"卡米拉告诉安妮。

安妮好奇地瞄着克拉拉。

威尔逊·克拉拉的眼光不注视任何人，只是盯着前方看，她的面孔阴郁而悲伤，是上了年纪的妇女，帽子下看得到黑色的头发。克拉拉不看任何人，也不和任何人说话，直接拖着长裙走过草坪，登上阳台阶梯。

"杰特·克林顿以葬礼上惯有的表情站在玄关那里。"卡宾

拉讽刺地说道。

"我想我们该进去了，这个男人应该感到很欣慰，自己的葬礼如预定般进行。如果威尼·克罗在说教前倒下的话，一定不被原谅，说完之后就另当别论了。唉！这个葬礼好像不会有人倒下去。"

"杰特·克林顿不是负责罗布利吉的丧事的吗？为什么不找克雷村的人呢？"里斯夫人问道。

"请谁呢？卡达·弗拉格吗？可是彼得和卡达是死对头啊！因为卡达喜欢艾美·威尔逊。"

"喜欢艾美的人很多，她是个很漂亮的小姐，有红铜色的头发和墨汁般乌黑的眼睛，虽然那时人们认为两姐妹中克拉拉要更漂亮些。她不结婚，难道一点也不奇怪吗？接着，罗布利吉的欧延牧师来了，因为他是欧里比亚的表哥。"

安妮往椅子方向望去，同时看得到彼得·卡库。安妮并不喜欢这个人，第一次见面的时候，就觉得他有一张"残忍的脸"，眼睛如钢铁般冷淡，又如守财奴般无情。

"真是伟大的人。"安妮听到不知从谁口中说出的话。总的来说，彼得是个受人尊敬的人。

彼得应该觉得骄傲，死亡和生前一样，场面很壮观，安妮在低下头时偷偷瞧见和自己坐在同一侧、穿着丧服端坐的欧里比亚·卡库。欧里比亚身材高挑、皮肤白皙，有着蓝色的大眼睛，是个美女——彼得·卡库曾说："丑女人是入不了我的眼的。"她的脸安详，面无表情，看不见泪痕……欧里比亚是兰达

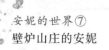

姆家的人，那家人不会将感情表露于外，至少，欧里比亚仪态端正地坐着，穿着沉重的丧服。

包围灵柩的花香充满空中，这些是送给似乎不知道有花存在的彼得的，屋子里有几个花圈排列着，有房客的、教会的、常务评议会的。彼得长期疏远的独生子什么也没送，卡库--族则送了一个大白蔷薇花圈。卡米拉·布雷克的脸上有奇怪的表情。

安妮想起卡米拉说的话，彼得在第二次结婚典礼后不久就回到卡库家，他交代将新娘带来的盆栽丢出去，原因是为了不使家中混乱。

欧里比亚表情冷静，乐队唱着"死亡如狭窄的海，从此往天国去"的歌。安妮捕捉到卡米拉的眼神，似乎在怀疑彼得往天国去是否适当。

牧师开始翻开《圣经》的一章，卡米拉拿起手帕遮脸，并不是因为流眼泪；史德芬·马克·德娜尔德也以手帕遮口咳嗽；布莱安夫人不知向谁借了手帕，蒙面而泣；欧里比亚的蓝色眼睛依然没有眼泪。

杰特·克林顿叹了一口气，一切都进行得很顺利，再唱一首赞美歌，然后就是照惯例跟遗体告别了。在他生涯中，又多了一次成功的葬礼。

宽广的房间的一角，克拉拉·威尔逊像个迷路的孩子，她通过椅子之间，往灵柩旁边的桌子进来。此时，克拉拉面对着大家，帽子稍微歪向一边，卷起的黑发再度落至肩上，像患了不治之症一般凄惨。

　　"不管你们是为表示'敬意'而来，还是为了满足好奇心而来，现在我要告诉你们有关彼得·卡库的事。我不是伪善者………彼得在世时我不怕他，死了之后我也不怕他，以前没有面对彼得说出这些话的勇气，现在我必须告诉各位………在葬礼中，被称为好丈夫、亲切邻居的彼得，真的是好丈夫吗？

　　"这个男人和我的妹妹艾美结婚，就是我美丽的妹妹艾美，她是个多么温柔美丽的女子，相信大家都知道吧！但这个男人使艾美度过了悲惨的一生，欺侮、凌辱……这个男人喜欢做这些事。是的，我妹妹每周上教堂认真祈祷，可是这个男人是个暴君，只会欺负弱者。连自己家中养的狗，听到这个男人的脚步声，都会吓得立刻逃开。

　　"我很后悔让艾美和这个男人结婚，而且是我亲自为艾美披上新娘礼服。艾美一开始只沉醉在这个男人的怀抱中，但结婚后才一周，就知道这个男人的真正面目。由于自己的妈妈像个奴隶般任由他父亲驱使，所以他也以像对待奴隶的方式对待自己的妻子。他说：'在我家，顶嘴是没有用的。'可怜的艾美，连顶嘴的力量都没有……她的整个心都碎了，我可怜又可爱的艾美，这个男人不让艾美到花园，不让艾美养猫，连我送艾美的一只猫，也被这个男人淹死了。

　　"艾美花的每一分钱，都必须说明用途，谁看过艾美整整齐齐的打扮？下雨的时候不准她戴帽子，这个男人一生中没笑过……有人听过他笑吗？在第一个婴儿不幸夭折而她奄奄一息时，那个男人微笑地说，除了一个死孩子她什么都没有。

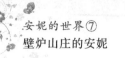

"十年之后,艾美真的死了,我想这正合那男人的心愿,当时我曾经对那男人表示,除非参加他的葬礼,否则我不会再到他家。现在,这个男人死了,而这些事情你们知道吗?"

克拉拉从上而下望着死者,感到胜利与满足。大家都在等待她爆发复仇的大笑声,但克拉拉·威尔逊怒气的脸却突然皱成一团,像孩子般哭泣起来。克拉拉哭了。

泪流满面的克拉拉奔出屋外,欧里比亚·卡库挡在她面前,扶着她。一瞬间,两个女人互相对视。整个房子保持沉默。

"谢谢!克拉拉·威尔逊。"欧里比亚·卡库说道。她的表情和平常一样,令人捉摸不定,沉着稳重的声音使安妮发抖。克拉拉不论彼得是生是死,对他的恨意都不会减轻,但安妮感觉得到,这份恨意比起欧里比亚对彼得的恨意,只是九牛一毛。

杰特对交在自己手上的葬礼搞砸,非常生气,克拉拉哭泣着穿过杰特身旁往外跑。杰特原本打算唱最后的赞美歌,还有请亲友跟遗体告别,但此时都省略了。现在唯一适当的处置是立刻盖棺,尽早将彼得埋葬。

安妮一面走下阶梯一面感叹,两个女人的恨意何其深啊!从刚刚那个令人喘不出气的屋子出来,才发现户外的空气真是太美好了。

下午天气渐渐寒冷起来,草坪上到处都是三五成群地对刚刚发生的事窃窃私语的人,此时还看得到穿过牧场回家的克拉拉的身影。

"还好吧?"涅尔逊·克雷伊库说道。

"不像话……不像话。"巴库斯塔长老说道。

"为什么没人阻止她呢？"亨利·里斯说道。

"为什么？因为大家都想听听看她说些什么啊！"卡米拉顶了回去。

"我还记得彼得和艾美亲密时的情形，"詹姆士·保达回忆道，"那年冬天，我向我的妻子求婚，当时，克拉拉还是一位年轻、标致的女人。记得那时候，我还吃过克拉拉亲手做的樱桃派呢！"

"克拉拉本来就是个嘴巴刻薄的人，"保斯·威廉说道，"克拉拉进来时，我就感觉到一股奇怪的气氛，但做梦也没想到她竟会做出这种事。"

"她的一生都是我们的话题，连死也不得安宁。"卡米拉说道。

意气消沉的杰特集合抬棺人将灵柩运出，当马车行列慢慢出发时，好像听见在贮藏室内悲鸣的狗声。到最后，也许只有这只狗为彼得·卡库悲伤了。

安妮在等吉鲁伯特时，史帝芬也来了。史帝芬是上克雷村的人，身材高大，有着像古代罗马皇帝般的头，安妮一直很喜欢史帝芬。

"也许快下雪了，都十一月了，从来没遇过如此令人感慨的事情吧，夫人？"

"嗯！但我每年都为春天的逝去而伤心。"

"春天……春天！夫人，我老了，我觉得季节都变了，冬天

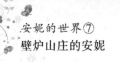
不再像过去的冬天。春、夏、秋也一样，年年不同。想想看，克拉拉也挺可怜的……夫人认为呢？"

"好像胸膛被系得紧紧的，那种恨意……"

"以前克拉拉挺喜欢彼得的，当时克拉拉长得很标致，乳白色的脸、小卷的黑发。但艾美笑得充满活力，又擅于跳舞。所以彼得舍弃克拉拉而追求艾美，没想到结果却变成这样。"

在乘马车回家的途中，安妮想起欧里比亚感谢克拉拉的眼神，似乎在说："其他女人受到如此悲惨的待遇，我有如此幸福的权利吗？"

安妮站起来，那已经是近十二年前的事了，克拉拉·威尔逊已经死亡，欧里比亚·卡库则往沿海地区再婚，她比彼得年轻许多。

"时间比我们想的亲切，它可以淡化记忆，但彼得·卡库的葬礼始末，能让华特知道吗？不！现在还不是时候。"安妮心想。

第三十六章

小莉娜与点心

莉娜盘脚坐在壁炉山庄阳台的阶梯上，看起来很不开心，也许有人会说，这么受宠爱的小女孩，有什么事情值得烦恼呢？这些人大概忘了自己的孩提时代，在大人看来是细微的小事，对小孩而言可能就是黑暗恐怖的悲剧。莉娜现在就沉到绝望的谷底了。

苏珊请莉娜下午将为孤儿院恳亲会所做的"金银蛋糕"送到教会去。

莉娜为什么为了这件事烦恼呢？其中必有原因。小孩的想法有时很奇妙，莉娜是为了什么原因呢？为什么让别人看见自己拿着点心会觉得很羞耻呢？

原因是，当莉娜五岁的时候，曾看过琦里·贝克婆婆拿着点心走在街上，林中的小男孩们就围在琦里身边边走边叫嚷。琦里婆婆住在港口，非常肮脏，穿着破破烂烂的。

男孩子们流利地唱着——老琦里·贝克，偷了一个蛋糕，肚子痛得直叫。

莉娜无法忍受自己遭受相同的对待，这个念头一直留在她的脑海里，如果拿着点心走在街上，就无法成为"淑女"了。因此，莉娜悲伤地坐在台阶上，缺了一颗门牙的可爱的小嘴巴惯有的微笑不见了。莉娜似乎饱受摧残的样子，连大大的淡褐色眼睛都失去了昔日的光彩，只充满悲伤的痛苦。凯蒂就曾经说过——"莉娜的眼睛像仙女"——至今，莉娜的眼睛仍然比嘴巴会说话。

早上，父母都到夏洛镇去了，其他小孩也上学去了，家里只剩下莉娜与苏珊。通常在此情况下莉娜都会很开心，她从来不觉得无聊，因为她可以和小猫一起到彩虹谷玩，可以幻想，可以看天空变化无常的云，可以看在金莲花上飞来飞去的大熊蜂……但现在，世界完全变了，莉娜只陷于必须拿着蛋糕到教会去的恐惧之中。

莉娜知道孤儿院在罗布利吉，知道那里住着没有父母的小孩，也知道那些小孩很可怜。但即使如此，她也不愿为了孤儿院的可怜小孩，而拿着蛋糕走在街上，她克服不了心中恐惧。

如果下雨的话，大概就可以不去了。莉娜双手合十开始祷告。

"上帝啊，拜托降雨吧！下大雨吧！"

莉娜想到另一个可能性可以救自己："上帝啊！请让苏珊的蛋糕烤焦吧……"

对岸低丘轰隆隆地，是不是雷声？或许上帝听见了莉娜的祷告也说不定，在她还没出门前就会发生地震。会不会在紧要关头肚子痛？

要是妈妈在家就好了，妈妈一定会知道我的心事。当爸爸的照片出现在《每日新报》上时，莉娜担心得不得了，妈妈立刻就看出了莉娜的心事。在莉娜躲在棉被里哭时，妈妈进来了，问出原来莉娜以为出现在报上的照片都是杀人犯，妈妈立刻纠正了她的观念。不论什么时候，妈妈都了解自己的心事，要是妈妈在家，一定不愿看到自己的女儿被认为像琦里婆婆一样。

午餐吃得并不愉快，虽然苏珊拿出有玫瑰花纹的漂亮盘子给她用。这个盘子是今年林顿夫人送给莉娜的生日礼物，通常只有星期天才可以使用，现在拿出来……一定非做那件事不可了。

"苏珊，可不可以等南恩和达恩放学后再送蛋糕过去？"莉娜结结巴巴地问苏珊。

"达恩放学后要和洁西·里斯一起回家，南恩也不知要上哪去，而且到时候也来不及了，因为恳亲会必须在三点之前切好蛋糕。怎么了，小胖子，平常你不是很爱去寄信什么的吗？"

的确，莉娜是有一点胖墩墩的，可是她最讨厌被别人叫小胖子。

"不要叫我小胖子。"莉娜慎重地说道。

苏珊笑了起来，莉娜搞不懂，为什么自己说话总让人发笑，她觉得自己总是很认真、慎重地说话啊！只有妈妈不会这样嘲笑我，即使莉娜以为爸爸是杀人犯的时候，妈妈也没有嘲笑我。

"恳亲会是为没有父母的可怜孤儿募捐的哟！"苏珊向她说明，好像她是什么都不懂的小孩！

"我也和孤儿差不多，现在爸妈都不在家。"

苏珊又笑了。

为什么没人了解我呢?

"这个蛋糕是你妈妈答应送给孤儿院的，我没时间送去，所以请你一定要送去，好不好？你可以穿那件蓝色格子的衣服去。"

"我的洋娃娃生病了，躺在床上，我一定要陪她。"莉娜想尽办法推托。

"你的洋娃娃在你回来时就好了，你来回只要三十多分钟。"苏珊无情地答复。

没希望了，连上帝也不救她，一点下雨的迹象也没有。莉娜好想哭，她爬上二楼，换上一件绣花薄纱衣服，戴上有小菊花的帽子。也许，自己打扮得整齐一点，别人就不会把我想成是琦里婆婆了。

"家里的小孩都长大了，莉娜都已经能独自送蛋糕到教会了。"目送莉娜出门，苏珊感慨地说道。

为了这些小孩而投入自己的生命、青春，苏珊一点也不后悔。

自从上次莉娜在教会中睡着并从椅子上跌下来之后，莉娜觉得没比这个更羞耻的事了。平常莉娜最喜欢上街，可以看见很多新鲜的事物，但今天不同，路旁的一切都引不起她的兴趣。

两位少女边走边耳语，莉娜想象着两人在说些什么。驱赶马车的男子回头看莉娜，心想，这是壁炉山庄的女孩吗？真标致啊！但莉娜认为男子的眼光一直在看蛋糕，另外，恩妮·杜尔和她爸爸坐马车经过时，莉娜感觉他们一定在嘲笑自己。

十岁的恩妮在莉娜看来，是位美丽的大女孩。

莉娜必须从拉歇尔家门口经过，但这时候，附近聚集着很多男孩与女孩。莉娜一想到他们的眼光都将集中在自己身上，然后彼此互看，就无法忍受……

莉娜鼓起勇气，抬头挺胸目不斜视地往前走，让旁边小孩都觉得她很骄傲。壁炉山庄的女孩都很骄傲，自以为了不起，只因他们住大房子！

美莉·弗拉格跟在莉娜后面学莉娜走路。

"那孩子提着篮子要去哪里啊？"杜尔问道。

"鼻子抬得那么高，也不怕断掉。"比尔·帕马嘲笑道。

"被猫咬到舌头了吗？"雪拉·威廉说道。

"小矮子！"比尼·贝恩德雷嘲笑道。

"假淑女！"大个子萨姆一面啃红萝卜一面说道。

"你们看，她脸红了！"马米·德伊拉笑着说道。

"是拿蛋糕到教会吧！苏珊的蛋糕没烤熟哟！"查理·威廉叫道。

由于强烈的自尊心，莉娜告诉自己不能掉眼泪，但忍耐也是有限度的。

"下次你们谁要是生病了，我就叫爸爸不要给你们药吃！"

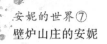

莉娜不服输地说道。

这时，莉娜气得瞪大眼睛往前走。啊！从转角过来的是肯尼士·霍特吗？怎么会这样呢？

完了，完了，肯尼士是华特的好朋友，在莉娜小小的心中，认为肯尼士是世界上最棒的男孩子。肯尼士对莉娜倒是没什么深刻印象，只有一次，莉娜请他吃巧克力糖。但莉娜只默默地崇拜就满足了，现在让肯尼士看到自己手拿着蛋糕，一定糗死了！

"嗨！小胖子，好热哟！今晚希望你带蛋糕来！"

什么？肯尼士知道这是蛋糕！大家都知道？

通过那群孩子后，莉娜以为最糟糕的事情过去了，没想到更糟的事情又发生了。莉娜碰见主日学校的老师艾美小姐，莉娜很崇拜这位老师，她的穿着总是美丽动人，白皙的皮肤、茶色的眼睛、亲切的笑容，可怜的是，听说她的男朋友去世了。莉娜喜欢在艾美的班上上课，不喜欢弗罗莉老师………因为弗罗莉很丑，而莉娜很受不了丑老师。

在学校之外碰到艾美老师，获得老师亲切的招呼、微笑，莉娜觉得这是件最美的事，她整个心飞舞起来，瞬间沉浸在幸福里。

但是，如果老师看到我拿蛋糕……不就什么都完了吗？而且这次音乐会上，莉娜衷心期待老师指定自己扮演仙女——仙女可以穿上金红色衣裳、戴着绿色花边帽子。可是，现在让老师看见自己拿着蛋糕的话，一切希望不都落空了吗？

绝对不可以让艾美老师看见！莉娜站在小桥上，望着潺潺的流水，把心一横，将蛋糕笼子顺手丢了出去。莉娜瞬间感到安心、自由与解放，慢慢往老师的方向走过去。

老师向莉娜微笑。

"老师好漂亮哦！"莉娜感叹道。

即使被这么小的小孩赞美，老师也没有不高兴的道理。

"这是新帽子吧！莉娜，好漂亮的羽毛哦！"

老师望着空篮子继续说道："你是拿蛋糕到恳亲会去吧！哦！你已经去过回来了，真可惜，我正要去呢！否则我们就可以一块儿走……你看，这么大的巧克力蛋糕！"

莉娜瞪大眼睛一言不发，艾美老师也要拿点心去？啊，天啊！她竟然将苏珊精心制做的蛋糕丢到河里去了！而她和老师一起提着蛋糕往教会散步的机会也泡汤了！

艾美老师走了之后，莉娜怀着"可怕的秘密"回到了家。晚餐之前，她一直待在彩虹谷，晚餐后，还没有人注意到莉娜的不对劲。莉娜一直担心，苏珊会不会问她将蛋糕交给谁？

晚餐后，其他小孩都到彩虹谷玩，只有莉娜一个人坐在壁炉山庄后门阳台的阶梯上。莉娜一直很喜欢看夕阳，可是今晚却一点心情也没有。从出生到现在，她没遇到过这么痛苦的事，这件事真让莉娜感觉活不下去了。厨房传来阵阵枫糖蛋糕香，这是苏珊为全家人准备的点心，可是对现在的莉娜而言，没有一样东西引得起她的兴趣。

莉娜悄悄上楼，钻进自己最喜欢的花棉被，但怎么也睡不着，一直为沉在水中的蛋糕幽灵所苦恼。妈妈答应恳亲会送蛋糕过去，结果没送到，那些人会怎么想妈妈呢？而且，也许那是最棒的蛋糕呢！今夜的风听起来真寂寞，莉娜不停地责备自己"笨蛋……笨蛋……笨蛋"，为什么这么傻呢？

"莉娜，为什么不睡觉呢？"苏珊拿来枫糖蛋糕。

"哦！苏珊，我很累！"

苏珊有点不解，这么说来，这个孩子晚餐时就有点累了！

"量量看有没有发烧！"

"没有，没有，苏珊，我做错事情了……不是恶魔……不是恶魔做的……是我自己做的……我……我把蛋糕丢到河里去了！"

"什么？你说什么？"苏珊呆住了。

"怎么了？"这是从城里回来的妈妈的声音。

苏珊认为这个场面应该交给夫人处理，于是退下。莉娜边哭边说出事情的始末。

"莉娜，我搞不懂，为什么你认为拿蛋糕到教会去是件可耻的事情呢？"

"大家会觉得我像琦里婆婆，这样也会使妈妈蒙羞。啊！妈妈，原谅我，下次我不敢了。我会去告诉恳亲会，妈妈有送蛋糕来，可是……"

"莉娜，别担心恳亲会，蛋糕只是配角，没有人会注意到我们没拿蛋糕去的。这件事我们不要告诉任何人，但我们必须牢记在心。"

人生又再度充满了快乐。

爸爸站在门口说道："乖女儿，晚安！"

苏珊这时也进来，告诉莉娜，明天的午餐有鸡肉馅饼。

"要多加一点肉汁哟！"

"当然！"

"那明天早餐吃茶叶蛋好吗？苏珊，我不是好孩子，可是……"

"好了，吃完这块蛋糕再睡，明天早餐给你吃两个茶叶蛋。"

莉娜吃完蛋糕，但还睡不着，于是她在床上祈祷："上帝啊！请让我做个好孩子，请您不要取笑我，我以后一定听话。另外，请保佑艾美老师和那些可怜的孤儿们吧！"

第三十七章

南恩的"罗曼史王国"

壁炉山庄的孩子们一起玩耍、冒险,但除此之外,他们每个人都有各自的梦想生活。特别是南恩从自己的所见所闻中创作故事,将全家人都置身于不可思议的罗曼史王国中。

一开始南恩编织魔鬼谷小鬼们跳舞和小仙女、白桦树精灵之类的故事,她会和门边的柳树说悄悄话,将彩虹谷边古老的贝利家空屋当成幽灵出现的废墟。有几个星期,南恩假扮成被幽禁在海边无人城的国王女儿。再过几个月,南恩假扮在印度传染病地区照顾病患的护士,陶醉在自我的世界中。

随着年龄的增长,南恩渐渐以自己生活圈中的真实人物为角色编剧,特别是在教会中见到的人。南恩很喜欢看教会中各式各样的人物,因为大家都穿戴得很隆重,看起来和平常不同。

坐在教会中聆听牧师说道的人们,如果知道自己被壁炉山庄的南恩改编成什么角色,一定会大吃一惊。表情忧郁、内心亲切的阿达·米里逊,南恩把她刻画成一个专门偷小孩的人,她把那些小孩煮熟吃掉以使自己永葆青春。南恩的想象力丰富，描绘得又很生动，有一次傍晚，南恩在小径上碰到阿达·米里逊，吓得说不出话来。阿达亲切地和南恩打招呼，南恩却迟迟无法说出话来，使得阿达认为南恩是个傲慢的小孩，应该多加教育才知道什么是礼节。

脸色不好的洛特·帕马夫人，大概连做梦也想不到她在南恩的想象里成了一个毒死他人，自己也悔恨而死的女人！而很会装模做样的克顿·马克阿里斯塔长老，一定也想不到自己一出生即受到魔女的诅咒，一辈子都不能笑。阿基波尔德·芙伊夫进入教室时，南恩正在作一首诗当做问候。由于阿基波尔德极不喜欢小孩，所以没和南恩说过话。但南恩一看见他进来，便立刻作出诗句——

"我很好，芙伊夫先生。

您及夫人好吗？"

或者——

"是的，天气真好，

晒干草最适宜。"

没有人会告诉蒙顿·卡库夫人，南恩决不去她家，虽然她也不曾邀请她。因为她家门口有个红色足迹。另外，蒙顿·卡库夫人的嫂子艾莉莎·卡库连做梦也想不到，自己之所以成为老处女，是由于结婚典礼前恋人在祭坛上昏死了。

这些想法真有趣，而且南恩不会迷失在现实与创作之中。就像我们不知道梦是怎么生成的，南恩也无法告诉你它是怎么来的。或许是从"寂寞之家"开始的吧。就像她喜欢编动人的传奇一样，她也喜欢编关于房子的故事。除了贝利家的空屋，附近可以制造罗曼史的只有"寂寞之家"，南恩没看过那个"家"，只知通往罗布利吉的道上，在那片黑暗松林后面有一个大空屋，这是苏珊说的。南恩不知道大空屋是怎么一回事，只觉得这个名词很有味道，充满魅力，命名为"寂寞之家"最合适。

南恩每次经过"寂寞之家"去拜访德拉·克罗时，总是有点害怕地快步跑。那是一条又长又暗的小道，两旁树木杂草丛生，松树下的羊齿草与腰部同高，大门附近的长灰色枫枝就像卷曲的老人的手一样，南恩担心，它不知什么时候会将自己抓起来。

令人吃惊的是，有一天，苏珊说德玛欣·飞尔住进了"寂寞之家"，依苏珊的说词，那房子本来是马克阿里斯塔的老房子。

"待在那里一定很寂寞！"妈妈说道。

"对那个人而言没什么关系，她哪里都不去，甚至连教会也不去，几年来都是如此，顶多夜里去院子里散散步。怎么会变得这样呢？……她是那么漂亮、可爱的小姐，年轻时，多少男人为她哭泣啊！看看现在，真是报应。"

苏珊没说谁受到报应，壁炉山庄也没有人对德玛欣·飞尔的话题有兴趣，所以苏珊也没再多说。但是这个新的人、事、物，对南恩的幻想生活来说是一大题材，"寂寞之家"的德玛欣·飞尔向南恩飞扑过来……

一天天、一夜夜……不可思议的是，在什么都不知道的情况下，南恩竟能编造出德马欣·飞尔的传说故事，这是南恩最大的杰作，也是她第一次以谜般的妇女为主角的故事。

大而黑的眼睛，忧郁的眼睛，烦恼的眼睛，充满懊悔的眼睛，恶意的眼睛。使人为她哭泣，连教会也不去的人，一定是坏人，这个妇人为了赎罪而来到世上，女王吗？不，爱德华王子岛上没有女王。这个妇人身材高挑，冰清玉洁，长而黑的头发编成两条辫子垂在肩上，一直到脚踝。她有着整齐洁白的牙齿，端庄的乳白色皮肤，希腊型鼻子，以及一双美丽的手。当她晚上在花园里徘徊的时候，就紧紧地攥着这双手，等待她唯一的恋人归来。

你知道故事如何发展吗？她那长而黑的裙子在草地上摊成一个大圆，她系着金色腰带，耳朵上戴着大耳环，在恋人前来解救之前，只能一直过着谜一般的生活。这时候，妇人开始后悔昔日的任性、无情，妇人心想，等唯一的恋人出现时，一定要伸出自己美丽的手，低下她那骄傲的头颅。两人坐在喷水池旁，互许誓言，妇人会永远跟随恋人，"越过丘陵，到达遥远的紫色国度"。

就像妈妈有天晚上给她讲的睡美人的故事一样，那个故事是从很久很久以前爸爸送给妈妈的一本书里看来的。但恋人送给这位妇人珍贵的宝石是举世无双的。

"寂寞之家"中当然也有名贵的家具、豪华的房间、楼梯。妇人睡在珍珠母做成的床上，她总是侧耳倾听，倾听远方传来的竖琴声。不过只要她不悔改，在恋人回来并且原谅她之前，

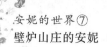
妇人无法听见竖琴的声音。这个故事就是这样。

十岁的南恩生活在自己的幻想王国中，"寂寞之家"中妇人的点点滴滴，使南恩周围的生活充满现实感。这个故事成为南恩生活中的一部分，南恩一直相信自己的幻想，不论发生什么事，南恩都不对他人说明，甚至不向妈妈说。这是南恩的宝物，秘密宝物，如果没有了它，南恩不知该如何生活下去。

南恩甚至只愿一个人幻想，而不愿到彩虹谷玩。

安妮注意到这个倾向，有些不安。这种倾向太强烈了，以致吉鲁伯特提议安妮让她到艾凡利玩一趟，但南恩一直说不想去，苦苦哀求不愿离开家。要是离开寂寞之家那么远，她宁愿死掉。

虽然妇人哪里都不去，只待在家里，但南恩相信，只要自己一直等待，说不定她什么时候就踏出门了。如果不在家，就会丧失与她见面的机会，即使看一眼也好。她步行的小径一定很罗曼蒂克，而这一天也一定很特别，到时候要特地在月历上注明这特别的日子。

南恩有极大的欲望想与妇人见面，再怎么想象都只是空想，只有见一面才最实在。

有一天早上，南恩不敢相信自己的耳朵，她听到苏珊说道："有个包裹想送给住在原来马克阿里斯塔家的德玛欣·飞尔，是昨晚你爸爸从城里带回来的。今天下午麻烦你去一趟好吗，南恩？"

太好了！南恩觉得全身的血液都沸腾起来，梦想就要成真，她可以看见"寂寞之家",也可以看见谜样的女子了,真的,也许她还能听见她的声音……甚至,或许能碰触她白皙的手……

上午,南恩不断看着时钟,觉得时间走得好慢。乌云靠近,当雨降下时,南恩忍不住哭泣。

"为什么今天要下雨?"南恩的反抗之心油然而生。

但不久,天又放晴了,南恩高兴得连午餐都吃不下。

"妈妈,我穿那件黄色衣服好吗?"

"南恩,只是去附近,不需要打扮得那么漂亮。"

附近?当然,妈妈不知道,妈妈不会懂!

"拜托啦!妈妈!"

"好吧!"安妮许可,再不穿,黄色衣服就要穿不下了,南恩既然喜欢穿,就让她穿吧!

南恩郑重其事拿着包裹出门时,她的脚不由得发起抖来。她从彩虹谷抄了个近路,雨点还停留在金莲花的叶片上。空气清爽舒适,蜜蜂在白山楂花上飞来飞去,山丘上的雏菊都在向南恩点头。南恩笑了起来,一切都太美了。南恩的脚步愈发轻快,真的快见到她了,她会对南恩说什么呢?一个人去那里安全吗?上星期曾和华特谈到一本故事书,要是像书中所写那样,到距离只有两三分钟路程的婆婆家,回来后却已经是一百年后了,怎么办?

第三十八章

"寂寞之家"

穿过小径，南恩感到背脊一阵发凉，难道是枯枫枝来抓她了吗？不，南恩开始逃跑，啊哈，老巫婆，你抓不住我。南恩通过小径，但已经没什么力气了，还有两三步，"寂寞之家"就在南恩眼前薄暗的树木群中。南恩微微颤抖着身体，希望这趟路不会使梦想破碎。她突然出现一种无意识的恐惧。

进去吧！一瞬间，南恩被恐怖包围，真想掉头逃跑，如果那妇人性情恶劣，向我下毒手怎么办？也许她是个魔女，为什么以前没想到这点呢？

终于，南恩毅然前进。

这就是"寂寞之家"？就是她想象中的那座灰暗、悲凄、木架耸立的屋子？

到处都呈现灰暗色彩：玄关的台阶坏掉了，前门的窗户玻璃都没有，旋绕阳台的涡型装饰也坏掉了。这就像一间古屋。

南恩绝望地环顾四周，没有喷水池，没有庭院，房子前面的那块空地，你无法把那叫做花园。家前面的空地稀稀疏疏地围着栅栏，里面杂草丛生；栅栏对面有只瘦小猪在拱土，正中央小道沿路生长着牛蒡，除此之外只有零零散散盛开的花。在破损的台阶边，有一小块花圃开着美丽的金盏花。

南恩走到金盏花附近，"寂寞之家"永远消失了，谜样的妇人还在，只有她是真实的，难道她不是真实的吗？

南恩不经意地看见一位妇人从金盏花坛旁站起来，难道她是……德玛欣·飞尔？

"天啊！这个人就是……"南恩有点失望。

德玛欣·飞尔——的确是个上了年纪的妇人，肥胖、肚子中间系了一块布，赤脚、灰褐色的头发上戴了一顶男用的旧帽子，穿着黄绿色衣服，脸圆圆的，布满皱纹，狮子鼻，蓝色眼睛。

啊！我的妇人——有着谜一般眼睛的美丽妇人，性情恶劣的妇人，你在哪里，你怎么了？

"你是哪家的小孩啊？"德玛欣问道。

南恩努力保持镇定："我是南恩·布莱恩，来给您送这个东西。"

德玛欣愉快地接过包裹。

"啊！我的眼镜送回来了，真好，星期日看日历都看不清楚。哦！你就是布莱恩先生的女儿？好漂亮的头发哟！我老早就想看看你了，听说你妈妈是以科学的方法养育你的！"

"哦！"

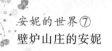

"你觉得怎么样？"

"怎么样？什么怎么样？"

"接受科学的养育方法啊！"

"很好啊！我很喜欢！"南恩想微笑，但笑不出来。

"你妈妈真是了不起，有自己的想法，我第一次见到你妈妈是在利比·德伊拉的葬礼上。你妈妈看起来很幸福，当她进屋的时候，大家好像都将焦点集中在她身上，她的衣服很时髦，进屋后的坐姿优雅，不论见到谁都一副亲切的笑容……哦！要不要进去坐一会儿，真高兴见到你……我在这里很寂寞，没有钱装电话，只与这些花为伴。你看过这么漂亮的金盏花吗？还有猫！"

南恩真想钻进土里逃走，虽然不想进屋里，但又不想让这位婆婆难过。德玛欣在前面领路，带南恩进入厨房兼客厅的房间里，这里的确很干净，空气中飘着烤面包的香味。

"请坐！"德玛欣请南恩坐在摇椅上。

这时，一只猫"喵喵"叫着走过来，跟她们打招呼。

"那只猫很会抓老鼠，这里老鼠很多，但我不想和亲戚同住，那样比较不自在，而且我也不想这么老了还受别人的气。只要我手脚健全，我就要住在这里。哦！你想吃什么吗？洋葱饼好不好？"

"不，不用了，谢谢！"

"感冒的时候吃洋葱饼很好。"

"我不想吃，谢谢！"

"看到你就让我想起我的孙子。"

"孙子？"

"是啊！我有几个孙子在西部。"

"哦！"

"我拿照片给你看……很可爱吧！那张照片里的是可怜的波普，他已经去世二十年了。"

可怜的波普是个秃顶、四周有些短白发、留着胡须的男子。

哦！看来并不起眼的恋人！

"三十岁就秃头了，但是个好丈夫！"德玛欣愉快地说道。

"哎，我年轻的时候，有许多人追求过，现在是上了年纪了。但年轻时的确很愉快，追求者互相竞争，我就和女王一样。他一直在竞争者当中，起先我都不和他说话。我比较喜欢另外一位，安德鲁·梅得卡夫，我差点与他私奔，但我知道这么做将导致恶运降临，你也不可以做出私奔的事哦！"

"我……我……我不会！"

"最后，我和波普在一起，有位吉姆·休伊特因为得不到我而投河自尽，我和波普相处得很愉快，他曾说：'你不多想，配我正好。'他认为，女人就是头脑简单的角色。波普有时腰部神经痛，我总是用香油为他治疗，城里有专科医生声称可使他痊愈，但他不让那些专科医生治疗，因为专科医生不让他吃猪肉，而他又那么喜欢吃猪肉。对面那张照片是维多利亚女王的，有时我会对她说：'要是把你这些珠宝首饰拿走，我看你也不一定比我好看。'"

德玛欣在南恩回家前给她一袋薄荷水果糖，还有一双上面有花的室内拖鞋。

"这是送给你妈妈的，另外请转告苏珊，春天她送我的芜菁（大头菜）料理很好吃！"

"芜菁料理？"

"在杰克·威廉的葬礼上，本来要向苏珊道谢，但苏珊提早走了，我喜欢葬礼进行得慢一点。这一个月来，连个葬礼也没有，真是无聊，罗布利吉常常有葬礼举行，真不公平。欢迎你常来玩，你是个好孩子。如圣书所写'爱比金银更好'，的确！"

德玛欣露出愉快的笑容，确实是很美的笑容，南恩也对她微笑。

"真是有礼貌的好孩子。"

德玛欣在门口目送南恩。

"这孩子仪态大方，和她妈妈有点像，看到她，让我感觉年轻不少。"德玛欣叹息道。

"身体轻盈多了。"德玛欣再度出门整理金盏花、牛蒡。

梦想破灭的南恩，垂头丧气地回到壁炉山庄，回家后打算躲进自己的房间。两位少女经过她身边时咯咯地笑，她们是在笑我吗？如果知道我这样子，大家不知会怎么取笑我，幻想着有蓝色眼睛谜一般的女王，结果发现只是个普通寡妇。

薄荷糖！南恩哭泣起来，十岁少女的幻想就在薄荷糖中融化了，美丽珍贵的秘密成为幻影，消失了。南恩相信，自己将不再有这样的秘密了。

回到壁炉山庄，南恩立刻闻到饼干的香味，但她没有进厨房向苏珊要饼干，晚餐也没什么食欲。安妮注意到南恩的异样，打算找机会问明原因。

吃过晚餐后，孩子们都到彩虹谷玩耍，只有南恩独自坐在旁边。

"为什么闷闷不乐呢？"安妮问道。

南恩不打算将自己的愚蠢告诉任何人，但不知为什么，很自然地就说给妈妈听了。

"妈妈，世上只有令人失望的事吗？"

"不一定！可不可以告诉我，今天遇到什么令你失望的事情了？"

"妈妈，德玛欣·飞尔……是好人！而且她的鼻子向上翘！"

安妮心中颤抖了一下："她的鼻子向上还是向下跟你有什么关系呢？"

南恩这才倒竹筒般说出了一切。安妮一如往昔，很认真地听孩子诉说，祈祷别出什么差错才好。安妮想起自己小时候，她当然了解孩子失去梦想时的悲伤。

"南恩，你因为一个幻想的破灭而如此在意！"

"可是我无法不在意！"南恩绝望地说道，"如果再活一次，我决不再想象了。"

"傻孩子，我的宝贝傻孩子，不可以这么说，想象力是很了不起的，也可称为是一项才能，只不过你太看重自己的想象物了。的确，想象是一件很愉快的事，我也了解，只是必须将现

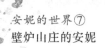
实与想象分开，如此才能自由自在地悠游于想象的世界里，而又能不脱离现实，你也会生活得更多彩多姿。"

受到妈妈的慰藉，南恩觉得自尊心又回来了，原来妈妈不认为我笨，即使不住在"寂寞之家"，那位谜一般的女子也是住在世界的某个角落，拥有她该拥有的一切，现实就是现实，不会改变。

"我的妈妈真伟大！"南恩依偎在爱的臂膀中喃喃自语。

第三十九章

德丽拉·克林

"今年让我成为你最好的朋友吧！"下午休息时间，德丽拉·克林对达恩说。

德丽拉有着暗蓝色的眼睛，红棕色的鬈发，樱桃小口，声音微微颤抖，达恩也感受到她声音的魅力。

克雷小学中，大家都知道达恩·布莱恩没有很要好的朋友。两年来，达恩和宝琳·里斯的感情很好，但宝琳搬家了，所以达恩现在很孤单。宝琳是个好朋友，连苏珊都称赞她。

达恩望着德丽拉，也看见运动场上的罗拉·卡尔。罗拉·卡尔也是新来的同学，罗拉和达恩在上午休息时，发现彼此很合得来，但无论从哪一个角度来看，罗拉都不是一位漂亮的少女，不像德丽拉·克林那么美丽、有魅力。

德丽拉以一种了解达恩心思的表情，几乎快要哭了般说道："如果你喜欢她，就不能喜欢我，你必须选择一个人。"

德丽拉两手摊开，如同演戏一般。达恩将自己的双手放在

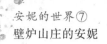

德丽拉双手上，互相凝视。

"你会永远喜欢我吗？"德丽拉热情地问道。

"永远！"达恩发誓。

德丽拉将手抱住达恩的腰，两人往小溪方向走去。罗拉轻轻叹了一口气，自知无法和德丽拉竞争。

"让我爱你，这样我会很快乐！"德丽拉说道，"我对情感很重视，达恩！我是个可怜的小孩，一生下来就受到了诅咒，没有人……没有人会喜欢我！"德丽拉紧紧握住达恩的手。

"我一定好好爱你！"

"永远？"

"永远！"达恩回答。

两人行教会仪式中的亲吻礼，没注意到屋檐下两个男孩正在嘲笑。

"你喜欢我胜过喜欢罗拉·卡尔吗？"德丽拉再次问道，"既然你选择我当你最好的朋友，就不能再喜欢罗拉，否则，我会报复！"

"哦！你刚刚说你是可怜的小孩，是指什么？"

德丽拉眼睛注视着达恩，喃喃说道："我有个继母！"

"继母？"

"我妈妈去世后，爸爸再娶，那个女人就是我的继母，"德丽拉以动人的声音说道，"你了解吗？我一直默默忍受痛苦。"

如果德丽拉真的是默默忍受痛苦的话，往后几个礼拜，达恩向壁炉山庄其他人述说的点点滴滴消息，是从哪里来的呢？

安妮说："真奇怪！这位德丽拉是谁呢，苏珊？"

"她是克林家的人，夫人。克林家是罗布利吉有名的人家，今年夏天搬到亨达的屋子，克林夫人是第二任夫人，自己有两个孩子，详细情形我也不太清楚，不过我不太相信如达恩所说的，德丽拉被虐待。"

"你不要过于相信德丽拉所说的话，也许是夸大其辞也不一定，不要忘了洁妮·蓓尼的教训。"安妮提醒达恩。

"妈妈，德丽拉和洁妮完全不一样！"达恩愤慨地说道，"真的一点都不一样，她是个正直的人。妈妈，如果你见到她，就知道她不是那种会说谎的人，她在家中备受欺负，受继母凌辱、憎恨，光是听她说就受不了了，真不知她是怎样忍耐的。她继母从来不让她吃饱，真的，她不知道什么叫做饱，经常在不能吃晚餐的情况下上床睡觉，只能偷偷地躲在棉被里哭泣。妈妈，你曾经空着肚子哭泣吗？好可怜！"

"经常！"妈妈回答。

达恩凝视着妈妈，不知该怎么说。

"在我到绿色屋顶之家以前，我是在孤儿院中长大的——那已经是好久以前的事了，我真不想旧事重提。"

"这么说来，你应该了解德丽拉的心情了！"达恩混乱地回答。

"德丽拉在肚子饿得受不了时，就坐下来想象各种食物。我的天哪，想象食物！"

"这种想象的事，你和南恩都很在行，不是吗？"安妮说道。

但达恩好像没听进去。

"她烦恼的不只是物质，还有精神方面。可是她立志当传教士，像神一样奉献一生。可是大家都嘲笑她！"

"真无情。"安妮附和道。

"妈妈，你好像有点怀疑？"达恩不高兴地说道。

"我再提醒你一次，不要忘了洁妮那件事，你不是曾经很相信洁妮的话吗？"妈妈笑着说道。

"那时候我还小才会被骗呀！"达恩"努力"地抗议。

达恩觉得妈妈并不同情、体贴、了解德丽拉，接着向苏珊述说，才提到德丽拉的名字，苏珊立刻将话止住："烧饼吃完了吗？"

达恩有种欲诉无门的悲哀，为什么大家都排斥德丽拉呢？

苏珊完全不懂孤儿的心境，这是理所当然的，但妈妈小时候也是孤儿啊！妈妈是如此善解人意的人，为什么对德丽拉被虐待的事情，好像漠不关心呢？

"大概是因为我太喜欢德丽拉，妈妈吃醋了！"达恩心里想，"这就是某种占有欲吧！"

达恩发誓再也不向苏珊提德丽拉的事，但隔天傍晚，达恩仍然忍不住说了出来。

"苏珊，德丽拉的妈妈昨晚拿着烧得红红的水壶追打德丽拉！你说可不可恶，当然了，德丽拉说这种情形并不是经常发生，只有在她妈妈非常生气的时候才如此，平常一般都是将德丽拉关在黑暗的屋子里，一个有幽灵出现的屋子哟！看到幽灵对人的身体不好吧！苏珊，上次她被关进屋子的时候，看到有令人感觉很讨厌的黑色小生物坐在纺织车上用鼻子唱歌呢！"

"什么生物？"苏珊认真地问道。达恩热情的言语，使苏珊开始有兴趣起来。

"不晓得，但真的是生物哟！德丽拉吓得差一点自杀，真担心以后还会有这种事发生。苏珊，德丽拉有个伯父自杀过两次！"

"不是一次就没命了吗？"苏珊无情地说道。

达恩不以为然地离开，隔天，又提起其他悲伤的话题。

"德丽拉连一个洋娃娃都没有，去年圣诞节，她曾经祈祷袜子里有个洋娃娃，可是你猜猜袜子里是什么？苏珊，是鞭子！家里的人几乎每天都打德丽拉，真可怜。想想看，被鞭子打多痛啊！"

"我小时候也被打过！"苏珊一面说心里一面想，如果壁炉山庄的孩子谁被鞭子打到，真不知会发生什么事。

"说到家中圣诞节的吊饰，德丽拉就哭了起来，她说她家从来没为圣诞节挂上吊饰，但今年无论如何也打算要好好布置一番，真可怜！"

"附近不是有很多针枞吗？亨达家院子里，这几年来长满了针枞。如果那孩子不叫德丽拉，而叫其他名字就好了，基督教徒是不用那种名字的！"

"可是圣经里面有啊！苏珊，在学校，德丽拉还为圣经中自己的名字而沾沾自喜呢！今天我说明天午餐要吃火鸡肉派的

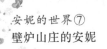
时候，苏珊，你知道德丽拉怎么说吗？"

"我不知道！"苏珊以强烈的语气说道。

"德丽拉说一定要守规矩。我们交换杂记信件，德丽拉说：'达恩，请给我一根骨头好吗？'我的眼泪都要掉下来了，不要说一根骨头了，我可以给她很多肉。德丽拉不需要好食物，她像奴隶般地劳动，做全部家事！苏珊，她如果没做好就要被挨打，否则就只能在厨房和佣人们一起吃饭！"

"克林先生家只请了一个男孩子！"

"德丽拉必须和那个男孩子一起吃饭，那男孩子只穿袜子和一件衬衫吃饭！德丽拉现在有我给她的爱，所以不会再爱其他人了。"

苏珊无奈地微笑。

"德丽拉说她如果有一百万，一定全部给我。当然，我是不会接受的，但由此可见，她的心地是多么善良！"

"不管是一百万元或一百元，只要手上没有，再怎么说都一样！"苏珊说道。

第四十章

背 叛 者

达恩欣喜万分，妈妈不是吃醋，也不是占有欲太强，妈妈了解自己。

爸爸和妈妈周末将到艾凡利，妈妈告诉达恩，周末可让德丽拉·克林到壁炉山庄住。

"我在主日学校的远足中，看到过德丽拉。她很可爱，也很乖巧。当然，她一定是说话过于夸张，"安妮向苏珊说道，"也许她继母对她是比较无情，而她爸爸又是个严厉的人，所以那孩子觉得悲伤，为了博取同情而将事实戏剧化了。"

苏珊还是将信将疑。

达恩为德丽拉的光临安排了不少节目。

"吃烤火鸡好了，苏珊，里面要多放一些料。另外，还有派，她那么可怜，也许没吃过派，她继母那么吝啬。"

苏珊热心地准备，杰姆和南恩都到艾凡利去了，华特则到"梦中小屋"的卡尼斯·霍特家去了。德丽拉来访的时候，一点阻碍也没有，看来会很顺利！周六早上，德丽拉穿着一件粉红色洋装到壁炉山庄，至少苏珊看得出，她继母对她在衣着上还满优渥的。

"今天是我生涯中一个特别的日子，"德丽拉悄悄地向达恩说道，"哇！好大的家哟！那是陶器狗吗？真漂亮。"

看到什么她都会发出赞叹声。午餐的时候她还帮助达恩一起摆桌子。

"下午我想做点心，可不可以帮忙剥胡桃？"苏珊也被德丽拉富有魔力的声音吸引住了。

"我不知想过多少次，祈祷只要有一回，让我尽情吃自己想吃的食物就好了！"德丽拉离开餐桌时向达恩说道。

两人度过了愉快的午餐时间，苏珊给达恩一盒糖果，达恩将糖果分给德丽拉。德丽拉称赞达恩的戒指，达恩就将戒指送给她。

傍晚，两人又帮苏珊准备晚餐，苏珊对德丽拉的能干，不得不佩服。

"我们睡客房好不好，苏珊？"达恩问道。

"明天晚上黛安娜阿姨要和你爸妈一起回来，客房留给她，她可以睡你的房间。"

"哇！你房间好香啊！"德丽拉躺在床上赞叹，"要是我有像你一样的家……不过，这也是我的命，只有认了……"

每晚临睡前都必须巡视全家的苏珊，来到两人的房间，要她们早点睡觉，不要说话，并且给了她们糖果。

"我永远忘不了你对我的好，苏珊。"德丽拉感激得声音都有些颤抖。苏珊没见过这么有礼貌的女孩子，心里很感动。

"我以前误解德丽拉了。"苏珊心想。

隔天下午，德丽拉回家了。晚上，爸爸妈妈和黛安娜阿姨回到了壁炉山庄。

但是星期一却来了一个晴天霹雳。

午休后回到教室的达恩，在门口处听到同学们说着自己的名字，一群同学围着德丽拉·克林。

"壁炉山庄真令我厌烦，达恩不是经常说她家多好多好吗？我倒不认为那是个家，没有一样起眼的家具，真糟糕！"

"你看见陶器狗了吗？"杰西·帕玛问道。

"没什么值得大惊小怪的，连毛也没有，我当场就告诉达恩，我非常失望。"

达恩好像脚底生了根，站在教室门口一动也不动，不敢相信自己所听见的话。

"我觉得达恩好可怜哦！家人都互不关心，妈妈只会玩乐，把小孩交给苏珊一个人。我觉得苏珊好奇怪哟！他们全家好像应该送到救济院去，厨房到处乱七八糟，真令人难以置信。那个医生的太太只会打扮，连饭也不做，随便让苏珊乱搞。苏珊叫我们到厨房帮忙，我就问她：'我是不是客人？'你们会被壁炉山庄的孩子所骗，我才不会上当呢！我一眼就看穿他们了。

"你们知道吗？苏珊还要拿镇静剂给莉娜吃！幸好我及时阻止，我问她：'你难道不知道小孩子吃这东西会中毒吗？'

可是吃饭的时候，苏珊就向我报复了，只给我吃一点点东西，虽然有火鸡肉，但只给我吃一块鸡屁股，也没人问我要不要吃派……

"不过，苏珊倒是让我睡在客房，但达恩不肯，她心地真坏，因为她吃醋；但我觉得她很可怜，走进她的房间，到处又脏又乱，简直就像猫窝一样。另外，我的珍珠项链不见了，当然，我没说是苏珊拿的，我相信她很正直。但是，这不是很奇怪吗？沙利还向我丢茶壶，把我的洋装弄得黑漆漆的，不过没关系，我妈妈还会买新的给我，我不在乎。

"我从苏珊的眼神中知道，她不会原谅我，因为我问她：'马铃薯不用洗一洗，就这样下锅吗？'她一定恨死我了，唉，主人不在家，只好任由苏珊乱糟蹋……对了，你们看看我的新戒指，是罗布利吉一位男孩子送给我的！"

"啊！这个戒指是达恩·布莱恩经常戴的嘛！"培可·马克阿里斯塔不屑地说道。

"德丽拉·克林，我再也不相信你所说的有关壁炉山庄的事情了。"罗拉·卡尔说道。

德丽拉还来不及说话，达恩已经冲进教室。

"你这个背叛基督的犹太人！"达恩大叫。

事后她虽然后悔淑女不应该说这种话，但在当时，也没时间选择该说什么了。

"我不是犹太人。"德丽拉嗫嗫嚅嚅地说，脸刷地红了，这大概是她出生之后第一次脸红。

"犹太！犹太！你说的话没有一句是真的，我永远不要再和你说话了。"达恩跑出教室回家。

"达恩，怎么了？"安妮亲切地问道。

达恩扑在妈妈怀里，将心中的怨恨倾泄而出，一面哭泣，一面叙述始末。

"我的好意全被糟蹋了，妈妈，我再也不要相信别人了。"

"达恩，并不是每个朋友都是如此，宝琳就不是这种人，对不对？"

"这已经是第二次了。"达恩又一次遭到背叛，陷在痛苦之中不能自拔。

达恩上楼之后，安妮伤心地说道："我很难过达恩对人失去了信赖，这对达恩而言是个悲剧。不幸遇到坏朋友，先是洁妮·蓓尼，这次是德丽拉，枉费她对朋友总是那么用心。"

"夫人，依我看，那个克林家的小孩根本就是个流氓小孩。"苏珊没想到自己也被德丽拉的眼神、态度给骗了。

达恩在自己的房间里，后悔当初没和罗拉·卡尔成为"好朋友"！但现在也许太迟了，罗拉虽然不是美得出众，可是她很正直。达恩叹了一口气，随着对德丽拉的失望，人生的色彩也消失了。

第四十一章

雾　雨

　　刺骨的东风环绕在壁炉山庄四周，八月末的风如此寒冷。在这个阴雨连绵的日子，做什么事都不顺心，华特说这是"厄日"。

　　吉鲁伯特为男孩子们带回来的新小狗，将餐桌脚的漆啃掉了；南恩的猫将漂亮的羊齿草咬得乱七八糟；下午杰姆和巴弟拿水桶当鼓，敲得震天响；安妮将自己房间的电灯开关弄坏了，莉娜耳朵痛，沙利的头部有奇怪的疹子，这令安妮感到担心，吉鲁伯特却觉得没什么好大惊小怪的。当然，这对吉鲁伯特而言并不算什么。接着，上星期吉鲁伯特邀请德廉夫妇吃晚餐，却忘了事先告诉安妮，使安妮和苏珊在厨房忙成一团。而华特的袜子，也不知哪里去了。

　　"华特，东西应该摆在固定的地方。拜托，苏格拉底被毒杀是理所当然的，他应该被毒杀的。"

　　华特和南恩互视，妈妈从没有以这种口气说过话，而华特

的表情更令安妮焦急。

"达恩，注意不要把脚缠在钢琴椅脚上。沙利，那本新杂志杰姆不是黏好了吗？谁把吊灯的三棱镜拿走了？"

没有人回答，原来是苏珊拿去洗了。安妮为了逃避孩子们悲伤的眼神，于是跑上三楼，躲在自己房里。安妮来回走动，心想自己是怎么了？怎么变得火气这么大？最近什么事都令我焦虑，好像没有尽头，单调的日子，什么都变得不对劲，家和家人不是一直令我欢欣吗？现在怎么好像脚被套上枷锁一般，如在恶梦中。

更糟糕的是，安妮的变化，吉鲁伯特一点也没注意到。吉鲁伯特日夜忙碌，除了自己的工作，好像对什么都不太在乎。今天午餐时，他也只说："请把芥末递给我！"没有一点亲切感。

"如果我能和桌椅说话就好了，"安妮不痛快地想着，"我们之间只剩下习惯了。昨晚，我穿上新衣服，吉鲁伯特却一点也没注意到，而且完全忘了以前曾经称呼我为'安妮小姐'，每一桩婚姻的结果，都是如此吗？也许每个女人都有这种经验，吉鲁伯特认为我的一切都是理所当然的。现在对吉鲁伯特而言，只有工作才是最重要的！"

安妮拿着手帕坐在椅子上，不断烦恼起来，吉鲁伯特已经不爱她了，亲吻她都是心不在焉的，只是一种"习惯"，她的魅力完全丧失了。两人笑着聊天的情景，现在只成为记忆中的一部分。她怎么会有这么滑稽的想法呢？蒙地·达那要靠备忘录提醒自己每个星期亲吻他的妻子一次。有期待这种亲吻的妻子

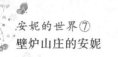

吗？当卡奇斯·艾姆斯的妻子戴上新帽子的时候，他就认不出她来了，真有意思。

克拉西·狄亚夫人曾说："我不太在意我丈夫，但当他不在身边时，我还是感觉寂寞。"当我不在身边时，吉鲁伯特也会觉得寂寞吗？也许我们已经变成这样了！

艾利奥特在结婚十年之后，曾对妻子说："老实说，我讨厌婚姻！"也许，男人都是如此，结婚一段时间后，要捉住丈夫就变得困难了。安妮和吉鲁伯特已经结婚十五年了！如果她的丈夫要靠"抓"，那她宁可不要。

可是，也有像克罗夫人那样的。克罗夫人在妇女会中得意地说："我们结婚二十年了，可是我丈夫仍和新婚时一样，对我的爱一点也没变。"是她的想法不同吗？还是只是"说说"，而且她看起来比实际年龄要老。或许我也是！

这时安妮突然感到年龄是一种重担，以前她从未有这种感觉。安妮走到镜前仔细端详自己，的确，自己的眼睛周围布满小皱纹，但不细看是看不清楚的，下巴的线条仍然很清晰，脸色则比以前差，没有白发，有人打心眼里不喜欢红发吗？鼻子还挺立着，安妮轻轻拍了拍鼻子，好像它是一位朋友一样，想起来她的鼻子在有些时候给了她不少安慰。吉鲁伯特一定是连安妮的鼻子这件事也不在意了，也许他根本就忘了她有鼻子吧。

"唉！莉娜和沙利还那么需要照顾，"安妮苦闷地想着，"至少她们还需要我，真可怜，为什么对孩子如此容易动怒呢？孩子们大概在想：'妈妈为什么变得这么暴躁呢？'"

雨继续下着，风也不停吹着，屋檐下的水桶狂想曲已经停下来了，安妮听见一只蟋蟀的叫声。

中午，安妮收到两封信，一封是玛莉娜寄来的，但是看完合上信，安妮叹息一声，玛莉娜的笔迹已经微微颤抖。另一封来自夏洛镇的巴雷特·霍乌拉夫人。安妮和霍乌拉夫人只是浅交，信上邀请布莱恩夫妇这星期二晚上七点吃晚餐，另外还邀约了昔日好友金斯伯多的安德鲁·德逊夫人，也就是克里斯廷·史多华小姐。

安妮的信滑落至地上，重新回忆起昔日的记忆——一些不愉快的回忆。

雷蒙大学时代的克里斯廷·史多华，传说与吉鲁伯特有婚约，安妮曾经非常嫉妒她。现在都已经二十年了，安妮承认是忌妒她，她憎恨克里斯廷·史多华。已经好几年没想起过克里斯廷这个人了，但记忆依旧清晰，高个子、象牙般白皙的少女，暗蓝色的眼睛，深蓝色的头发，挺有气质的，但鼻子长，是的，确实是个长鼻子。美女，哦！克里斯廷·史多华是个美女，这一点不容否定。几年前，听说克里斯廷嫁到西部去了，对象很不错。

吉鲁伯特匆匆忙忙地吃晚餐，待会儿要到上克雷村去，安妮默默将信交给吉鲁伯特。

"克里斯廷·史多华？当然要去，去和昔日的好友见见面！"吉鲁伯特哀伤地说道，"真可怜，她丈夫四年前去世了，你知道吗？"

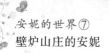
安妮不知道，吉鲁伯特怎么知道？为什么没告诉她？吉鲁伯特是不是忘了这星期一是他们的结婚纪念日？这一天应该只有他们两人一起庆祝才对啊！

好吧，她就不提醒他，去见见克里斯廷，记得雷蒙大学的同学们对安妮说过，"吉鲁伯特和克里斯廷之间不简单，安妮。"当时安妮只是一笑置之，因为她相信传言是恶意的，但也许是真的。安妮突然想起，结婚后不久，她曾从吉鲁伯特的旧信件中发现克里斯廷的小照片，吉鲁伯特事后不太在意地询问，照片不知到哪儿去了，难道……吉鲁伯特还爱着克里斯廷？自己，安妮，只不过是第二选择？

安妮笑了起来，吉鲁伯特与昔日好友见面，不是很自然的事吗？结婚十五年的忙碌男人，偶尔忘记纪念日，不是很平常的事吗？安妮开始回信，答应霍乌拉夫人的邀请，接着在星期二前三天开始祈祷——上克雷村将有人在星期二下午五时左右生产……

第四十二章

结婚纪念

安妮期待的婴儿提早诞生了，吉鲁伯特在星期一晚上九点就被呼叫出门，安妮在哭泣中入眠，三点就醒了。要是平常时候，她睁开眼睛总是欢喜地躺在床上，从窗户眺望夜的美丽，听身旁吉鲁伯特均匀的呼吸声，迎接美好的一天。可是现在，安妮怎么也睡不着，怎么也无法享受美丽的夜色，这时候，吉鲁伯特回来了。"双胞胎！"他只说了这么一句话。

吉鲁伯特上床后立刻睡着了。双胞胎？第十五个结婚纪念日，丈夫说的第一句话就是他接生的"双胞胎"，根本没想到今天是结婚纪念日。

吉鲁伯特在十一点下楼时仍然没想到，这是第一次没送礼物给安妮，没关系，安妮也没送礼物给吉鲁伯特。事实上，安妮从几个礼拜前就开始准备了——银柄的折叠刀子，旁边有日期，另一端刻着吉鲁伯特名字的缩写。当然，吉鲁伯特必须花一分钱向安妮买，如此才不会切断两人的爱情，可是既然吉鲁

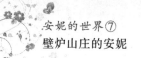
伯特不记得今天，我也忘了吧！

吉鲁伯特这一天好像都在发呆，不和任何人说话，只一个人在书房里踱步，难道是在想着又可以和克里斯廷见面了？也许这段时间以来，他心里一直牵挂着克里斯廷，安妮知道这种想法不合逻辑，可是嫉妒本来就没什么逻辑可言。

两人在下午五点搭火车进城。

"我们能进来看妈妈穿什么衣服吗？"莉娜问道。

"随便你！"安妮说。

莉娜最喜欢看妈妈打扮得漂漂亮亮赴宴时的情景，但连莉娜都感觉得到，今晚妈妈不怎么高兴。

安妮面对着镜子，今晚无论如何不能输给克里斯廷，绝对不能穿跟不上时代的衣服。最后她决定穿苹果绿的格子衣服，头发则挽上去。

"哇！妈妈好漂亮哟！"莉娜瞪大眼睛赞叹，小孩子的可爱之处就是会说实话，贝卡·狄恩不是也说过安妮"分外地美"吗？至于吉鲁伯特，以前经常赞美安妮，但最近几个月来，安妮想不出他什么时候赞美过自己。

吉鲁伯特进去换衣服的时候，对于安妮的新衣服，没有任何一句赞美的话。一瞬间，安妮怒从中来，气得脱下衣服丢到床上，穿平常那件旧衣服好了，赫亚·威斯一群人曾说"很别致"，但吉鲁伯特不太喜欢。戴什么项链呢？安妮拿出吉鲁伯待在雷蒙大学时送她的粉红色珐琅心型项链，虽然与红头发不配，但今晚，安妮决定戴上它，吉鲁伯特会注意到吗？

准备好了，吉鲁伯特还没好吗？怎么这么久？一定是在好仔仔细细地刮胡子吧！安妮用力叩门："吉鲁伯特，快一点，否则会赶不上火车。"

"真像学校老师般大声吼叫啊！"吉鲁伯特边说边走出来。

安妮看着穿燕尾服的吉鲁伯特，她不认为丈夫如此穿着具有魅力。

"走吧！看你这么急！"吉鲁伯特漫不经心地说道。最近吉鲁伯特和安妮说话时，总是漫不经心的——她只是家具的一部分，只不过是家具。

杰姆搭马车送两人到车站，苏珊和可娜莉亚——可娜莉亚总是请苏珊做马铃薯料理——两人目送着安妮和吉鲁伯特。

"安妮一点都没老。"可娜莉亚说道。

"是啊！这几个星期她好像有点情绪低落，但看起来依然美丽动人。先生也和以前一样英俊。"

"真是理想的一对。"可娜莉亚说道。

理想的夫妇在往城里的途中，并没有说些什么精彩的话。安妮心想，吉鲁伯特一心期待和老情人见面，当然没心情和妻子说话。

到达巴雷特·霍乌拉家楼下，安妮走进大门，通过巴雷特夫人自家的客厅家具、装饰品，在长椅上坐下来，安妮急忙找寻克里斯廷的身影，还好，她还没到。吉鲁伯特和霍乌拉医师以及一位未曾谋面的米雷医师热情地交谈。米雷医师来自新·布兰斯威克，是专攻热带病的有名医师。但是当克里斯廷

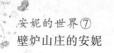

出现在门口时，三个男人立刻忘记话题，安妮看见吉鲁伯特眼睛闪耀着光辉，热情地站了起来。

一瞬间，克里斯廷似乎是感动得伫立在大门口，她穿着一件紫色长袖衣服，附有金色的里子，鱼尾状的裙摆有金色蕾丝花边，钻石耳环垂肩。安妮立刻感到自己土气、慵懒、落伍，这时候，安妮后悔为什么要戴上这条不搭调的项链。

克里斯廷的确和以前一样漂亮，也许比以前胖一点，鼻子依旧长，下颚清楚显示出中年的年纪，这样子站在入口，让人看到她的脚……是粗了一点，但面颊依旧白皙如象牙，大大的暗蓝色眼睛，闪耀着美丽的光辉。的确，安德鲁·德逊夫人，也就是克里斯廷，真是个美女，她的心应该没有和亡夫一起埋在墓里吧！

在克里斯廷进门的一瞬间，好像占领了整个房子，安妮有种被疏离的感觉。

但安妮立刻坐下，克里斯廷一点也没有中年人的衰老，她必须全力投入战斗。她的眼睛由灰转绿，两朵红云飞上双颊（不要忘了鼻子），米雷医生一开始没有注意到安妮，现在则很惊讶布莱恩先生有这么优秀的妻子。相较之下，德逊夫人显得很陈腐。

"吉鲁伯特·布莱恩，你和以前一样一点都没变！"

克里斯廷开始发言："真高兴再见到你。"（还是一副装模作样的声音，听起来真讨厌！）

"看见你就觉得时间一点意义也没有，你知道永远年轻的秘密吗？"吉鲁伯特说道。

克里斯廷笑了起来。

（那种笑法有点轻佻！）

"你还是和以前一样那么会说奉承话。"克里斯廷说道。

"安妮，你没有想象中老嘛！如果在街上碰到，我还认不出是你呢！你的头发颜色比以前浓了，能再见面真好！我还在担心你腰部神经痛不能来了呢！"

"腰部神经痛？"

"是啊，那很难医治！"

"我大概弄错了！"霍乌拉夫人道歉地说道，"我不知听谁说你腰部神经痛得很厉害……"

"是罗布利吉的帕卡夫人吧！我从不曾腰部神经痛过。"安妮平淡地说道。

"那就好，腰不好非常可怜！"克里斯廷说道。她的态度似乎将安妮归于老妇人之类。

安妮露出微笑，但眼睛并没有笑，好厉害的辞句！

"你好像有七个小孩是吗？"克里斯廷与安妮对话，但眼睛看着吉鲁伯特。

"目前只有六个小孩。"安妮回答道。

"可说是个大家庭了！"克里斯廷说道。

安妮顿时觉得大家庭好像是一种耻辱。

"你连一个小孩也没有吧！"安妮说道。

"我本来就不喜欢小孩！"克里斯廷耸耸美丽的肩膀，"我好像不是良母型，不像一般女性，认为生小孩是唯一的使命。"

不久，主人请客人入餐厅，安妮感到胸口有些闷，空气中充塞着令人窒息的气味，大概是霍乌拉夫人制造的香味吧！料理很美味，安妮却一点食欲也没有，只是机械地微笑。

安妮的目光不曾离开过克里斯廷，克里斯廷则不停地对吉鲁伯特微笑，她的牙齿很美，就像牙膏广告一般。克里斯廷边说话边挥舞着手，她的手也很美……只不过大了一点。

克里斯廷和吉鲁伯特正聊得起劲。然后话题转移到了基督受难剧。

"你去过奥巴拉马卡尔吗？"克里斯廷问安妮。

她明明知道我没去过！即使一个简单的问题，安妮听起来也感觉无礼。

"当然了，你被家庭束缚得紧紧的。上个月我到金克斯波特时，你猜猜看我遇见谁了？你的朋友，和一位长得不怎么样的牧师结婚了，他叫什么名字啊？"

"乔纳斯·布莱克，"安妮回答，"菲儿·克顿和他结婚了，可是我并不认为他如你所说的长得不怎么样。"

"哦？当然，我们眼光不一样！菲儿也蛮可怜的。"
克里斯廷特别强调"可怜"二字。

"为什么可怜？他们生活得很幸福啊！"安妮反问。

"幸福？你没有看见他们住的地方，是个小渔村，乔纳斯在金克斯波特有很不错的教会，可是却认为渔民需要他，认为那是他的'义务'。我看算了吧！我对菲儿说：'在这种交通不便的地方怎么住得下去？'你猜她怎么说？"

　　克里斯廷摆动戴着戒指的手说话。

　　"也许我和她的说法一样，认为世界上只有这个居所是适合他们的。"安妮说道。

　　"你很容易满足嘛！"克里斯廷微笑地说道。（那口牙齿唯恐别人看不见似的！）

　　"你真的不想开拓你的生活圈吗？如果我记得没错的话，你本来不是个野心家吗？在雷蒙大学时，你还写些小品文、少女幻想故事什么的……"

　　"那些童话故事现在仍有许多读者。"

　　"那么，你完全停笔了？"

　　"并没有停笔，可是现在写的是生活的书信。"安妮想起杰姆和他的伙伴们。

　　克里斯廷不太懂这是什么意思，眼睛瞪得大大的。安妮在说什么呢？安妮在雷蒙大学的时候，就以她的奇谈怪论闻名，容貌没有惊人的改变，想法也和结婚前差不多。可怜的吉鲁伯特，在还没到雷蒙大学前就被安妮钩住了，连逃离安妮的机会都没有。

　　"有没有人还记得吃杏仁果的游戏？"

　　米雷医师一面剥杏仁，一面问道。

　　克里斯廷看着吉鲁伯特，"你还记得我们曾经吃过吗？"

　　安妮想着："他们两人是交换了眼神吗？"

　　"你认为我忘了吗？"吉鲁伯特回答。

　　安妮从来不知道吉鲁伯特和克里斯廷有这么多的回忆。

"还记得我们上阿姆山郊游的事吗？还有我们到教会那晚的事？还有化妆舞会之夜……记得吗？你穿黑色有花边的衣服，拿了一把扇子，看起来很像贵妇。"

吉鲁伯特记得这些琐碎细节，为什么不记得自己的结婚纪念日呢？

大伙儿回到客厅，克里斯廷从窗户往外望向淡银色的天空。

"吉鲁伯特，到庭院散散步吧！我想再次享受九月月出的魅力。"

九月有什么"意义"呢？"再次"又是什么意思呢？"享受"？以前已经享受过了？和吉鲁伯特？安妮心中满是疑问。

两人走到户外。安妮坐在能清楚看见户外的椅子上，她可以看见克里斯廷和吉鲁伯特在小径上散步，他们在说些什么呢？大部分时间是克里斯廷在说话，也许吉鲁伯特比较不会款款而谈，吉鲁伯特会不会一面享受月光，一面想着和安妮之间的回忆？安妮想起和吉鲁伯特在艾凡利月光下散步的几个夜晚，吉鲁伯特全忘了吗？

克里斯廷抬头望着天空，当然，她知道自己抬头往上望时，可以让对方清楚看见自己白皙美丽的颈部。看月亮要那么久吗？

两人终于进屋了，大家一起聊天、谈笑、唱歌。克里斯廷很会唱歌，她看着吉鲁伯特唱着《往日情怀》，吉鲁伯特坐在椅子上不发一言，是在回忆那些令人怀念的日子吗？还是在想象如果他当初和克里斯廷结婚，现在会过着什么样的生活？

　　"从前不管吉鲁伯特在想什么，我都能了解，但现在……如果不快点离开这里的话……还好，我们的火车快到了。"安妮最后一次想。

　　安妮走下阶梯，克里斯廷和吉鲁伯特相对而立，克里斯廷伸手从吉鲁伯特肩上拾起一片落叶，那动作好像爱抚。

　　"你真的很好吗？吉鲁伯特，你看起来似乎很疲倦，我知道你很勉强！"

　　安妮突然陷于恐怖之中。的确！吉鲁伯特看起来很疲倦，非常疲倦，但是在克里斯廷没说之前，自己怎么没注意到？安妮感到羞耻："我对吉鲁伯特要求太多了，他对我是不是也如此？"

　　克里斯廷转身向安妮，说："能再见面真是高兴，你一点都没变。"

　　"彼此！彼此！"安妮回答。

　　"我刚刚向吉鲁伯特说过了，他看起来有点疲倦。你应该多加注意，安妮，你的丈夫曾经让我神魂颠倒！吉鲁伯特是追求我的男孩子中最了不起的一位。可是原谅我说一句话，就是因为你，使我无法得到吉鲁伯特，你了解吗？"

　　安妮再一次黯然无语。

　　安妮和吉鲁伯特乘上霍乌拉医师的马车，往车站方向驶去。

　　"真是令人怀念！"克里斯耸了耸她美丽的肩膀，一直目送两人的背影至尽头………

第四十三章

两种境界

"今晚愉快吗？"在火车上，吉鲁伯特漫不经心地问道。

"嗯，愉快。"安妮回答。心里想着杰恩·威尔逊·卡拉伊鲁的精彩句子"度过一个难得的夜晚"。

"为什么将发型换了？"吉鲁伯特依然漫不经心地说话。

"这是最新流行的款式。"

"嗯！这样子很适合你，其他发型也不错，不过不适合你。"

"都是我的红头发不好。"安妮冷冷地回答。

对于危险话题，吉鲁伯特认为还是闭口比较好，安妮本来就对自己的头发颜色有点神经质，而且吉鲁伯特也疲倦得没有力气说话了。吉鲁伯特调整坐姿，将头靠在椅背上，闭起眼睛。这时，安妮才猛然发现吉鲁伯特两鬓上的白发，内心有一种说不出来的感受。

两人从克雷车站绕近路回家，空中布满针枞与羊齿草的香味，月光照耀被露水打湿的牧场上，两人通过曾经是灯火辉煌，

如今却破烂不堪的房屋。

安妮叹了口气说道："就像我的生涯一样！"

安妮现在对什么事都抱持消极的态度，从两人身旁飞过的白蛾，好像褪色的爱情的鬼魂。经过一个弓形小门，安妮的脚被铁环绊倒，差一点跌进夹竹桃里。

吉鲁伯特"哦——"了一声，只以一只手扶住安妮。吉鲁伯特和克里斯廷两人到庭院散步、重享往日情怀时，如果克里斯廷也这么跌一下，吉鲁伯特也会这么冷淡地对她吗？

两人回到了壁炉山庄，不知是不是觉得还早，吉鲁伯特往书房去，安妮独自上楼进了卧室，床铺静静沐浴在银色冷冷的月光中。安妮打开窗户向外望，四处静悄悄的，好像都将安妮遗弃一般。安妮心情不好，人生的黄金时光变成了枯叶，已经没什么重要的事了，一切都远去了，有种脱离现实的不真实感。

远处的潮水和海岸，自古即如此亲密，安妮看见"梦中小屋"，两人在那里多么幸福，在那里两人一起编织梦想，时而沉默、时而喧嚷，两人的生涯充满朝日的色彩。吉鲁伯特露出只对安妮才有的微笑，每天以不同的方式说"我爱你"，彼此分享笑与悲。

现在，吉鲁伯特对我厌烦了吗？以前认为只有吉鲁伯特例外，现在才了解，男人都一样。我该如何适应自己的生活呢？

"为了孩子，我一定得好好活下去，而且不能让孩子们知道。"

那是什么声音，是谁在爬楼梯？以前在"梦中小屋"，吉鲁伯特习惯一次爬三阶，现在则没有了，应该不是吉鲁伯特……

　　吉鲁伯特走进房间，将一小包东西扔在桌子上，随即搂住安妮的腰，像小学生般在房里疯狂转圈。等他终于累了，才站在月光银池中休息。

　　"我是对的！安妮！我是对的，卡罗夫人恢复了……专科医师说的。"

　　"卡罗夫人？吉鲁伯特，你在说什么？"

　　"我没告诉过你吗？我说过了吧……这个话题太沉闷了，我不想说，这两周来，我为这件事担心得要命，连觉也睡不好。卡罗夫人是巴卡的患者，住在罗布利吉，巴卡请我一起商量，我判断是巴卡诊断错误，两人差点吵起来！我自认为诊断正确，卡罗夫人能够活着回去了。巴卡说过，如果卡罗夫人不能活着回去，她丈夫不会放过我。天啊！我是对的，他们已经给她动了手术，她恢复了。安妮小姐，我觉得自己好像要飞上月宫了，我年轻了二十岁！"

　　安妮不知道该笑还是该哭……终于笑了！

　　"我猜这就是你为什么会忘记我们的结婚纪念日的原因？"安妮不悦地抱怨。

　　吉鲁伯特放下安妮，拾起丢在桌上的包裹。

　　"我没有忘，两星期前我订了这个。你不是也忘了吗？我本来想忘了就算了，又有这件事烦心，我真的没心情，到诊察室一看，就看到巴卡的信和我的礼物放在一起。打开看看，喜不喜欢？"

　　是个小钻石胸针，在月光的照射下，闪闪发光。

"吉鲁伯特……我……"

"戴戴看,如果早上收到就更好了,那你就可以戴它参加今天的晚宴,这和你白皙的脖子正相配。安妮,为什么不穿那件绿色的衣服呢?我很喜欢那件衣服,它使我想起你初到雷蒙时的蔷薇花瓣服装,你自己还记得吗?"

"他还记得,还记得雷蒙时代的旧衣服!"

安妮像只被解放的小鸟,再次振翅。吉鲁伯特拥抱安妮,在月光中凝视安妮的眼睛。

"你还爱我吗?吉鲁伯特,我不只是你的习惯而已?你很久没说过永远爱我……"

"我最亲爱,最亲爱的安妮,我认为那种话不必说出口。没有你,我也就活不下去了!你是我的力量,是我的全部……"

片刻之前的灰暗人生,再次呈现辉煌金黄,钻石滑落床铺上,两人一点也不在意,钻石很美,但更美的事物还有很多——信赖与和平、亲切与笑容,还有永不动摇的爱情。

"真希望这刹那间能成为永恒。"

"这刹那间会一直持续着,我们可以期待第二次蜜月旅行。安妮,明年二月,大学医学会议在伦敦举行,我们一起去。接着再游遍欧洲其他地方,我们重新享受恋爱的生活,再过二人世界,你已经有很长一段时间魂不守舍了。(这么说来,吉鲁伯特注意到了。)你太疲倦……太疲倦了……需要休息一下。(吉鲁伯特,你也是!)我是医生,可是我没有药,我们都需要休养、需要精神、重返幽默的精神领域。睡吧!我困死了,已经两星期没睡好了。"

"今晚，你和克里斯廷在院子里那么久，到底在说些什么？"安妮将钻石收回盒子里，在镜子前得意扬扬地问道。

吉鲁伯特愣了一下。

"不知道，克里斯廷一个人滔滔不绝地说。我只记得她告诉我一件事，跳蚤能够跳到自己身高的二百倍的地方。你想了解这种事吗，安妮？（我原来嫉妒他们谈论跳蚤的事情，天哪！我多么愚蠢啊！）

"为什么会谈到跳蚤？"

"想不起来了，好像是从杜宾犬的话题开始的。"

"杜宾犬是什么？"

"新种狗。克里斯廷好像是狗的鉴定家，我脑海中满是卡罗夫人的事，什么也没听进去，只是偶尔听见一两个字就附和她一下，什么现在最新流行的心理学、美术、兴趣、政治，还有青蛙。"

"青蛙？"

"威尼贝克的研究家曾做过的实验。克里斯廷不是个很幽默的人，现在比过去更乏味了，而且还不怀好意。"

"不坏好意？"安妮像小孩一样问道。

"你没注意到吗？嗯！我想你不明白，你自己总是不太在意这些事情。她的那种笑有点神经质，而且她还长胖了。安妮小姐，还好你没发胖。"

"我倒不觉得她非常胖，"安妮表现出宽大的态度，"而且，她的确是个美女。"

"不过，她和你相同年纪，看起来却比你老十岁。"

"那你还说她永远年轻！"

吉鲁伯特笑了起来。

"天啊！文明社会不就是存在着这么点伪善吗？而且克里斯廷也不坏，这是什么？"

"这是我送给你的礼物，拿一分钱向我买，我可不愿冒任何危险。今夜太苦了！我……心中充满对克里斯廷的嫉妒。"

吉鲁伯特仰天大笑道："安妮小姐，我从来不认为你有嫉妒心啊！"

"这次不一样！"

吉鲁伯特嘴巴喃喃地不知说了些什么，眼睛已经闭上了。可怜的吉鲁伯特，累成这个样子……

今晚也许会有人出生，有人去世，但没有人该打扰他的休息！

安妮睡不着，她觉得太幸福了。她轻轻地在房间里整理东西、梳头发，沉醉在幸福之中。

接着，安妮到小孩房间看看，华特和杰姆都躺在自己的床上，沙利睡在小孩专用床上，杰姆是在读《吉姆船长的生活手记》中睡着的，书还摊在棉被上。哇！睡在棉被上的杰姆，看起来好高，马上就要成为大人了！华特微笑着入眠，大概是梦到什么美丽的事情。月光照了进来，墙上十字架的影子投在华特头上，安妮想起"法国什么地方"有名的十字架照片，不就是这样吗？但今晚只有一个影子……一个影子而已。沙利的疹

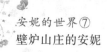

子已经消了，正如吉鲁伯特所言，吉鲁伯特说的事情总是没错。

南恩、达恩、莉娜睡在隔壁房间。达恩可爱的卷头发被汗水打湿黏在额头上，被太阳晒黑的小手搁在面颊下。南恩可爱的脸蛋上，长长的睫毛像扇子般垂着。莉娜趴着睡，安妮将她翻正，她的眼睛丝毫没睁一下。

孩子们都不断成长，再过几年就都是青年男女了，有着美丽、奔放的青春。小小船儿就要从安全的港湾驶向不知名的国度。男孩子们各自创造自己的事业，女孩子们则成为美丽的新娘，踏下壁炉山庄的蓝台阶，再过几年，也要唱着妈妈之歌。

安妮走出房间，踏出户外，所有的疑惑、嫉妒、愤恨，都往上弦月处狂奔而去，安妮感到自信、朝气、快活……她不知不觉地笑了起来。

好凉的夜，不久就是秋天了，再不久，将会降下白雪，严冬就要来访，有暴风雪，但没有人在乎。在这个充满幸福的壁炉山庄，有炉火的魔法，会使灰色的日子变亮，爱之火正熊熊燃烧……

安妮回房，梳着两条长辫，穿着白色睡衣的安妮，正如绿色屋顶之家时代的安妮，如雷蒙时代的安妮，如梦中小屋时代的安妮一样，内心发出闪闪的光芒。安妮听到孩子们轻微的呼吸声，很少打鼾的吉鲁伯特，今晚也打起了鼾，安妮忍不住微笑，想起克里斯廷说的话，没有孩子的克里斯廷真是可怜。

"好大的家庭啊！"安妮重复胜利的语调。